WUHUI DE XUANZE

YI WEI XIANGCUN NVJIAOSHI DE ZHIYE MENGXIANG

李志 著

无悔的选择
——一位乡村女教师的职业梦想

谨以此书献给
工作在教育战线上的教师们

敦煌文艺出版社

图书在版编目（CIP）数据

无悔的选择：一位乡村女教师的职业梦想 / 李志著
. -- 兰州：敦煌文艺出版社，2017.10（2018.8重印）
ISBN 978-7-5468-0805-5

Ⅰ.①无… Ⅱ.①李… Ⅲ.①长篇小说－中国－当代
Ⅳ.①I247.5

中国版本图书馆CIP数据核字（2017）第269720号

无悔的选择——一位乡村女教师的职业梦想

李 志 著

责任编辑：王 倩
封面设计：蔡志文

敦煌文艺出版社出版、发行
地址：（730030）兰州市城关区读者大道568号
邮箱：dunhuangwenyi1958@163.com
博客（新浪）：http://blog.sina.com.cn/lujiangsenlin
微博（新浪）：http://weibo.com/1614982974
0931-8773084（编辑部）　　0931-8773235（发行部）

天水新华印刷厂印刷
开本 710毫米×1020毫米　1/16　印张 13.5　插页 3　字数181千
2017年12月第1版　2018年8月第2次印刷
印数：4 001～19 000

ISBN 978-7-5468-0805-5
定价：30.00元

序

任文贵

社会的发展，时代的进步，需要大批专业素养和综合能力高的人才，人才的培养需要一批业务精良、师德高尚的教师。教师是人类灵魂的工程师，担负着教书育人、塑造灵魂的神圣使命，履行着传播知识、传播思想的神圣职责。在社会转型快速发展的今天，教师责任重大，任务繁重。

习近平总书记曾说，好老师，要有理想信念，要有道德情操，要有扎实的学识，要有仁爱之心。教师要坚持"四有"标准，树立坚定信念，自觉培养道德情操，要有献身教育的道德情怀；要有勇于担当的敬业精神，做到学为人师，教为示范，潜心育人，甘为人梯；要有把全部的精力和满腔的热情献给教育事业的精神；要有不怕清苦、默默耕耘不逐名利的精神。

教师是社会进步的奠基者，是祖国未来的塑造者。"国将兴，必贵师而重傅；国将衰，必贱师而轻傅。"社会把振兴国家的重任交于教师。教师在社会发展中的作用可见一斑，人们应该把尊师重教当成一种良好的社会风尚，让广大教师体会到社会的关怀与尊重，让教师在教育岗位上有幸福感，在教育事业上有成就感，在教育领域中有荣誉感。厚植尊师文化，加强尊师教育，落实尊师行动，让尊师思想根植于人们心中，内化人的意识。

教书育人是教师的神圣职责，但教师工作是辛苦的，又是枯燥的，教师要想在清苦的环境中干出一番成就，也不是一件容易的事情。作为新时期的教师,应该耐得住寂寞,忍得住孤独,调整好自己的心态,规范好自己的行为,对教育工作充满激情。要为生活而工作,为工作而生活,把工作看成生活的常态,让工作成为生活必不可缺少的部分,唯有如此,工作才变得有意义、有乐趣。李志同志在这方面做得很好,他在繁忙的教学工作中,创作了这篇小说,这是他在工作、学习和生活三者之间获取的最好回报。

这篇小说主要讲述了一所偏远的山区中学在办学条件十分艰苦的情况下,学校教师在默默地为乡村教育事业的发展做着贡献。这些教师为了山区的教育事业,甘于吃苦,乐于奉献,不怕困难,尽职尽责地耕耘在教学一线,凭借他们坚强的毅力和吃苦耐劳的精神,撑起了山区教育的一片蓝天。书中通过典型人物的故事,传递社会正能量,对于弘扬尊师重教的优良传统有着很好的现实意义。

值得一提的是,作者不吝笔墨描写了山区教师献身教育事业、追求梦想的故事。一个没有理想信念的人,不能成就伟大的事业;一个没有理想信念的时代,不是一个有活力的时代。教师职业的特殊性、现实性,激励着教师心怀梦想勇于探索,不断学习,充实自己,完善自我,只有这样,他们的现实才是丰满的。

"远离浮躁,回归宁静;遵循规律,回归常识;顺其自然,回归人性;着眼成长,回归本真",是这部小说对主人公事业轨迹的写照,也是作者对自己和所有老师提出的要求。

《礼记中庸》云:"博学之,审问之,慎思之,明辨之,笃行之。""学问思辨行"应该成为教师工作的追求。"学问思辨行"相结合的学习工作模式,应是教师工作追求的理想模式,愿我们广大教师树立现代教育理念,托起教书育人重任,以饱满的精神状态和孜孜不倦的事业追求,投身到教育改革的大潮之中,为社会的发展、教育的进步作出更大的贡献。

是为序。

任文贵　白银市教育局党组书记、局长

教苑中的跋涉者

韩　亮

　　近期,在读书看报时,看到这样一篇文章:《教育需要"教师作家"》,文章主要写的是作为教育工作者,在完成教育教学工作之时,应该博览群书,潜心学习,应该多读书勤写作,要把眼光放远一点,不要局限在狭隘的工作小圈子里,教书育人对于教师而言,是一辈子的职业,多读书写作,会让自己变得充实,变得儒雅,会让心灵变得安适、变得快乐、变得幸福,读书写作能让教师在疲倦时得以休憩,在烦恼时得以释放。读完这篇文章之后,作为一名教育管理工作者,备受感触。

　　时隔不久,李志同志拿来了作品《无悔的选择——一位乡村女教师的职业梦想》,让我阅读指导,我心中有一种兴奋的感觉,没有想到,原来我们教师当中就有"教师作家"。这部书稿是长篇纪实文学,书中所写内容是我们教育领域的点点滴滴的感人故事,山区教育条件艰苦,我们的教师却不怕艰苦,不忘初心,克服困难,砥砺前行,我们教师的这种敬业奉献精神,既让人感慨万千,又催人奋进。

　　教育是一项伟大而神圣的事业,伟大的事业激励着我们的教师,在教育岗位上宁静致远、兢兢业业地做好本职工作,他们以积极向上的工作精神和高尚的事业追求,塑造着人民教师的光辉形象,实现着自己的价值和理想。

"父母给了一个人生命，教师却给了一个人一生。"这说明教师对于学生成长教育的重要作用，教师的作用越大，社会的期望值越高，教师要有较高的职业素养，要有完整的学科知识和教学科研能力；教师要自觉树立终身学习理念，敏于求知，勤于学习，苦下功夫，求得真学问；教师要积极站在时代的前沿，始终把握时代前进的脉搏，与时俱进地更新专业理念，改进教育教学方法，打破教书育人瓶颈，让自己真正成为学生思想道德的指导者、创新能力的培养者、学习知识的领路人。

教育是一项爱的事业，也是一份沉甸甸的责任，爱与责任是时代赋予教师永恒的话题。教育教学，不是一成不变的思想行为，而是一种常教常新的行动指南，新课程改革的持续变化，说明教书育人既有不变的教学模式，又有常变的教育理念，教师只有适应新常态下的教育形势，才能培养出优秀的人才。

对于一位教师来说，工作、学习是生活中的组成部分，一个人要想洋溢快乐，充满激情，处理好二者之间的关系。李志同志把工作学习有机结合起来，他工作二十余年，甘于寂寞，倾心教育，用自己的行动诠释着教师职业的伟大。前几年他出版了中学生励志教育思想建设读本——《逆风的麻雀》，可以说是对自己二十年班主任工作的总结，然而他没有满足现状，笔耕不辍，善于思考，不断创作，再出新作《蜕变》，现在又写出《无悔的选择——一位乡村女教师的职业梦想》，真是硕果累累。这些成果的取得，是李志老师辛勤耕耘的结果，也是我们教师耐得住寂寞、执着于教育精神的佐证。

衣带渐宽终不悔，为伊消得人憔悴。希望我们广大教师严格要求自己，献身教育事业，用过硬的业务能力武装自己，用高尚的职业道德塑造自己，用高品位的教师生活陶冶自己。我们教师决不辜负党和人民的重托，撸起袖子加油干，用智慧开创教育事业的美好明天。

韩亮　靖远县教育局党工委书记、局长

园 丁 颂

——谨以此诗献给工作在教育战线上的教师们

俯仰人生喜犹愁，
蹉跎岁月化绸缪。
宁静致远清乐苦，
踌躇满志写春秋。

执着追求理想梦，
痴心倾注教育情。
滋兰树蕙酬天道，
勤掬甘露润猷鸿。

择业教坛终不悔，
笔墨耕耘人憔悴。
胸盛韬略骋远志，
丹心朝阳桃李菲。

教苑清寂铸师魂，
培育栋才献爱心。
累秩艰辛一堂秀，
桃绽李笑为他人。

三尺讲台任纵横，
殚精竭虑不恨穷。
百年宏图堪憧憬，
千秋伟业尽峥嵘。

目 录

第一章　青春绽放　似锦韶华献教育

为人师，重德，德高才能育人；为人表，重行，行正才能教人。

生命的旅程匹配着不同的磨难，而有一种坚强叫承担，人生经历坎坷，所有的付出都是为了走向圆满。当你冲破迷雾，总会发现自身的闪光点，生活需要不停地尝试，才能品其韵味，人生要不停地领悟，才能让心灵卓越。

一

如果只能是如果，袁校长没有退路。

"后悔吗？来兴寨中学当老师。"袁校长看着对面有点拘谨的宋亚楠问道，其实他不知道自己想要什么样的答案。

"不后悔，"宋亚楠坚定地说，"不管是在兴寨教书，还是在兴寨遇见你。"

"你的第一个不后悔，我很高兴，但是……"袁校长停顿了一下，因为眼前的宋亚楠眼眶已经湿润了。

时间还要回到七年前的那个八月。

八月，天气酷热难耐，在这苍茫的空旷旱塬，蔚蓝的天空没有一丝云彩，太阳最近疯了，火辣辣地炙烤着大地，整个旱塬像个大蒸笼。一阵风吹来，从地面上卷起一层热浪，干燥的空气好像凝固了似的，让人们感觉不到它的流动带来的丝丝凉意。大地仿佛豁出去似的豪爽地敞开胸怀，凭太阳暴晒，任人们喘着粗气咒骂。

站在旱塬上放眼望去,裸露的山峁连绵不绝,在炎炎烈日烘烤下,被热浪窒息,显现出死一般的景象,苍凉,焦灼,干渴,有气无力。只有焦躁的山风,拖着疲惫的躯体拥着滚滚热浪,挥着大手抚慰皲裂的山冈,这让天地之间蓦然多了一丝安详。

按照常理,在这旱塬上不适宜人类的生活,然而正是在这种残酷的自然环境中生活,一代又一代勤劳不屈的人们拿着锄头,一寸一寸地耕耘着、繁衍着。也许是上天有意安排,为了慰藉这里善良的人们,有一条小河从层峦叠嶂的山壑之间盘绕而出,浑浊的河水滚滚东流,给千里纵横的黄土旱塬带来了一线生机。河水像一条金黄色的锦带镶嵌在山峦之间,随着季节的变换,既有大河奔腾的磅礴气势,又有小河潺潺流水的神韵,它昭示着大自然的神奇魅力。

一方水土养一方人。正是由于这条小河,这里的风景才多了一份灵动,使这里的文化多了一份厚重。小河是黄河的一条支流,有一位智者说得好,位于亚洲东部的中国与黄颜色是分不开的,中华民族的肤色是黄色,住的是黄窑洞,喝的是黄河水,吃的是黄米㸆饭,一国之主是皇帝,戴的是黄冠,穿的是黄袍,走的是黄道,死了还要赴黄泉。仔细揣摩生活在黄土旱塬的祖祖辈辈,还真有一种意念上的巧合。

在这重峦叠嶂、沟壑纵横的地方,有一座小城坐落在两山之间,小河从城的中间流过,河水哺育着小城的一切,相较周围的荒山,小城显得毓秀而不呆滞,生机盎然。

走在小城的街道上,两旁葱郁的槐树,散发着馥郁的清香,沁人肺腑,让人怡愉,整齐的铺面、鳞次栉比的楼房与枝繁叶茂的树木交相辉映。娇嫩的小树犹如妙龄少女的怀春了似的面带羞涩,装点着城里人美丽多姿的生活。

在这苍茫雄浑的黄土旱塬上,徜徉在小城,犹如逛一个风景秀丽的旅游胜地。每天清晨,太阳从远山慢慢升起,金色的霞光投射下来,小城顿时变得金光灿烂,小城更显得多姿多彩,紫气淡淡地笼罩着小城,氤氲迷丽,晨霭袅袅,犹如一幅美妙绝伦、灿烂夺目的山城画。

小城像一颗璀璨的明珠,饱蘸着激情的光芒尽显光彩,铺展开来,从远山上眺望,犹如一块碧玉镶嵌在群山环抱之中。

宋亚楠就生活在这座小城,她今年刚从师专毕业,待在家里等待县教育局的工作分配。

今年师范毕业生的分配比较困难,城区中学人员的编制基本饱和,留在县城中学教书的可能性不大,而乡下学校仍然缺少教师。虽然近几年大中专毕业生分配政策倾向农村,但刚毕业的大学生一般不愿去偏远山区工作,导致山区教师队伍结构较差,老教师知识结构相对退化,而年轻教师后继乏力。教师队伍的建设成为提高山区教育质量的瓶颈。

贫困山区的教育问题,受到了政府的高度重视,积极主动采取有效措施来解决这一问题。在八月份的全县教育工作会议上,教育局发出倡议,鼓励大学毕业生去基层锻炼,这是教育事业发展的需要,也是年轻教师健康成长的需要。

宋亚楠的父母是县城中学的教师,家庭条件虽然不算优越,但还占户口优势,按照当时毕业分配的原则,她留在县城附近的中学教书不成问题。然而,她去县教育局报到时,没有像其他毕业生那样,把工作单位瞄准县城的几所中学,却填报了偏远山区的几所中学。

宋亚楠的选择遭到了父母的反对,父亲想托人把她分配到县城,却被宋亚楠拒绝了。她的父母在说服不了她的情况下,默许了她的选择。

分配函下来,宋亚楠被分配到了距县城比较远的一所乡办中学——兴寨中学。分配结果在她的预料之中,看到就业通知书,她当时没有表现出太大的激动,早有心理准备的她收拾了简单的行礼,匆匆地去报到了。

报到上班的这一天,天空淅淅沥沥地下着雨。八点多钟,宋亚楠的父母把她送到汽车站,她坐上了通往兴寨中学的唯一一趟大巴。

当大巴开动的一刹那,宋亚楠的心中有一种难以抑制的激动,她的人生要开启新的征程了,想着自己即将走上那神圣的讲坛,心中的责任感滚滚上涌,让她既兴奋又忐忑。

大巴出了县城,不多久就驶进了一条山沟,公路像一条银蛇一样紧紧地夹在两旁浑黄嶙峋的山峦中间,矗立在两侧的悬崖峭壁,让人感到逼仄。愈往沟深处走,云层愈是低沉,雨也越来越大,山风裹挟着雨滴噼里啪啦地打在挡风玻璃上,飒飒回响,让人愈加警醒。隔着车窗远望,茫茫山峦,浩渺凝重,浓重的阴云在雨霭中铺展到山下。

大山的质朴风韵和原始的壮美,此时展现在朦胧的山雨中,给平时浑黄一色的崇山峻岭平添了几分柔美,但潮湿并没有改变它们光秃和荒凉的景象。若是外面来的陌生人,看到如此凄荒的地方,心中难免会产生质疑:往前走还有没有道路,大山的深处还有没有人家?

大巴在崎岖不平的山路上颠簸着,出了山沟,驶进一个稍微平缓的山峁地带,偶尔看见山坡下或者两山的罅缝中稀疏地点缀着几户人家,满山是黄褐色,偶尔在有人烟的地方可以看到一点点绿色,稀稀疏疏地撒在村边或者庭院中。这些绿色与满目浑黄的山峦很不协调,它们看起来是那么珍贵和脆弱,让人顷刻感到大自然的法力无边,在它面前,即使神通广大的人,也是那么渺小和无能。

眼前的这一切,并没有影响宋亚楠的心情,她期待见到天真可爱的学生和可敬的同事。

二

大巴像蚂蚁一样在崎岖的山中小道逶迤前行了三个小时,听车上的人说,翻过这座山,兴寨中学就到了。

学校离乡政府不远,当大巴车行进到乡政府时,宋亚楠留心起来,在她的想象中,学校应该有比较阔绰的建筑,她用心地搜索着学校的明显标志。然而当大巴通过所谓的乡政府繁华街道时,宋亚楠也没有发现什么惊奇的建筑。当开车师傅提醒宋亚楠学校到了,她才猛然清醒过来。

宋亚楠下了车,站在路旁向四周环视了一下,再向前走十几米就是学校的大门,大门的一边挂着一块木牌,上面写着"兴寨初级中学"几个大字,从斑驳的字迹可以看出学校并不是想象中的那般勃勃生机。

她提着行礼沿着泥泞的道路走进了学校,首先映入眼帘的是几排比较陈旧的教室,根据建筑样式来看,这些教室大概是二十世纪七八十年代所建,已经破旧不堪,经过风蚀雨剥,外墙墙皮几乎脱落殆尽。松动的墙皮摇摇欲坠,上面有残留的白灰,好像一位久经沧桑的老者,被岁月瞬间打败,无法掩盖龙钟的老态。教室后面有一排带有走廊的平房,看样子是近几年所建,略有点朝气,它不像人们所想象的那样富丽堂皇,但也给人一种大气的感觉。

由于下着雨,学校院子里没人走动,这让宋亚楠心中有一丝凉意,好像这里的人情也跟今天的秋雨一样,冰冷冰冷的。宋亚楠并没有想着让学校领导及学生列队欢迎,她只是想能有一个指路或者帮助拿行礼的人。现在看来,能有人指路找到学校办公室已经成为奢望,只能靠自己了。凭直觉,宋亚楠认为学校办公室可能是正前方所谓学校标志性建筑——一排平房,宋亚楠径直往前走。

当她趔趔趄趄走到学校办公室门前,轻轻敲了敲门,听到里面有人应答,她把门推开了进去。办公室里有一位中年男老师,当他一听是新分配来的教师来报到时,连忙客气地站起来说:"你就是宋亚楠老师吧!"

"嗯……"宋亚楠回答。

"快请坐,我们已接到县教育局的通知,说你分配到我们学校来工作,我们非常欢迎,学校应该派人去接,可是由于条件限制,没有办法。"

宋亚楠听到中年男子说要派人去接,心中的委屈顿然涌上心头,连个帮助提东西的人都没有,还派人去接? 真是站着说话不腰痛。

但满身泥巴的她还是收敛了一触即发的情绪,只是频频点头示意。要是平时,凭她的个性准会怒气冲冲地顶上几句,现在她必须压制住自己蠢蠢欲动的怒火。

"您就是袁校长吧?"宋亚楠用试探的口气问。

"是，啥校长不校长的，咱们都是老师。"袁校长带着歉意说。

袁校长看上去很年轻，黝黑的面孔显得很沉稳，他边收拾办公桌上的东西边招呼宋亚楠坐下。

"我们这里是偏远山区，交通不便，条件艰苦，最近几年没有分配过来新教师，听说你是自愿到艰苦的山区来工作，我们很感激，我代表这里的师生及乡亲们向你表示感谢！"

宋亚楠对校长的解释道："袁校长您客气了，条件是艰苦些，但对于年轻人来说，条件艰苦并不一定是坏事，到条件困难的地方来工作、学习和锻炼，是年轻人的一笔宝贵财富。"

袁校长听了宋亚楠的话，感觉到这个姑娘很率直，刚才她说的话，虽算不上真知灼见，却透露出一种乐观的心态。

宋亚楠在说话的同时，对学校的办公室打量了一番，看样子，学校办公室也是校长办公室

校长办公室是两间房子，里面有一个套间，是卧室，盘着双人的土炕。外间是办公室，放着一张办公桌和两个书架，两边放着一套陈旧的沙发，从沙发靠背上那油腻破旧的沙发巾上可以看出，学校办学条件很不好。

袁校长和宋亚楠聊了一会儿，亲自拎着宋亚楠的行礼带她去了宿舍。

在宋亚楠没有报到之前，学校把房子给她准备好了，这间房子是教室改造的，里面已经有人住过。

兴寨乡只有一所中学，在这里读书的学生最远的离学校有十余公里的山路，有的学生年龄较小，起早摸黑上学不方便，学校申请县教育局在兴寨乡最偏远的村子开设了一个教学点，这样腾出了几间教室改造成了教师宿舍。

学校把教室改造成宿舍的时候，当时条件困难，只把中间的隔墙砌到横梁上，屋顶是用报纸糊的顶棚。最让宋亚楠难以想象的是，隔壁住的人说的一言一语，她都听得清清楚楚。

宋亚楠放下行礼，环视了一下自己的住所，房子内一片狼藉，靠墙角

贴的报纸已经泛黄,顶棚上的报纸及尘网在上面耷拉着,墙上到处都是污迹。

看到眼前的一切,宋亚楠的情绪一下子失落了,沮丧的心情好似烟囱里的缕缕炊烟骤然升起,她虽然做好了应付各种困难的思想准备,但是眼前的一切比她想象的要糟糕多了。

是失意,还是惆怅?宋亚楠现在说不清楚,要不是校长在身边,她可能会号啕大哭起来。此时,泪水虽然盈满了眼眶,所谓的自尊和面子强使这位坚强的姑娘把眼泪挡在了眼睑里。

看着宋亚楠面部表情的变化,袁校长愧疚地说:"我们这里的条件太差了。"

"这间房子是昨天腾出来的,原先住的老师因家庭困难,前几天调回了她家附近的一所小学,到现在没来得及打扫。"袁校长不好意思地解释说。

说着,他拿起笤帚扫起地来。

宋亚楠赶忙拦住校长说:"没关系,不麻烦您,我来打扫。"她嘴里说着,其实心中很不是滋味。

三

房子打扫干净,已是下午两点多钟,宋亚楠把铺盖放在床上,面对眼前的一切,她又有点恍惚,不断地问自己:这就是我朝夕梦想的工作单位,是现实,还是幻觉?

是现实,宋亚楠现在就置身在现实中,她有点累了,坐车颠簸了三四个小时,已经够疲乏的了,本想着到校之后,有同事和领导的迎接和关照,最起码有一个舒心的住处、然而让她没有想到的是,坐车的疲劳还没有消除,又打扫了近一个小时的卫生,搞得她非常困倦。现在她想要好好休息,她把自带的铺盖打开,简单地拾掇了一下就躺下了。

由于过于疲劳,宋亚楠不知不觉睡着了。

"咚咚"敲门的声音，把宋亚楠从睡梦中惊醒，她睁眼一看，天已经黑了，慌忙拉开灯，打开门一看，一位中年妇女站在门口，轻声地问："你就是宋亚楠老师吧。"

"噢，有什么事？"宋亚楠带着疲倦的口气问。

"我是学校大灶上的，袁校长让我给你送晚饭来的。"

宋亚楠听着，把身子往后撤了一下，示意让这位中年妇女进来。

"半个时辰前，校长打发一位老师过来叫你吃饭，看你房子的灯黑着，那位老师没敢敲门打扰你，想你可能睡下了。"

这位中年妇女说着，把饭放到了桌子上。

"你趁热吃吧，不然的话饭就凉了，到了学校咱们就是一家人了，我姓胡，以后有啥事，你尽管说，你的伙食，袁校长已经安顿，我会尽量满足你的要求。"

她说着走出了宋亚楠的房子。

今天晚上的饭是揪面片，打开饭盒，面片的香气冲面而来，大小匀称的面片，淡黄清爽的面汤，油星儿漂浮在上面，再加上一小撮嫩绿的蒜苗香菜，黄绿相间，很能调起人的食欲，看着都让人眼馋。

宋亚楠虽然有点饿，一拿起筷子却没有食欲，现在她才真正感到了孤独。上大学的时候，比她高一届的师姐回校办事，说起农村教育的艰苦，宋亚楠还有点不相信，今天真正来到乡村中学工作，才知道师姐的话一点不假。此刻，她有点懊悔了。

宋亚楠拿起筷子，揪了一片面片放进嘴里，面片确实美味可口，一吃就知道这位胡大姐是地道农家出身。

在以前，农家的孩子没钱读书，很小在家中帮助父母干活，尤其是女孩子，受传统观念的影响，很早学会了操持家务，在母亲的调教下，学了一手居家过日子的好手艺，比如做饭、做针线之类的。胡大姐今晚上的面片，感觉就是被这种家庭环境熏陶后做出来的。

宋亚楠吃了几口饭放下了，因为今晚她没有食欲。

宋亚楠静静地躺在床上，她越想越感到寂寞，空寥的夜晚让她有点害怕，想起今天的一切，两行热泪顺着脸颊往下淌。是委屈?没有人和她吵架怄气;是激动? 学校没有什么值得激动的地方;是伤感? 到农村中学来工作,是她自己的选择,没有人逼她就犯。

可是宋亚楠就是控制不住自己的眼泪。

宋亚楠出身书香门第,她的爷爷是一位知识分子,性情温和,处世谨慎,为人谦让。解放战争时期,在老家南京,爷爷被一位八路军将军看上,入伍为兵,专门负责战争时期的思想宣传工作。爷爷机智、勇敢,有很强的办事能力,在敌人的枪林弹雨中,出生入死,为本地区的解放事业立下了汗马功劳。

中华人民共和国成立之后,宋亚楠的爷爷随老将军入京,在老将军的安排下,干着一份舒适的工作。然而这位已到不惑之年的老战士,为积极响应党的号召,辞去北京的工作,来到西北边疆,支援大西北建设,把自己的毕生精力奉献给了党的事业。

宋亚楠的父亲是 20 世纪 60 年代的大学生, 毕业后分配到省城铁路设计院工作。但正当他准备在事业上大干一场的时候,"文化大革命"开始了,作为"四类分子"被送进了"五七干校"学习,最后被发配到偏远山区进行改造,这样一待就是十多年。

"文化大革命"结束后,宋亚楠的父亲被改正错误,安置到了学校,当了一名教师。

在宋亚楠的心中,父亲是伟大的,特别是他那吃苦耐劳的精神,一直是她学习榜样。最触动她内心的一件事,就是有一次父亲不慎将腿摔伤,为了学生,他竟拄着拐杖给学生上课。同事们问他为什么这样自己难为自己时,他说,他吃点苦没啥,要紧的是学生的前途。从父亲身上宋亚楠看到了当教师的辛苦,也体会到了当教师的神圣和崇高。她下定决心,以后要从事教育工作,当一名像父亲一样为教育事业踏实工作的人民教师。

可是现在看到眼前这样的处境，宋亚楠对自己的理想开始产生了怀疑。

宋亚楠是家中的老小，性格比较犟，生活很有个性，她认准的事，不做则罢，做非要做好不行。她的两个哥哥考入了名牌大学，毕业后分配到省城比较好的单位工作，这给她起了表率作用。

从小学到高中，宋亚楠学习成绩都很好，高中三年她更加踏实，根据她的平时学习情况，考个理想的大学不成问题。

然而在高考的那几天，命运之神与她开了一个不大不小的玩笑，她出了一点小小的意外，高考成绩很不理想，最后被一所师专院校录取。

宋亚楠是第一年参加高考，成绩虽然不好，却没有过多的思想顾虑，她准备补习一年，第二年考个理想的大学。

但宋亚楠的父母极力反对，劝她去上师专。父亲解释说，考上名牌大学也许以后能分配到好的工作，但并不是说一般的大学，就没有出人头地的希望。

在父母和哥哥的劝说下，宋亚楠上了师专，但她的心中一直不甘示弱，在大学里她整天埋头读书学习。

三年的大学生活，宋亚楠过得很充实，除专业课每年考试成绩优秀外，还摘抄了上百万字的读书笔记，当上了学生会主席，入了党。

说起百万字的读书笔记，有些人认为是宋亚楠摘抄的，没什么了不起的。其实，抄百万字的读书笔记谈何容易，这些内容是从众多图书中提炼出来的，是需要花费多少精力和时间啊。

福兮，祸之所依；祸兮，福之所存。宋亚楠虽然没有考上名牌大学，但她在学校学习的知识并不比名牌大学学生学得少。大学教育，主要是培养学生的自主学习能力，个人支配的时间比较多，不管在哪所大学，只要自己抓住时间去学习，就能有较大的收获。

宋亚楠从上师专的那天起，她的认识很清醒，三年来的学习，使她有了过人的才气和自信,勤学、勤思让她的专业素质和文化素养得到了很大的提高。

大学毕业分配,本来宋亚楠能留在父母身边,安安心心在城里工作、生活。但一次偶然的机会,让她改变了原有的想法。

大三的那一年,她在学校图书馆翻阅报纸,看到了一篇报道,写的是山区一所学校,一位残疾青年教师独自扛起某所学校教育重任的故事:那所小学虽然只有两个年级共计三四十名学生,因为两个年级的所有课程由他一个人来上。虽然每月的工资只有一二百元,但这名教师无怨无悔,一干就是二十年。

这篇报道深深地打动了她。

在大学毕业分配的时候,宋亚楠选择在家乡从事教育事业,并且选择了家乡最偏僻、最穷困、最需要教师的地方。

四

这天晚上,宋亚楠失眠了。天快亮的时候,她才恍恍惚惚有点困意,似睡非睡地躺在床上。

八点多钟,宋亚楠揉了揉充满血丝的双眼准备起床,可是沮丧的心情又来了,她不知道去哪儿打水洗漱!无奈之下,她干脆没有洗漱,匆匆赶到教导处领取办公用品。

学校的课程已经安排下来了,她代的是初中一年级两个班的语文课,另外再代两个班的历史课,共十六节课。宋亚楠看了一下课表没有说什么,领了教科书和办公用品回到了宿舍。

在农村学校,这种跨学科代课是司空见惯的事情,因为学校缺老师。

学校办学条件很艰苦,没有集体办公室,宿舍就是办公室,如果教师自己做饭,办公室也是厨房。吃饭,睡觉,工作,都在一个地儿,老师把这自嘲为"一体化办公""流水线工作""一条龙生活",自嘲归自嘲,艰苦毕竟是艰苦。

第二天，学校正式上课，初为人师，最激动的事当属第一次走上讲台的那一刻，课虽然是精心准备的，但宋亚楠紧张的心情还是难以抑制。

宋亚楠站在讲台上，看着孩子们正襟危坐的样子，面对一双双充满饥渴的眼睛带着好奇地望着她，她的紧张心情顿时减半，代替的是骤然上升的责任感。她咬了咬嘴唇，然后微微一笑，开始上课。

走进课堂，宋亚楠像走进了一个美丽的心灵天堂，那里是诚心与真心的交流，是心灵与心灵的沟通，是知识与知识的交融；师生之间没有半点的功利之举，教师的一句讲解能引起学生心灵的无限向往，去探求知识奥妙的海洋；教师的一句激励可以张开学生一双理想的翅膀，去翱翔辽阔的蓝天；教师的一个提问能够敲开学生封存已久的智慧之光。学生的一个微笑是对教师课堂教学的肯定，学生的一个蹙眉会让教师懂得教学艺术的欠缺，学生的一句反问能活跃课堂沉寂的气氛……

课堂上，宋亚楠在用知识的琼浆玉液浇灌着祖国的花朵和希望。

一堂课下来，宋亚楠感触颇多。

"宋老师，在课堂上紧张吗？"一个声音在她背后问道。

宋亚楠回头一看，是袁校长拿着书从她身后走过来，他也是刚上完课。

"哦……"她没有回答袁校长的问话，只是朝校长点了点头。

"第一次上课的教师一般都有点紧张，没有关系，慢慢地这种紧张情绪就会消失。"袁校长带着一种鼓励的口气说。

宋亚楠莞尔一笑，说："谢谢袁校长。"说着她径直走向宿舍。

进了宿舍，宋亚楠把书往办公桌上一摞，仰面躺在了床上。此时的她满脑子是课堂的情景，心中莫名兴奋，这种来自于课堂的兴奋，让她心潮澎湃，久久不能平静。

可是这种兴奋过了之后，又有一种懊丧的情绪袭上她的心头，好似千斤巨石压在她的胸口，让她无法呼吸。触景生情的她，又被生活环境所困扰，刚刚高兴的劲儿又瞬间消失。她开始祈祷起来，工作环境能好一点，哪怕是一点点也行啊。对于自己产生这种可怜的想法,宋亚楠感到既失望又无能为力。

中午快放学的时候,有人在"咚咚"敲门,宋亚楠一看,是隔壁宿舍的老师,还没等她开口,这位女教师先做自我介绍。

"我叫王艳萍,住在你的隔壁。"

"噢,王老师好,我叫宋亚楠,今年刚分配进来的。"她赶忙介绍自己。

"中午到我那儿吃饭。"

宋亚楠一听到这位老师邀请自己去吃饭,心中顿时慌了起来,因为彼此不熟,她赶忙推辞说:"不麻烦您了,我自己想办法就行了。"

"我已经把饭给你做好了,不用太客气。"王老师认真地说。

宋亚楠看到王老师诚恳的样子,只好答应了。

宋亚楠到了王老师的房子,她已经把饭菜端在了饭桌上,两个人边吃边聊了起来。

"你刚来学校,对学校的情况还不清楚,我给你简单地说一下。"心直口快的王老师说。

从学校领导到学校教师,从教学管理到后勤服务,甚至学校的厕所位置,王老师都介绍了一遍。

宋亚楠对王老师的热情很是感激,她认真地听着。

等王老师说完,宋亚楠问:"王老师,像我这样的单身职工每天的饭咋办?"

"学校有大灶,不过中午做米饭的米要自己准备。"

"自己准备?"宋亚楠惊讶地问。

"是的,自己准备。"王艳萍又说了一遍。

"就是你把自己的米用瓷缸盛上,然后送到大灶上,时间一般是第二节下课做课间操的时候。灶上的大师会给你淘好,放在蒸笼里蒸熟,等到中午放学,上灶的老师各把各的米饭端上。"

王老师接着说:"菜是大灶上供应的,一般是两个菜,一素一荤,价钱也很便宜,四五毛钱。"

宋亚楠听着好奇,又问:"下午的面也是自己准备?"

"下午不用,面是学校买的,不过一顿也是四五毛钱,有时学校还不要钱,是免费给住校教师提供的。"

听到王老师的介绍,宋亚楠心中一惊,她没有想到,学校还有这样的上灶方式。

宋亚楠来学校报到时,没有考虑到这些,认为到了学校,吃饭没有大学的食堂、餐厅那样豪华气派,一般的食材还是有的,现在她却被这里的落后震惊了。

吃过午饭,宋亚楠向王老师道谢,回到了自己的宿舍,虽然以前有午睡的习惯,但是今天的她毫无睡意,坐在办公桌前,一边漫不经心地乱翻着教案和课本,一边回味着王艳萍老师所说的一切。

王老师在这个学校工作已经十余年了,根据现在的办学条件,十几年前的情况可想而知。当时她分配到这里,每次回家她都会向父母哭鼻子,央求父母把她调回城里工作。

那时候,学校住校的女教师只有王艳萍一个,床都是用砖头和木板撑起来的,各种艰苦难以言说,孤独天天陪伴着她,失落和无奈让她提不起精神。特别是到了晚上更是难熬,学校没有围墙,稍有风吹草动,她的神经就绷得像根弦,长此以往,倒是落了个失眠的毛病。

有一年夏天,晚上下了大雨,王老师住的房子一个墙角坍塌了一大块,弄得屋内满地都是泥水,吓得她整整哭了一夜。第二天晚上,她只好去学生家里借宿。一想起这些,王老师心有余悸,一脸的委屈。

艰难的日子熬了两年,后来经人介绍,她认识了一位在乡政府上班的小伙子,精神上总算有了依靠和寄托,这也让她放弃了调动工作的想法。恋爱时两个人工作上互相支持,生活上相互照顾,条件虽然艰苦,但是两个人心里踏实开心。一年之后,王老师便结了婚。

现在王老师的姑娘已经六岁了,丈夫因工作需要,调到其他乡任副乡长,王老师和女儿两个人在学校生活。

想到这些,宋亚楠心中的烦躁情绪有些缓和。她想,既来之,则安之,走走看吧。

下午,课外活动时间,总务主任打发学生给宋亚楠抬来了一个大水缸,说是盛水用的。学校没有自来水,教师用水是学生从五六里外抬来的泉水,宋亚楠只知道缺水,但她没有想到会缺到如此程度。

对于条件的简陋,环境的艰苦,总务主任又是一脸的歉意,他和校长的说话方式几乎是一样的,态度非常诚恳,让宋亚楠心中有了一些暖意。恶劣的生存条件,并没有剥蚀这里人们的善良和淳朴,反而与生活条件优越的人相比,他们更加憨厚朴实。

宋亚楠想,像袁校长、总务孙主任、王艳萍老师等人,他们没有被恶劣的生活环境所困扰,而是甘愿寂寞,任劳任怨,在这里安家工作,教书育人,一待就是十几年。而自己则刚刚分配到这里来上班,就一味地抱怨,产生怨恨情绪,甚至想放弃,是不是自己对工作太挑剔,或者思想态度有问题?

五

时间一天天地过着,宋亚楠慢慢地适应着这里的生活,忙碌的工作让她过得十分充实,心情也没有刚来时那样沮丧。

最近宋亚楠和大学同学取得了联系,得知同班同学中,只有个别同学没有从事教育工作,被分配到各县城的其他单位上班,大部分同学都到了农村中学任教,工作条件都不是很好,她心中平衡了许多。

聊起工作条件,她的很多同学对自己的工作分配不太满意,但有一部分同学对于自己不理想的工作抱有平静的心态,他们想通过不懈的努力来证明自己。

同学之间的联系,让宋亚楠意识到,理想与现实的反差,让同学们心中都有失落感。一些被分配到偏远山区的同学,对于艰苦的工作条件叫苦连天;那些被分配到城区中学的同学,同样有抱怨,要么抱怨所代班级学生成绩差,要么抱怨学校的单身宿舍脏乱差,有的甚至因为没有按时跟班出操,受到学校领导的批评,说领导不尽如人意的。

年轻人对工作充满期待是合乎情理的,但是不能因为期望值太高而牢骚满腹,甚至将困难无限扩大化,以致影响工作的积极性。对于这一点,宋亚楠心里十分清楚,所以,当她心情沮丧、懊恼、胆怯、无奈的时候,她会努力地调整自己的心态,甚至有点自欺欺人地安慰自己:在城里生活了二十年,好像也没有什么新鲜的,只不过生活方便一点罢了。这里的粗茶淡饭虽然不似城里的山珍海味那般香烈,但是有一股浓浓的人情味;这里的学生虽然整体素养差了一点,但是他们进步的空间更大,反而让老师更有成就感。

想到这些,宋亚楠豁然了。

星期六吃过晚饭,宋亚楠一人走出校园,到学校附近去散步。

学校前面是一块沙地,由于这里气候干旱,勤劳的人们想出了压沙保墒的方法:从山里拉来细沙,在地面上铺上厚厚的一层,白天沙子吸收太阳光,地面升温快,有利于农作物的生长,晚上沙子降温快,空气遇到沙子可凝结成水珠,而沙子不吸收水分,水珠就顺着沙子渗入地下,为农作物生长提供水分。

学校门前的沙地种的是谷子,看到沙地里丰收的谷子,宋亚楠感叹人们生存的智慧。

站在路旁向远处眺望,满地金黄的谷子像一床黄棉被铺盖着田野,与天边那道残红的晚霞形成强烈的对比。夕阳已经落山,但农民仍不愿收工,他们趁着傍晚时分的凉爽,抢着镰刀欢快地割着谷子,脸上洋溢着喜悦。

看着眼前的一切,宋亚楠被感动了,这些勤劳的农民,祖祖辈辈生活在这里没有怨天尤人,没有因为祖辈留下的贫瘠土地而放弃耕种,放弃繁衍子子孙孙的使命。他们像沙子一样渺小，又像沙子一样顽强和无私。

是的，他们无法选择自己的出身，但是，他们用双手改写了这片土地的命运，也改变了这里孩子们的命运。

想到这里，宋亚楠眼眶微微湿润。

她往前走，忽然看见不远处有一位老人背对着三轮车厢，将背上的一捆谷子很费劲地往车上挪。由于谷子太重，车厢较高，老人家累得气喘吁吁，宋亚楠赶紧上前去帮忙。

老人一边喘着粗气，一边感激地说："女娃子，看你的打扮，不像我们本地人，你是哪儿的？"

"我是今年刚分配到兴寨中学的老师。"宋亚楠回答。

老人听说眼前的这位姑娘是今年分配到学校的大学生，很感激地说："谢谢你到我们这里来教学，我们这里条件艰苦，比不上你们城里的条件，你要吃苦了。"

老爷爷说的这些话，学校领导已经说过很多遍了，语气一样诚恳，情感却更加朴实。

"教师职业是个好职业，一日为师，终身为父，教书育人真的是很光荣的事情。"老人边说边捋捋胡须。

老人今年七十多岁，身体健康硬朗，还能在田间劳动。

"我的大儿子就遇到了一位好老师，这位老师是附近部队团政委的妻子，她是二十世纪六十年代的大学生，结婚后随丈夫来到了部队。为解决随军家属工作问题，组织上与地方协调，把她安排到学校去教书。"

老人的话引起了宋亚楠的兴趣，她看着这位精神矍铄的老人，认真聆听老人的话。

"那时我们这里也有高中，这位政委夫人代的是高中数学，还兼当高三班主任，那一年她所代的班中，有三四个都考上了名牌大学，其中就有我的大儿子。"

老人吧唧着烟嘴儿，满脸的自豪。

"他们班的学生，现在都回来看望他们的老师。"

"这位女教师退休了吧？"宋亚楠插嘴说。

"早退休了，现在就住在前面的农场里。其实，当她丈夫复员的时候，他们完全可以回到大城市，但是这位女教师舍不得学校以及她热爱的教育事业，坚决不回去。后来，她丈夫在部队附近的农场当场长，她也留在了这个学校继续教书，直至退休。她的一辈子奉献给了这所学校。"

"哎，由于老两口都是南方人，上了年纪，对咱们西北的环境不太适应，老汉经常有病，身体不好。这农场原先是为军队培育药材的，后来也实行了改制，归地方管理，现在老两口的日子过得也一般。"老人边说边叹气。

一对南方夫妇在这里奉献了一生，实在令人佩服。

宋亚楠神情凝重，开始反思自己近一段时间的表现。作为一个北方人，一个刚毕业的青春朝气的大学生，面对工作生活中的一点困难，却一再怯懦，与南方老夫妇相比，真是羞愧至极。

夜幕慢慢地降临下来，老人示意宋亚楠该回学校了。

宋亚楠点了点头，默默地帮老人装好地上的几捆谷子，踏着茫茫夜色向学校走去。

一路上，微风轻轻吹拂着她的面颊，田野里繁忙的景象慢慢地被夜色掩盖，偶尔几声犬吠，田野更显得空旷和寂寥。宋亚楠用手轻轻地拢了拢耳旁被风吹乱的头发，无边无际的黑像一张大网一样，将她织在中间，她的脚步有点沉重，心中的巨石似乎碎成了一堆细沙，悠悠地撒在夜色里。

六

刚开学不久，一位班主任因家中有事，请了长假，宋亚楠接替了他的班主任工作。

班主任工作繁忙琐碎，但宋亚楠没有抱怨，她将所有精力倾注在这份工作上，心中的失落感很快被忙碌的工作替代了。

但是班主任工作不是轻而易举就能胜任的，由于刚毕业缺少班主任工作经验，她代课的班级虽然没有出现大的问题，但小问题接踵而至，经常把她累得筋疲力尽。

面对班中出现的问题，宋亚楠没有打退堂鼓，而是虚心地向老班主任学习管理经验，深入班级摸清班中存在的问题及学生的思想动态，及时妥善处理解决，把班级管理中出现的问题解决在萌芽状态，下决心把班级工作干好。

刚来的前两个月，为了把教学工作搞好，宋亚楠只在国庆节放假回去了一次，想家的时候就给父母打个电话，彼此问候一下，消除一下心中的牵挂。

期中考试快要到了，各班都在抓紧时间进行复习。班主任为了整个班级的考试排名，除了让学生把自己所带的功课复习好外，还要兼顾其他科目的复习，这对宋亚楠来说工作量又增加了。

现在素质教育不提倡以成绩论优劣，然而在这偏远的山区，素质教育只是一个人们并不陌生的名词，真正的模式和理念并不被学校和教师接受。学校升学依旧以分数为主，教师只能抓学生的考试成绩。一位老师说过，素质再高，分数考不上去，高中、大学照样上不了。

分分分，学生的命根；考考考，教师的法宝。这是一种公认的教育现实和教育困境。

举着素质教育的大旗，扎扎实实搞应试教育，这种做法虽然不对，但它是让偏远山区的孩子们走出大山的唯一办法。在这里，不管是教师，还是家长，都希望学生或孩子通过高分赢得更多的学习和生存空间。

对于这些无奈之举，也许有些教育专家会感到惊奇：在教育改革的劲风吹遍祖国大地之时，现在还存在以分数获得竞争空间的教育理念。然而，在落后的山区学校，如果连基本的分数教育都很难做到，素质教育只是空谈。孩子们大量的知识缺口，必须用狭隘的单一渠道去填补，检验这个缺口唯一的办法就是分数，拉小差距的办法也只有是提高分数。

在意识到这种情况后，宋亚楠变得更加勤奋了，她拼命地背课、上课、辅导学生。只有这样，她才能拓展学生们的视野，拓宽他们获得知识的渠道，考个好成绩。

让宋亚楠振奋的是，她所有的努力没有白费，这种方法在学生们身上渐渐奏效，她所代课的班级学风蒸蒸日上，受到学校领导的表扬。

但是，班里有一名学生让宋亚楠很头疼，这名学生叫张聪，当同学们都在紧张地复习，信心百倍地迎接期中考试时，张聪有时连家庭作业都不能按时完成，各科教师向班主任宋亚楠告他的状。

对此，宋亚楠心中很生气，决定和张聪谈一谈。

一天下午放学，宋亚楠把张聪叫到她的宿舍，绷着脸严肃地问："张聪，听英语、数学老师说，你的作业和配套练习从没有做过。"

"做了一点，但没有做完。"张聪满脸通红心虚地说。

"那你为什么不往完做！"气得发抖的宋亚楠把嗓门提高了一大截。

"期中考试你能考好吗?！"

看着班主任因愤怒而涨红的脸，张聪不敢回答。

"快说，为什么？"

张聪吞吞吐吐地说："宋、宋、宋老师，我家实在是太忙了，放学后，我得帮助父母干活，没有时间写作业。"

"有多忙？有多忙！忙得你都挤不出时间来？"不等张聪解释完，宋亚楠劈头盖脸地批评起来。

"每天放学后，我除了帮助爸妈收拾地里的庄稼外，晚上回去还要帮他们打草帘子，我们一干就是四五个小时，经常熬到凌晨一两点才歇息。"张聪带着半哭的声音解释道，委屈的泪水在他的眼眶里打转。

一听这话，宋亚楠先是一愣，然后又说："那也不能不做作业。"这次她的口气稍微有了一点缓和。

"你先回去，把今天的作业必须做完，有机会我要见一下你的家长。"

张聪走后，宋亚楠心中一直犯嘀咕，这里干旱少雨，无法种植水稻，稻草从哪儿来的,编织草帘子干什么? 肯定是张聪在撒谎。

后来,宋亚楠一打听才知道,张聪说的全是实话,他没有撒谎。

最近几年,随着农业科技示范园的推广,经专家多次考察和反复试验,兴寨乡的气候和土壤比较适合种反季节蔬菜。他们还建议当地政府出资引进塑料大棚种植技术,种植蔬菜,帮助农户致富。

为了确保大棚的温度,冬季农户通常在晚上给大棚加盖一层草帘子。稻草粗长且韧性较好,很适合做草帘子,当地人设法从外地运来,自编自制出草帘子。张聪的父母从此获得商机,农闲之余,通过编制草帘子赚点零花钱。

距离这儿大概五十多公里有一条河,河的两岸可以种植水稻,稻草是从那里的农户家买来的。用稻草编织草帘子,一年下来,也能挣三四千块钱。

宋亚楠原以为这里的孩子放学以后和城里孩子一样,吃过晚饭,有作业写作业,没有作业就看看电视,谁知道他们还要腾出精力分担父母的活儿。

星期六中午放学,张聪找到宋亚楠说:"宋老师,今天我爸妈请你到我家去。"

"有事吗?"宋亚楠迟疑了一下。

"前几天,你说要见一下我的爸妈,那天回家后我给爸妈说了,今天,他们没走地里去,在家等着你呢。"

宋亚楠的心蹦蹦地乱跳起来,不知是激动还是惊奇,她的鼻子酸溜溜的。多么老实的孩子啊!宋亚楠心想,在这里,有些事情为什么总是与自己想象的恰恰相反? 很多时候都是她自以为是。

宋亚楠一边为自己简单粗暴的想法自责,一边简单地收拾了一下宿舍,随后同张聪一起去了他家。

这是她工作以来的第一次家访。

　　走进这个农家小院,迎面而来的是堆放成小山丘一样的稻草,已经编好的草帘子四处摆放。宋亚楠长长地吸了一口气,回头看了看跟在身后憨笑的张聪,心中掠过一丝歉意。

　　就在这时,张聪的父母迎了出来,一看穿着打扮就知他们都是憨厚的老实人。他们对宋亚楠的到来非常高兴,一边说着感谢的话,一边赶紧请宋亚楠进屋。

　　屋里的两个女孩子见有人进来,赶紧躲到屋角。张聪父母解释说,她们是张聪的妹妹,大的读小学四年级,小的读小学一年级。

　　"狗娃上次回来说,他的作业没有完成,惹您生气了。"张聪的母亲因愧疚声音有点发颤。

　　张聪的母亲这么一说,宋亚楠有点不好意思,她不知道怎样回答张聪母亲的问话,反而自己拘谨起来。

　　"我们农民没啥手艺,最近这里种的蔬菜大棚多了,冬天需要用草帘子保温御寒,孩子他爸就干这个营生,有时让张聪帮忙,拖了他学习的后退,作业没有按时完成,都怪我们。"这位朴实的女人一边提着开水壶准备泡茶,一边解释。

　　张聪安静地站在门口,听着母亲的唠叨,低头搓着手上的垢痂。张聪的母亲告诉宋亚楠,由于白天忙地里的农活,晚上他们才有时间编草帘子,一个草帘子长十七八米,宽一米二左右,一般全家人熬到凌晨两三点才能编织三个,孩子们一般十二点多就熬不住先睡去了,她和丈夫凌晨三点才能歇缓。

　　听到这里,宋亚楠心中五味杂陈,一言不发。

　　了解了张聪的情况后,宋亚楠才明白了一个农家娃的苦衷和无奈。现在,她对张聪不但没有了偏见,还对他产生了深深的同情,也对自己盲目地判断一个人充满了自责。

　　宋亚楠满怀愧疚地完成了工作中第一次家访,就在她准备告别张聪一家起身返校,不料张聪的母亲一把拽住她的衣角说:"宋老师,你来一趟不容易,娃给你添了这么多麻烦,就在我家吃一顿便饭吧。"

宋亚楠看着张聪的母亲,再回头看看满眼哀求的张聪,微微地点了点头,张聪的母亲松了口气。

饭是张聪的父母早已准备好的,吃的是鸡肉和徽饭,在城里也许算不上什么好饭,但在农村,这算是一顿好饭了。宋亚楠知道除非是逢年过节或者家中来了贵客,他们才会杀鸡。

对于宋亚楠来说,这是一顿让她一生都难忘的午饭,难忘的不是它的味道,而是农家人淳朴善良的心,这是城里人酒店的饭桌上买不来的。

吃过饭要走的时候,张聪的父母拿出一塑料袋子大枣递给她,宋亚楠再三推辞,但是张聪的母亲不由分说地将袋子塞她手里,嘴里不住地解释说:"我们农村没有稀罕的东西送你,这是一点特产,你不要嫌弃。"

宋亚楠再次被他们的真诚感动了,提着一袋子大枣说了一大堆感谢的话,出门前,她对着张聪特别交代了一句:"张聪,吃完饭,今天先去做作业。"

张聪使劲点了点说,大声回答她:"宋老师,好的。"

宋亚楠到张聪家家访的时候,她想到这里的家访和城里的家访不一样,城里的家访是学生在校犯了错误,老师到学生家中与家长进行沟通协商或寻找解决问题的办法,而在这里的家访是学生邀请老师到自己家中去,两种方式的不同,宋亚楠感觉特别明显。城里的家访是老师有备而来,农村的家访却是家长有备而请。

七

期中考试结束,根据学校教导处的质量分析,宋亚楠代的初一(3)班总评全年级第二名,张聪考了初一年级全校第五名的好成绩,这让宋亚楠感到吃惊,她没有想到,在如此艰难的教育环境中考出这样的成绩,除了老师的努力,只能说明一个问题:这里的孩子并不像人们想象中的那么差劲。

说起智商,不得不提去年县重点高中考了全省第一名的学生,他就是兴寨乡土生土长的孩子。这位学生在上高中的时候,不像别的学生那样整天苦学,而是以高效切行的学习方法取得了好成绩,这也从侧面说明了兴寨贫瘠的土壤并未影响孩子们的智商。

关于智商,贾晓雅老师曾自豪地在同事面前夸赞说:"我们这里是风水宝地,前几年,县城高中考上大学的,很多都是我们这里的孩子,说明我们这里是出人才的地方。"

她有时与宋亚楠开玩笑说:"宋老师,赶快在这里找一个对象,给党和人民生一个清华或者北大的高材生呀。"

贾老师的玩笑羞得宋亚楠脸上泛起了红晕,她微微一笑,算是对贾老师尊重地回应。其实,她心里十分清楚:这里的孩子智商并没有像贾老师说得那样玄乎。

贾老师见宋亚楠脸上有了疑惑的神情,如数家珍讲了起来,她说这里的孩子之所以聪明,和本地的两种特产有很大关系,那就是甘草和大枣。

这里气候干旱,土质为沙质土壤,特别适宜甘草的生长,农民很早以前就有种植甘草的传统,这里生长的甘草,质地上乘,外地的商贩常来收购。

在中医上,甘草补脾溢气,滋咳润肺,缓急解毒,调和百药,祛痰止咳,特别是用于脾胃虚弱,倦怠乏力,心悸气短,四肢挛急疼痛等。

甘草中含有大量的甜蜜素,这种甜素可以降低血胆固醇,增加胆汁分泌药理作用,这种药性可以调节机体免疫功能,如抗菌、抗病毒、抗炎、抗病态反应。同时,甘草酸还增强巨噬细胞功能和细胞免疫功能,可以促进人的消化系统,甘草锌直接吸收胃酸而降低胃液酸度增加胃黏膜细胞的己精胺,保护胃黏膜,使之不受损害。

甘草的这种药物功能,正是孕妇所需要的,孕妇吃了甘草,可以净化腹中婴儿的培育环境,使婴儿不宜受到母体病毒的侵害,对他们出生后身体健康提供了有利条件。

种枣树已是这里农家的习惯做法,只要农民修建新院落,东家会在院周围栽上几棵枣树,枣树的成活率高,结果子快,成熟的大枣皮红、肉厚、味甘,枣肉养心脾之阴,润血肉之燥,气弱者把大枣与甘草同煎,于平和中最能补益,是适心适口的保健品。此外,枣的营养丰富,含有多种氨基酸、三萜类化合物,具有抗氧化、延缓衰老、提高免疫力、抗疲劳等功能,对小孩健康十分有益。

由于枣树特别多,家家户户的院子里都种,等到大枣成熟时,枣就成了人们的日食佳品,或者把甘草和大枣放在一起熬着喝,这无形之中补了身体。

宋亚楠听完之后,忍不住感叹上天是如此神妙,事物的发展都是相对的,艰苦的环境给这里的人们带来了诸多不便,但也给了他们很多珍稀的东西,比如大枣和甘草,比如健康的孩子。

八

这里干旱少雨,学校用水成了问题,兴寨中学历届领导上任,在抓好学校教学质量的同时,首先考虑的是全校师生的用水问题。

水窖是这里农家必备的装水设施,学校在上级主管部门的支持下,建了三眼水窖,但三眼水窖的蓄水远远不能解决全校师生的用水问题。

为了解决用水问题,学校领导动用学生的力量,从两公里以外的一处泉水往学校抬水,后来给学校抬水成了学生劳动实践必修课。

学校一周安排一个班的学生,在星期一下午劳动,劳动的主要任务是给学校大灶和住校的教师抬日常用水。

大自然的造化既简单又复杂,在这四处干旱的地方,竟有一眼泉水一年四季汨汨流淌,水量虽然不大,但可供周围十里八村的村民饮用。

劳动对于农村的孩子来说,是一件很高兴的事情,学校无论安排哪个班的学生劳动,他们都乐意接收。劳动用具是学生从家里带来的,学校里的杂活一般也是由学生来干,这样既能锻炼学生的劳动能力,又给学校节约了开支。

学生给学校抬水也有先后顺序,首先,学校的大灶有一个水池,可装八九余方水,专门供应学校五十多名教师和七八百名学生的正常饮水。其次,给每一位教师抬水,每位教师宿舍都有一个水缸,专门供这些教师们日常洗漱和生活用。最后是总务处、门房等地方。

每次抬水的时候,宋亚楠看着十几岁的孩子累得满头大汗,既心疼又感激。有一次,她看到两位小姑娘抬着满满一桶水战战兢兢地走进教师宿舍时,心中五味杂陈:在城里学校拧开水龙头就能用上的自来水,而在这里学校用的每一滴水都是学生辛辛苦苦从外面抬来的。

宋亚楠回家之后,把学生抬水的事情给父母说了一遍,本以为父母会大吃一惊,不料他们却心平气和地安慰她说:"农村的很多地方都是这种情况。"

"妈,那你以前就知道这种情况?"宋亚楠反问母亲。

"嗯,知道。"

"怎么没有听您说过?"

"以前你也没问过呀。"

听到母亲的回话,宋亚楠一脸的茫然。

"现在,你既然已经到农村工作,就不要再有其他的想法,更不能抱怨条件艰苦。"父亲宽慰她说。

"我没有抱怨那里的条件,到乡下教学是我的选择,我一定要坚守。"

"嗯,有这种想法就对了,希望你很好地走下去。"父亲说。

"兴寨中学的条件是艰苦些,但是那里有很多我舍不得的东西。"宋亚楠说。

"哦,真的吗?"母亲惊讶地问。

"那里民风纯朴,乡亲们心地善良,不像咱城里人,鸡毛蒜皮的小事都要计较,那里的人们很重视教育,那里的孩子聪明,很听话。"

听到女儿如此一说,宋亚楠的父母心里感到欣慰,忍不住连连点头称赞。

后来,宋亚楠又把学生给教师抬水的事情写信告诉给了她的大学好友李莎玲,李莎玲给她回信说:

你现在的情况还是比较好的,我的情况远不如你。毕业分配时,我被分配到大山深处的一个中学教学点,还不是一所学校,里面共有十几名学生。教学点所在的村子还不通班车,要步行十余多公里的山路才能走出大山乘上班车。我现在的工作条件比你的工作条件艰苦多了,但是我不后悔,这里的父老乡亲们需要我,因为他们的孩子需要教师来培养。

……

宋亚楠读着李莎玲的来信,她的心中流露出丝丝苦楚与无奈,自己该静下心来好好工作了。

九

转眼间进入了初冬,天气慢慢地冷了起来,凛冽的寒风呼啸而来,即使是有阳光的中午,也冻得人瑟瑟发抖。

今天,学校给教师宿舍和学生教室分发炉子,按时间来说,学校早应该取暖了。但是,由于学校经费紧张,校长有心思地推迟发放取暖炉子,能挨一天是一天。

这里的教师和学生已经习惯了,年年都是如此,也没有人抱怨。

宋亚楠想,要是在城里可就不行了,人冻得受不了,学校领导要是不解决取暖问题,那师生们的意见就大了。

生活在这大山深处的人们就不一样了,受经济条件的制约,他们的忍耐性很强,生活条件的艰苦,已经培养了人们坚强不屈的精神,这种精神影响着生活在大山深处的年轻人,他们一旦走出大山,步入社会,他们勤奋、质朴、坚强的性格是很难改变的,也是别人无与伦比的。

袁校长大会上经常提到的景旺,就是其中一个代表,景旺是袁校长代的一名名学生，十年前，他以优异的成绩考入中国人民大学，四年之后又考入该校的研究生，研究生毕业后又考上美国的一所名牌大学读博士研究生，毕业以后分配到省社科院工作。

人生需要磨炼，磨炼是一门必修课。生活在这里的人们意识到这一点，苦难并不是生活的仇人，而是恩人，正是苦难的出现，使得人们体内克服障碍、抵制苦难的力量得以发展。人们所承受的种种痛苦、磨难，也在挖掘着人们的才能，在磨炼着他们的意志和精神。

许多人的生命之所以伟大，都来自他们所承受的苦难，最好的才干往往是从烈火中冶炼的，是从坚石上磨炼出来的，苦难往往会激发人的潜力，唤醒沉睡着的意志，引人走上成功的道路。贫穷和苦难是一种激励，能坚定一个人的思想，激发一个人奋斗的动力。

这里的人们虽然说不出这些道理，但这些道理在陪伴着他们，并且滋养着他们克服困难的精神。

困难可以促使人的成功，提高人的生存质量。因此，在现在的城市中，条件优越的家庭，每逢假期让孩子参加各种夏令营活动，目的是让他们的孩子受到锻炼，培养他们吃苦耐劳、受挫受难的意志。

其实城里孩子磨炼意志最好的地方在农村，在这艰苦的大山深处，这种磨炼孩子意志的财富是条件优越的城市所欠缺的，也是无处可买的。

学校分发的炉子，是前几年城里某些单位帮扶的，样式笨重，陈旧不堪。学校专门为外地住校的教师挑选些好的炉子。

宋亚楠领到的炉子，虽然是好的，但是炉子膛里的泥巴已经脱落，需要重新再糊，这下可难住了这位城里的姑娘，她看着眼前的这个铁疙瘩，两眼直发呆，不知所措。

就在此时，"咚咚……"有人敲门。

随后一声"报告"，班里的语文科代表黄林推门进来，他是给班主任抱送作业本的。

当他看到班主任看着眼前的炉子发呆时,聪明伶俐的他,一眼看出了班主任的难处,他知道宋老师正为眼前的炉子而犯愁。

"宋老师,没关系,放学以后,我给你泥炉子,今天晚上保证让你用上炉子取暖。"说完他就走了。

放学以后,黄林拿着教室的脸盆,提着水桶,还有另外两个同学用蛇皮袋子提着泥土过来了。

三位同学很麻利地干起活来,一位同学和泥,一位同学清理炉膛,另一位同学做着准备工作。

不到半个时辰的工夫,三个学生就把炉子墁好了,看着他们利索娴熟的动作,宋亚楠有点不相信,当她摘下眼镜揉揉两眼再看时,眼前的一切又是如此的真实。

"你们以前墁过炉子?"宋亚楠惊讶地问,她不相信眼前的一切是三个十二、三岁的孩子干的。

"墁过,我六岁时就帮助我爸墁炉子。"语文科代表黄林回答着班主任的问话。

"家里的炉子,年年都要重新墁一次,父母平时比较忙,没有时间顾及到这些,我就学会了。在我们这里,冬天的炉子大部分是我们自己墁,没让父母操过心。"另一名同学插嘴说。

"墁炉子,要用胶泥,烧的时间长了不会疏松,还要用头发或碎旧麻布做捻子,烧的时间久了不会出现裂纹或裂口。"

"刚墁好的炉子不能加大火,炉口的边沿不能墁得太低,不然火都被烟筒扯走了,要想只扯烟,边缘高一圈。"

听着三个孩子头头是道的讲解,宋亚楠听得惊呆了。这哪是十二三岁的孩子的说话,简直似阅历丰富的老人在讲曲折的人生经历。

环境是个大染缸,家庭是个大熔炉,农村孩子这种良好的现实教育,真是一笔巨大的财富。

农村的孩子醒事早,这是由农村特定的生活环境所决定,这些孩子的素质是无价之宝。

三个孩子把炉子墁好后，帮助宋亚楠把炉筒子架好，给班主任生火。

"宋老师，在生火的过程中，要等柴草着旺才能放炭，不要把炭放得太早，要不然会把火捂灭，炭和煤不一样，炭的质地比煤疏松，它不像煤，煤是很容易被暗火引着的，炭是被烧着的。"

"宋老师，你在生火的过程中，不要着急，要生不着的话，你可以给班长说，咱们班的同学轮流来给你来生火，保证让你冻不着。"

三个孩子七嘴八舌地说着。

"加火不需要多少柴草，只要把握好火候就能把火加着，我奶奶能用最少的柴草生着火，这不是节省，而是技术，她在我们村是出了名的生火大王。"黄林说。

宋亚楠听着三个学生的话，心中一直念叨着，多么懂事的孩子啊，心灵的距离与他们一下子拉近了许多。

三位学生的小手冻得通红，但他们没有喊冷，好像给班主任干活显得无限荣耀。炉子墁好了，火也生着了，宋亚楠给三个学生倒些水，让他们洗手，她无意中碰到了一个学生的小手，手是冰冷的。

三个孩子洗完手后，匆匆地收拾好东西回去了。在他们临走的时候，一再嘱咐班主任说，"宋老师，你在生火的时候，不能用劲太大，因为炉子刚墁好，泥软着呢。"

宋亚楠送走三个孩子，搬过椅子坐在炉火旁，火在烟筒里呼噜噜地响，不大一会儿的工夫整个房子都有了热气，暖烘烘的。宋亚楠的心里也开始温暖，都说社会变了，人情淡薄了，在这里她却一点都没有觉察到。

房子的温度一直在上升，宋亚楠在想，今天下午，假若没有这三个孩子帮助墁炉子，房子可能像寒窑一样，阴冷可怕。

房子里的温度好像不是从眼前的炉子里释放出来的，而是从三个学生的心中释放出来的。

刚来到这里的时候，宋亚楠被这里的艰苦差点儿吓倒，随着时间的推移,她感到了这里人们的富有,人情上的富有,精神上的富有,人格上的富有。

宋亚楠的心境慢慢地变了,开始适应了这里的生活,感化她的不是物质上的满足,而是这里淳朴善良的人们,让她满足的是这里精神上的富有,人情味的浓厚。她开始喜欢上这里的一切,而且还将自己在这里的生活感悟写在小本子上:

有些人,有些事,我们不能强求,也强求不来。曾经的,已经成为回忆;现在的,好好把握;未来的,还需努力。保持一个豁达的心态,不让自己活得累,更不让自己心太累。

真正点亮生命的不是明天的景色,而是美好的希望。我们怀着美好的希望,勇敢地走着,跌倒了再爬起,失败了再努力,永远相信明天会更好,永远相信不管自己再平凡,都会拥有属于自己的幸福,这才是平凡人生中最灿烂的风景。

人生没有完美,幸福没有一百分,不能拥有那么多,你又何必要求那么多。生命是一条毛毯子,苦难之线与幸福之线在上面紧密交织,抽出其中一根就会破坏了整个毯子,整个生命。没有痛苦,人只能拥有卑微的幸福。

谁的生活也不是一帆风顺,每个人的内心总有许多高低落差。生命的意义就在于珍惜路过的风景,感谢这一路相逢,要对生活存有一份感恩,拿出一种温暖的态度,对生活道一句祝福,要懂得所有的挫折何尝不是生命走向光明的转折。

忍耐的过程是痛苦的,但结果却是甜蜜的,当一切尘埃落定,当一切旧事回放,当一切归于平静,我们才会真真正正懂得放弃的深层意义,其实那才是一种厚实无价的丰硕收获。

第二章　教海探寻　耕耘讲坛增智慧

把弯路走直的人是聪明,因为找到了捷径;把直路走弯的人是豁达,因为可多看几道风景,路不在脚下,路在心中。

人生从来不是规划出来的,而是一步步走出来的。勇敢去做自己喜欢的事情,哪怕每一天只做一点点,时间一长,我们也会看到自己的成长,不管你想要怎样的生活,你都要自己去努力争取。

一

兴寨中学虽然是一所农村中学,但学校的教学质量很高,每年的升学率一直在全县名列前茅,学校多次受到上级主管部门的表彰奖励。

学校教育教学质量的提高,离不开全校师生的共同努力,也离不开学校领导的辛勤付出。一位好校长,就是一所好学校,这句话在兴寨中学得到了艰难的验证。

袁校长今年刚三十岁,说起来是年轻人,但是工龄却长了,他十四岁考上了师范,毕业之后分配在这所学校,一干就是十几年。渊博的文化知识,扎实的业务理论,让他很快站稳了三尺讲台;突出的教学表现,良好的道德人品,上级主管部门又把他推上了领导岗位。

袁校长出生于一个贫寒家庭,家中兄妹六人,排行老三,他在上学时家庭生活非常困难,生活的艰辛让他懂得了人生的艰难,学会了如何克服困难,如何生活,如何做人。

以前的师范生,是把盖房的梁当成椽用了,这在当时是一种很流行的说法。事实上,假如这些学生不读中专或者师范,上高中考个好大学是不成问题,这可能也是一种事实。

袁校长就是属于把梁当成椽用的那一批人,他勤奋吃苦,努力学习,家庭的拖累虽然很大,但他对学习从没有放松过,对人生的追求从没有放弃过,他是村中考出的第一位中专生。

袁校长为人厚道,就像他生活的黄土高原,宽阔而博大,给人一种至亲至爱的感觉,坦然的生活态度,严谨的治学作风,诚实的为人信念,让他显得更加成熟和稳健。

教育是一项伟大而神圣的事业,教育需要千千万万有奉献精神的教师,袁校长就是其中的一位。他在教学工作中,一方面坚持开放教学,积极拓展教学视野,认真学习现代教育理论,以便能汲取到先进的教学思想和最新的课研成果,另一方面大胆改革,在课堂中融进适合学生身心发展的具有时代特色的教学内容。

在教育教学过程中,袁校长认真领会教学的精神,努力钻研教学理论,认真探讨教学方法,科学完善教学艺术。他始终遵循实践、探索、理论、实践的原则,形成了自己独特的"学生参与"教学法。他能够充分发挥教师的"主导"作用,激发学生的学习兴趣和求知欲,突出思维训练,创设情境,让课堂气氛活跃,学生兴趣盎然,他用灵活新颖的教法,风趣幽默的语言,使学生既是知识的接受者,又是知识的发现者,还是学习方法的创新者。

袁校长在工作中勇于探索创新,坚持"以学生为主体,教师为主导,训练为主线,思维为核心"的现代教育方法,充分调动学生的学习主动性、积极性和创造性。着力培育和谐的课堂氛围,让学生快乐学习,使学生提高学习效率,收到了较好的教育教学效果。

课堂上与学生融为一体,建立融洽的师生关系,这是袁校长教学实践的又一成功尝试,他用丰富的学识赢得学生尊重,将所学教学技能在教学实践中创造发挥,强化自己的教研基本功,培养自己终生学习的自觉性,不断更新教育理念,不断丰富科学文化知识和教育理论知识,不断改进教育教学方法,提高教育教学水平。袁校长用自己的人格魅力赢得学生的爱戴，他时时刻刻以正直的人品、美好的内心以及积极的行动严格要求自己、影响学生，从而获得学生的尊重。

多年来，袁校长的这种强烈的事业心和责任感，支撑着他把自己的所学无私地奉献给学校的教育事业，献给了养育他的这片黄土地。

学校需要这样的好老师，教育需要这样的好领导。

宋亚楠了解到这一切后，她愈发敬重袁校长了，对自己的选择更加坚定了。

二

袁校长经常说，学校要发展，必须要有一批业务精良、乐于奉献的教师队伍。在学校管理过程中，他注重教师业务能力的培养，要求教师多读书学习。做一名合格的教师，离不开广博的知识，离不开自身的素养，离不开自己的人格魅力，离不开先进的教育教学理念和教学技术，而教师只有不断读书，才能为学生传授更多的文化知识，甚至做人做事的道理。

袁校长说，教师要把读书学习当成一种习惯。书籍是人类知识的载体，是人类智慧的结晶，是人类进步的阶梯。读书既是智慧之源，又是道德之基，是所有老师提高素质、不断进步、健康成长的必由之路。

教师博览群书，要从自己所从事的专业读起，读书多少，直接影响着教师的功底，读书，可以提升教师的气质。教师要想真正培育优秀的学生，激发学生的创造力，就必须得多读书多实践，否则，教师就无法解决学生提出的许多常识性问题和探究性问题。

幸福是灵魂的愉悦，而读书是通往灵魂的路径。袁校长经常说的一句话是，有工夫读书谓之福，有学问著作谓之福。读书、研究、思考、写作，多么幸福的人生状态！

袁校长劝导学校的老师，永远不要等有时间才读书，想读就读，不要等到坐进书房才读书，任何地方都可以读书，不要等到有用才读书，急功近利，立竿见影是妄想；不要抱怨嫌自己读书太晚，只要行动就有收获。他以金庸先生的"只要有书读,做人就幸福"观点,鼓励老师们。

袁校长认为,读书有以下好处。

读书能够改变教师匮乏、贫弱、苍白的状态。走进课堂,照本宣科,捉襟见肘,多是因为教师读书太少,对工作失去了热情。只要多读书、多思考,教师在课堂上才能胸藏万汇凭吞吐,笔有千钧任翕张,才能引经据典、妙语连珠,给学生留下深刻印象。

读书能够改变教师的精神、气质和品性。书籍会使教师不再自甘平庸、俗不可耐。有人说,人品即文品。对教师来说,文品也是教品。当教师怀着一个被荷尔德林、海德歌尔的诗意浸润过,被余秋雨、周国平的哲理文字折服过的心灵走进课堂时,他的教学方法、语言以及对待学生的态度都会与众不同,多少会触动学生心灵中或柔软、或坚硬的部分。

读书能够不断增长教师的职业智慧。一个精神富裕、专业性强的教师,不仅能以自己特殊的职业眼光,抓住教材的引人入胜之处,而且以简洁的线条、极富感染力的语言、缜密的逻辑,引导学生步入知识的殿堂,感受文学贲张的血脉,体会科学的神秘与奥妙,然后理解知识点,激发其学习的欲望和探索的本能。

读书是消除"职业倦怠"的最好方法。在读书的过程中,那些大文学家、大教育家、大艺术家充满生命激情和智慧的语言,大哲学家、大思想家充满哲理情思的句子,甚至普通人笔下的逸闻趣事,会使教师的生命变得开阔、灵动,生活和工作充满了激情。激情促使教师永远不满足于现状,不断进取、大胆创造,拥有积极向上的工作态度。

袁校长特别强调,要把读书、研究、反思结合起来。读书、研究、反思,对于每一位教师来讲,都是能够做到的。用读书指导实践,用实践深化读书,这样的读书才是最有用的读书,读书一旦进入思考和反思状态,尤其当读书、研究和自我反思成为一种迫切需要,成为一种必需的生活,成为一种习惯,也就达到了一种新的境界———种思想的自觉或精神自觉的哲学境界。

读书，还应与写作结合起来，是造就教师书卷气的有效途径，写作最能体现一个人的综合素质。的确，在读书和反思的同时进行写作，这是一种可贵的生活状态，一种诗意的美好的人生境界。

袁校长说，作为一名教师，应该把读书、学习当作一种常态。知识无处不在，学习永无止境。学习这个词不仅仅针对学生，而且也适合教师。作为教师，面对一群求知的学生，不管是一撮淡淡的青草，还是一朵尖尖的小荷，他们都是春天里生动艳丽的一部分，教师所需要做的，所能做的便是与他们一起成长，教与学相长，相互渗透，牵引着他们一起走向成熟，走向成功。

在袁校长的倡导下，兴寨中学的教师制定了自己的读书计划，掀起了一股教师为增进业务而读书学习的高潮。全校教职工还定期举行读书学习交流会，会上老师们相互学习，共同探讨，互相借鉴。在这种浓厚的学习氛围中，宋亚楠愈发喜欢这里了。

三

宋亚楠班中有两名调皮的学生，让她很头痛，她在与袁校长工作交流中，说出了自己的苦衷与无奈。袁校长听后，给她讲起了做班主任的工作方法。

袁校长说，当好一名优秀的班主任，需要掌握一定的工作方法，方法得当，对班中犯错误的同学有一定的教育作用，收到事半功倍的效果；方法不得当，结果可能适得其反。

当好一名优秀班主任，首先要掌握表扬教育的艺术。表扬教育也就是激励教育，它在班级管理中起着很重要的作用。

在班级管理中，正确选择和运用表扬的方式方法，不断提高表扬教育中的语言艺术，肯定学生积极向上的思想行为，可让被表扬的学生乘风破浪，不断进取。但是要掌握运用正确的表扬方法，班主任表扬要严肃认真、恰如其分，表扬要在班级人多的场合下进行，语言要严谨，表扬要客观，不能夸大其词。表扬范围要适中,表扬面既不能过大,也不能过小,大了易让学生自我膨胀,小了又会让学生觉得可望而不可即。应该让学生既感到表扬是经过争取才得到的,又要使学生看到只要付出努力,就一定会得到班主任和班集体的认同。尤其是对于调皮的学生,班主任要创造一种好的环境和条件,让他们在集体活动中有机会表现自己的长处和优势,从中发现值得表扬的东西,加以表扬,这样有利于调皮学生的转化,对整个班级的管理有着积极的推动作用。

袁校长接着说,其次要掌握批评的艺术,在班级管理中,只讲究表扬而没有批评,学生会在表扬中犯骄傲的错误,班级管理中有适当的批评还是很有必要的。但是批评不能伤及学生的感情,批评应该就事论事,不能波及其他,批评不能语言过激,否则会伤到学生的自尊心,班主任过于严厉的批评和语言伤害,不但不能促使学生改正错误,反而让他们产生逆反心理,甚至和班主任产生抵触情绪。

话有三说,巧说为妙。批评教育要讲究语言艺术,批评教育是班主任进行思想品德教育工作中常用的一种方法,成功的批评,入情入理,公正无私,让学生心悦诚服地接受教育。班主任批评学生是为了帮助、教育学生,是为了消除学生自身犯下的错误,并加以改正,同时把他们身上的各种优点和长处都充分发挥出来,调动学生学习的积极因素。批评要有诚恳的、与人为善的态度,要有强烈的团结学生、教育学生的情感,只有这样才能达到预期的目的。

袁校长举例说,前几年,他在当班主任时,班里有的学生在校不好好学习,拉帮结派,打架斗殴。针对这种情况,他在开班会的时候曾这样讲,同学们,当你们在学校打架犯错误的时候,学校每次请来你们的家长配合学校处理时,哪一位同学的家长不为此而痛心?哪一位同学的家长不是含泪诉说供学生念书之艰难,你们这样做对得起含辛茹苦养育你们的父母吗?

袁校长苦口婆心的说教深深打动了学生,让他们知错改错,好好学习。从此以后，班中打架斗殴的事件少了，班级的学习氛围明显好转。

关于班中学困生的转化问题，宋亚楠向袁校长讨教，袁校长也给她讲了一套系统的工作方法。

对于班中学困生的转化管理，首先要关心呵护，激发他们的学习热情。学困生首要的心理矛盾是求师爱而不得师爱的矛盾、求理解尊重却遭到误解歧视的矛盾。在班级管理中，教育学困生，班主任必须站在他们的立场上，设身处地地帮助他们渡过难关。班主任对于学困生的内心世界要深入了解，深刻体验，换位思考，体味学困生的内心感受，即使学困生犯了错误，班主任在处理问题时也要因势利导，保护他们的自尊心，培养他们的自信心。

转化学困生，单靠班主任一方面的工作远远不够，要注重学困生的家庭教育。从"养成教育"来说，家庭教育伴随孩子到成年甚至时间更长，直接影响学校教育和社会教育的成效，一定要让家长密切配合学校，为学困生提供健康的成长环境，帮助学困生彻底脱"困"。

宋亚楠听后，很钦佩袁校长的工作经验，对于班级的管理，她又学到了很多经验。

四

袁校长很注重教师队伍建设，不仅与年轻教师一起分享自己的教学经验，还竭尽所能地为他们提供各种发展平台，鼓励他们在工作的时候保持健康乐观的心态和积极进取的精神，践行个人教育诺言，实现学校的育人梦想。

在每次读书交流会上，袁校长都语重心长地告诫年轻教师，不要养成眼高手低的习惯，不要轻视梦想的力量，不要被平凡的生活和琐碎的工作埋没了激情，兴寨中学需要的是有思想、有干劲、有梦想、有坚持和能吃苦、能坐住、能站起的"四有""三能"教师。学校虽然居贫苦之地，但是学校的每一位教师应该时时提醒自己，不能失去来这里工作的初衷，不能丢了自己的理想。

坐而论道，不如起而行之。年轻教师有理想、有激情是自身的优势，但仅仅有理想是不够的，如果没有行动，将会永远停留在起点上，尽管有时行动不一定会带来理想的结果，但是不行动则一定没有好结果。工作中，不要让眼高手低束缚自己的手脚，无论大小事情都必须用心去做。

此外，年轻教师切忌牢骚满腹。袁校长说，他知道有些教师总爱抱怨薪水与付出不符，抱怨考核不公，抱怨学生难缠，抱怨家长不理解，种种负面的情绪都给教学带来了困扰。他劝说大家与其不停地抱怨，不如换一种积极的心态面对生活中的各种事情，以"宠辱不惊，闲看庭前花开花落；去留无意，漫随天外云卷云舒"的人生境界塑造自己。

由于担心宋亚楠等新来的老师有畏难情绪，袁校长在读书交流会还将自己写的一首诗——《越努力越幸运》拿出来与大家共勉。

越努力　越幸运

世上没有一件工作不辛苦

没有一处事情不复杂

从今天起

每天微笑吧

世上除了生死

都是小事

不管遇到了什么烦心事

都不要难为自己

无论今天发生了多么糟糕的事

都不应该感到失望

今天是你最年轻的一天

相对于明天

今天永远是起跑线

努力后才知道

许多事情

坚持坚持

就过来了

人生不易

拼的就是坚强

越有涵养的人

越沉静简单

越肤浅单薄的人

越浮躁不安

真正的强者

不是没有眼泪的人

而是含着眼泪依然奔跑的人

人的一生要疯狂一次

无论是为一个人

为一段旅途

或者一个梦想

努力之后

你会发现

自己要比想象的还优秀

你必须很努力

才能看上去毫不费力

所以

放下你的浮躁

放下你的懒惰

放下你的三分钟热度

放空你禁不住诱惑的大脑

睁开你容易被任何事物吸引的眼睛

闭住你什么都想聊两句八卦的嘴巴

静下心来好好做你该做的事情

该好好努力了

记住一句话

越努力

越幸运

五

　　宋亚楠在课外阅读时，看到了这样一个故事。法国马塞有一位名叫多梅尔的法官，为了缉捕一个强奸杀害女童埃梅的罪犯，查了几米高的文件和档案，双脚踏遍了四大洲，打了三十多万次电话，行路达八十多万公里。

　　多年来，由于多梅尔法官把全部心思都放在了追捕上，两任妻子都离他而去，但他矢志不渝，经过五十二年漫长的追捕，终于将罪犯捉拿归案。

　　当多梅尔法官拿手铐拷住凶手的时候，已经是七十三岁高龄了，他兴奋地说，小埃梅可以瞑目了，他可以退休了。

　　此后，有记者问他：这样做值得吗？他回答，一个人一生只要干好一件事，这辈子就没有白过。

　　其实，一生干好一件事，不是那么简单的，千千万万的普通人，认认真真、踏踏实实地在一生中干好一件事的人不多。

　　时间无涯，人生有涯，每个人都应该把有限的时间、有限的精力集中起来，做一件应当做、可能做的实实在在的事情。

无独有偶，在荷兰的一个小镇上，有一位年轻的普通看门人——万列·文虎克，他每天的工作是打扫门前的垃圾，定期爬上钟楼向全城居民报告时间。工作虽然很简单，收入也仅仅够生存，但这位青年在这个工作岗位上一待便是四十年。

在工作之余，他一不打扑克、下棋消磨时间，二不去泡茶馆、酒馆，他把全部的精力用在打磨镜片上，他想制造显微镜，观察微观世界。

打磨镜片既耗时又费工，可他乐此不疲、兴致勃勃，就这样年复一年，日复一日，他从不间断，一直磨到六十岁，其中的枯燥、乏味、艰辛、劳累可想而知。

在他锲而不舍地努力下，终于磨出了光洁透亮的复合镜片，放大倍数超过了当地专业技师制作的产品，他把两块镜片隔开一些距离，固定在一块金属板上，再装上一个调节镜片的螺旋杆，一架在当时最为精巧的显微镜便做成了。

凭借自己研制的"魔镜"，他观察过雨水、污水、黄油、腐烂肉、血液、头发、牙垢等，终于揭开了当时科技尚未知晓的微生物世界的神秘"面纱"。他写给英国皇家学会的二百多封信中，附有大量绘制的球形、杆状、螺旋形细菌和原生动物的图，第一次描绘了细菌的运动。

他因创造奇迹而名声大振，成为英国皇家学会会员和巴黎科学院院士，英国女王访问荷兰时，还专程到德夫尔城与这位著名的荷兰科学家见面。

读到上面的动人故事，宋亚楠想到了自己，既然选择了教书，就应该把它当作自己的事业去追求，用自己的全部精力去践行教书育人的真谛。

一生干好一件事，似乎标准不高，然而真正干好一件有意义、有价值的事，并不那么容易，需要有目标、有恒心、有追求，需要锲而不舍，需要付出辛勤的劳动和汗水。

宋亚楠想，要想在教育岗位上干出成绩，应该坚信教育是神圣的事业。教师的工作是在一片圣土上耕耘,因为孩子的心灵是纯净的、天真的、无邪的。在这里,看不到尔虞我诈、贪利忘义,看到的只是一张张可爱的小脸、一双双求知的眼睛,体会到的是孩子们的真心、真情、真意;职业要求教师必须拥有高尚的灵魂,淡泊名利,乐于奉献,用爱传递人类的文明。

一生干好一件事,要坚守自己的追求。有了崇高的理想和追求,就有了实现社会价值和自我价值的永恒动力。教师的职业理想和抱负,无论对学生、对社会,还是对教师本人都具有很重要的意义。

有位哲人说过,一心向着自己目标前进的人,整个世界都会给他让路。教师就要有这种精神,因为教育是一项伟大的事业,一头挑着学生的今天,一头挑着国家的未来。

一生干好一件事的哲理文章,给宋亚楠以巨大的动力,她心中暗下决心:一定要把这三尺讲台站稳,一定要对得起这里的学生和父老乡亲。

六

作为新时期的教师,不仅要有一生干好一件事的工作态度,而且在工作还要有一定的爱心,爱是干好事业的前提。教师教育的对象是学生,是一群活生生的孩子,只有对学生付出了爱心,才能得到学生的爱戴。教师的爱是一种崇高的精神力量,这种力量就像阳光、春风,就像绿树间的潺潺清泉,在学生的心田中漫溢开来。

宋亚楠根据工作经验认为,教师要想给学生阳光,先得自己心里有阳光。教师心中的阳光就是一颗爱学生的心,爱是课堂的润滑剂,它能消融师生之间的隔阂;爱是课堂的催化剂,它能让知识更有效地传递与接受;爱是课堂的核心,它能让教育彰显神奇的力量。当教师的爱成为一种习惯,在课堂上才会尽力去营造一个平等、民主、和谐的学习氛围,建立新型的师生关系。

现代教育理念表明,爱是教育的前提,而且这种爱应该是真诚的,教师对学生的爱,绝对不是为了某种教育效果而故作姿态,而是教师真诚人道主义情怀的自然流露。正如伟大的教育家陶行知先生所说，真正的教育是心心相印的活动，唯独从内心里发出来才能打动学生的心灵深处。

教育的真谛在于爱，这是人们的共识，也是成功教育的规律。教师的点滴关爱，犹如春日窗外的淡淡暖阳，轻轻地让学生感觉沐浴在金色的光辉之中。学生可能会尽享父母的爱，却不一定会珍惜老师的爱，教师对学生的爱是教育的基础，是师生间最有力量、最自然的链接，只有爱学生，才能让学生"爱其师，信其道"。

因此，教师要让爱成为一种习惯，冷漠就不会自私贪婪地在阳光下潜行，关爱和感动会像母亲的乳汁一样，把那些日渐干枯的心灵滋养得鲜活，充满灵性。

通过一堂堂课的经验积累，宋亚楠认为教师的爱体现在以下几个方面：

教师对学生的爱，体现在平等地对待每一名学生。课堂上，教师要善于捕捉学生的闪光点，为他们喝彩，让学生感受到老师的真诚与温暖的同时，在被鼓励、赞扬过程中增强信心。在教学过程中，教师所说的每一句鼓励的话，每一个期待的眼神，都能让学生心中的怯懦、自卑慢慢消退，变得自信。学生一旦被尊重、被赏识、被发现、被期待时，他们对学习会产生浓厚的兴趣，教师的教学效果也容易显现。

教师对学生的爱，表现在做学生的良师益友。教师要充分利用自己为人师表的优势，和学生一起探讨问题，共同进步。在无隔阂、无界限的交往过程中，获得了共同的快乐。渐渐地，教师便把对教育事业的热爱和对学生的关爱变成一种发自内心的日常活动，成为一种习惯，这种习惯像一缕春风，吹进学生的心田，达到心与心的交融。和谐的师生关系就像优美的音符，充溢在师生之间。

当爱成为一种习惯，教师会时时刻刻欣赏自己的学生，欣赏学生顽皮的笑脸，欣赏学生专注的目光，欣赏学生胜利的喜悦，欣赏学生失败的泪水，这种欣赏就是教师最深的爱。

没有爱，就没有教育，这是教育发展的必然规律，也是教师站好讲台的必然要求。

七

近一段时间，班里的学生表现得比较浮躁，学生学习很不踏实，宋亚楠一直在寻找原因。

通过各方面的调查，她总结出来学生浮躁的主要原因：班上的学生普遍缺乏抗挫能力，一旦遇到学习难题，就会灰心丧气，半途而废，有的学生还经不起失败的考验，一时的成绩下滑，便自暴自弃，破罐子破摔，一蹶不振。

对于纠正班上学生这种不踏实、浮躁之风，宋亚楠下了很大工夫，从中也总结了一些经验。在读书交流会上，她没有像往常一样分享自己的读书感悟，却将自己的教学心得和其他老师进行了探讨，开创了读书交流会的新风尚。

关于培养学生抗挫能力，宋亚楠提出以下几点看法：

一要培养学生坚强的心理素质，树立远大的人生理想。理想是人生的指路明灯，是鼓舞学生前进的巨大动力，理想决定着一个学生的努力方向，崇高的理想是开拓进取、锐意创新的精神动力，是战胜困难的力量源泉。教育学生树立崇高的理想，确立正确的人生观、价值观，是培养学生抗挫能力的重要方式之一。，正确的人生理想是学生自身发展的重要保证，只有让学生树立远大的理想，才能使他们有高尚的道德情操、旺盛的创新精神和坚强的奋斗意志，才能使学生更健康地成长。

二要让学生正视挫折，不畏挫折。学生作为一个群体，受自然、社会、家庭和学校等多种因素的影响，学习中遭受挫折是难免的。当学生遇到挫折时，教师要作正确引导，要让学生正视挫折，激励他们不要心灰意冷，应该百折不挠，主动向挫折挑战，保持正常的心理状态。在班级管理过程中，要对学生进行挫折心理教育，尤其是对于家庭不健全或平时表现为孤独、内向的学生，更应该加以正确引导，因为这些耐挫能力较差、心理素质欠佳的学生，一旦遇到困难，很容易自暴自弃，从而对生活失去信心，最终误入歧途，给家庭、学校、社会带来不良影响。

三要让学生学会冷静地对待挫折。冷静地对待挫折，正确分析挫折产生的原因，及时总结经验教训，也是培养学生抗挫能力的一种手段。挫折给学生以精神上的打击，给他们的人生带来重创。然而，挫折又孕育着成功，它催人奋起，能唤起学生内心深处的征服欲。老师应该引导学生将困境当作"天降大任于斯人也"的考验，破釜沉舟，奋力一搏，转败为胜。受挫之后的思考过程、总结过程、探索教训过程也是学生成长的过程，它能激发学生的进取精神，磨砺学生的意志，突破自我。

四要让学生掌握战胜挫折的方法。既然受挫是难免的，掌握战胜挫折的方法，培养坚强的意志，也是增加学生抗挫能力、走好人生之路的必要条件。首先，当学生遇到挫折的时候，要让学生发挥主观能动性，做好自我调整，从内心消除紧张、焦虑的情绪。"欲胜必强，欲强必韧，欲韧之道，乃心智之忏也。"最大限度地发挥自己的主观能动性来战胜挫折，克服不利因素。其次，转移注意力，创设另一种情境，走出自我封闭的圈子，保持健康乐观的心态，困难、挫折就会随之而散。最后，要鼓励学生多参加社会实践和集体活动，努力学习各门功课，增加社会阅历，丰富文化知识，对培养学生抗挫能力也大有裨益。

宋亚楠的发言受到了袁校长和学校老师的表扬，大家还将她的抗挫能力培养方法试着在班级管理中应用，收到了很好的效果。宋亚楠也觉得这样既解决了自己的难题，也为同仁提供了借鉴，心里的自豪感油然而生。

八

放暑假了，为了缓解一下工作期间的繁忙状态，放松一下紧张的心情,学校组织了一次考察学习活动。回来后,宋亚楠将自己考察学习心得写成《旅游见闻》。

早晨六点多钟,迎着和煦的阳光,伴随着欢快的心情,大家一路欢歌笑语出发了。

大巴在公路上疾驰,透过车窗向外看,一派丰收景象映入眼帘,地里的庄稼到了夏收季节,橙黄的麦穗微微颔首,在微风的吹拂下轻轻摇曳,好似向主人诉说着丰收的喜悦。地里成熟的西瓜,遍地的躺着,有的欢快地裂开了嘴吧,鲜红的瓜瓤流露在外面,惹得人们直淌口水。

大巴继续前行,另一番景象展现在眼前,山上的层层梯田极其壮观,气势恢弘,如链似带,从山脚盘绕到山顶,小山如螺,大山似塔,层层叠叠,高低错落。那抽象的曲线,更胜梵·高笔下的星空,如行云流水般,潇洒柔畅,妩媚动人。

在公路两边零星的地块上,种的是苹果树,果树枝繁叶茂,长势旺盛。但满树都挂着纸袋子,听导游说,纸袋子里面装的是苹果,由于这种纸不怕阳光暴晒、风吹雨淋,伸缩性和透光性极好,人们在苹果长到核桃大的时候,就用这种特殊的纸做袋子罩在苹果上,这种做法可以防止苹果遭到大气、农药的污染,还能防止害虫对苹果的外部损害,又有一定的保温作用。这种纸透光透气,不影响苹果的正常生长。用这种方法培育出来的苹果是绿色食品,果肉厚实,果皮细腻,酥脆爽口,甘饴醇甜,是一种营养补品。

当地人民的智慧给他们带来了丰厚的回报,这里的苹果远销国内外,很受消费者的青睐,是他们经济收入的主要来源。

车快行到高速公路服务区,应大家要求,司机师傅停车稍作休息。在服务区,当地卖桃子的商贩蜂拥而至,这些商贩多是附近的农民,他们用商量的口气问询着游客,只要是游客略带一点同意的表情,他们会随手拿出篮子里最好的桃子,习惯性地在衣服上擦一擦,递给他们,让他们品尝。这种做法虽然不太卫生,但可以看出当地商贩的质朴和真诚。

我的肠胃不好，下车之后没有前去凑热闹，找了一个稍微清静的地方，蹲下来休息。这时一对皮肤黝黑的小兄妹提着桃子走了过来，小男孩看起来还有点胆怯，不敢靠近，他的姐姐向前问我："阿姨，你要桃子吗？这桃子可好吃了，不信你先尝尝。"说着她给我取了一个，当她把桃子放在我面前，看着我有点迟疑，她马上意识到了什么，赶紧喊弟弟："尕娃，快给阿姨盛些水把桃子洗洗。"小男孩听到姐姐的喊声，拿起篮子里的矿泉水瓶子向服务区的水房跑去。

看着姐弟俩我有点感动，从他们的模样看，姐姐有八九岁，弟弟有五六岁。当我问起他们的爸妈时，小女孩说爸妈上山割麦子去了，由于父母比较忙，姐弟两个帮助父母卖桃子。

小女孩的话打动了我，我问起桃子的价钱，姐姐说一斤五角，我没有还价，买了姐弟俩的十斤桃子。

中午十二点多钟，我们到达天水，在蜀都大酒店用过餐，稍作休息，向陇上名胜景区麦积山出发了。

听导游介绍，传说天水是伏羲老祖的诞生地，是一个人文底蕴深厚的地方。天水的人文庙宇是天水名胜之一。古代天水人杰地灵，出了许多历史名人，为了纪念这些卓越的历史人物的丰功伟绩，历朝历代的人们修建精美的建筑，传颂他们的事迹。

麦积山风景区位于天水市东南约五十公里处，风景区内山峦叠翠，群峰高耸，烟雨笼罩，显示出她风景秀丽的独特容姿。

麦积山是中国佛教发祥地之一，魏晋南北朝时期，佛教东流，初建寺于洛阳，其后信者日繁，传教者也日众，遂于山林幽静的地方，有峭壁可凿者，乃凿成洞窟，雕塑石像。在南北朝时期，天水的很多名山秀峰被选建为佛教活动场所，不仅为后人留下了许多著名景点，还营造了浓浓的宗教氛围。

车到麦积山景区，看到凿在半山腰的石窟，同事们赞叹不已，栩栩如生的佛像,大的高达 16 米,小的仅有 10 多厘米,其中数以千计的与真人大小相仿的圆塑,极富生活情趣,被视为珍品。

麦积山的塑像有两大明显的特点:强烈的民族意识和世俗化的趋向。除早期作品外,从北魏塑像开始,差不多所有的佛像都是俯首下视的体态,都有和蔼可亲的面容,虽是天堂的神,却像世俗的人,成为人们美好愿望的化身。

九

写了一篇,意犹未尽,宋亚楠又写了一篇《旅游见闻二》,只是想简单抒发一下自己旅游的感受。

游完麦积山,饱了眼福,大家又出发了,途经成县,这里是省上退耕还林示范区。抬头远眺,绿树随着山形连绵起伏,风吹树动,如同绿色海洋荡起一层层绿色的涟漪,惹得游人都啧啧赞叹。

近年来,党和国家提倡退耕还林,这是造福人类的重大举措,国家和政府的巨资投入,这满山绿树就是对国家和人民的回报。

进入文县,公路出现塌方,无法前行,我们停下来休息。抢修道路的场面十分壮观,十余辆施工车紧张作业,路边的交警负责交通疏导,看着汗流浃背、满身泥土的施工师傅们,心中非常感激。这时车上的 VCD 正播放着《为了谁》的歌曲。为了谁,为了祖国的繁荣富强,为了金光大道的畅通,为了交通的安全,为了社会的和谐。

两三个小时过去了,塌方的道路终于抢通,我们继续旅游行程。

文县到处是崇山峻岭,悬崖峭壁,车在蜿蜒的山道上缓慢行驶,这时有的同事开始抱怨山路颠簸。大巴车在爬坡的行程中,基本上都是七八十度的大转弯,一个连着一个,当车到达山顶时,再往下一看,让人胆战心惊。

人类的智慧是无穷的,公路边上涂有斑马线的视觉障碍物,只要旅客不往下看，车好像在山坡上行驶，并无异样。文县山大沟深，交通不便，经常发生交通事故，为了确保车辆行驶安全，政府在文县至武都的国道公路上修建高八十厘米、宽二十厘米的公路间隔护栏，一路看见光着膀子、袒胸露臂的正在施工的工人，游客们向他们投以崇敬的目光。

进入四川的九寨沟县，大家游览了九寨沟。九寨沟以绝天下的原始、神秘气氛而闻名，这里雪峰玉立，青山流水，交相辉映。九寨沟的瀑布、溪流更是迷人，如飞珠撒玉，异常雄伟秀丽。

无论是艳阳高照下显现出的铁骨峥嵘的阳刚之美，还是云遮雾绕下若隐若现的妩媚之美，或是阳春三月里漫山遍野盛开的鲜花透出的浪漫之美，甚至是在雪花纷飞的严冬处处银装素裹下的圣洁之美，九寨沟都给人以美的享受，美的熏陶。

九寨沟的美，在于她的水，水是她的精灵，水赋予这个人间天堂——九寨沟无限的生机。清澈的水宛如明境映照苍穹，似翡翠装点群山，似珍珠闪着银光，跳跃着奔入人的情怀，像巨龙腾跃于崇山峻岭之间，飞动与静谧结合，刚烈与温柔相济。

九寨沟的美，还有那青翠欲滴的苍松翠柏，坐在观光车上绵延几十里的沟谷，到处都是翠绿，清幽凉爽，满目生辉，绿荫如海，碧波荡漾，翡翠裙绿飘逸如流云，一阵疾风掠过，吹皱一泓碧波松涛，别有韵味，情趣盎然，婀娜多姿，妩媚动人，人在沟中走，如同画中行。

生活在九寨沟的藏族人民辛勤劳作，创造着殷实幸福的生活，飘动的经幡，古老的水磨房，融化在奇山异水、蓝天白云之间，使人乳化如仙。

九寨沟的美，是灵性之美，创造之美。

游完九寨沟，已是下午四点多钟，大家住川主寺，第二天游览了黄龙景区。

黄龙风景区位于阿坝藏族羌族自治州松潘县境内，主景区黄龙沟位于岷山主峰雪宝山顶下，主要因佛门名刹黄龙寺得名，它是一条长约七八公里，宽约三百米的钙化山峡，从后寺到谷口，铺满了乳黄色的碳酸钙质，宛若一条从雪山飞腾而下的黄龙，龙头、龙腰、龙尾处分别建立前寺、中寺、后寺三座庙宇，五色彩池层层相连，恰似龙身上的鳞片，闪闪发光，奇花异草与参天古木照相辉映。千层碧水漫流其上，流壑飞泉到处可见，像水晶帘挂在钟乳岩上，垂下千条银丝，万串明珠，蔚为奇观。

走在黄龙的木板栈道上，轻轻闪动，发出"咯吱咯吱"的响声，悦耳动听。淡淡的阳光洒向山野，让沉郁在山林间的雾气渐渐向空中缥缈。栈道曲径通幽，弯弯拐拐，可俯视沟谷小溪流水，可仰视枝叶雨林奇观。

行走在密林间，晶莹的"晨露"在微风吹拂下，渐渐滴落。沿着一条羊肠小道向密林深处前行，深吸一口大山里清新的空气，仿佛抛却了城市的喧嚣与浮躁，回到猿人时代，与山、与树和谐相处，与水、与鸟共鸣，连眉毛都舒展了。

在上山的途中，我们碰见了一对夫妇，男人背着一袋水泥，女人背着一米多长的木板，大约各有七八十斤，他们的手里都拄着一把"丁"字拐杖。我对拐杖产生了好奇，放慢了脚步，主动与他们打招呼，两个人很客气地回应了我。见我直盯着他们手中的拐杖，男人忙说，这是一个撑架，由于背的东西重，难以蹲下来休息，为了解决了这个问题，才做了支架一样的拐杖，只要想休息，就把它靠在栈道边的树旁，屁股轻轻地撑在上面，放松一下腰部和背部。当我问起他们背的东西用途时，男人告诉我，水泥是用来维修景点的，木板是维修栈道的。

黄龙气候湿润，树木长得很茂盛，旅游景点的路都是用木板铺的栈道，为了不破坏景区的原生态自然环境，景点所用的维修材料都是人背上去的。景区自开发、开放以来，景区管理中心组建了一个工程维护队，职工由景区附近的农民组成。由于黄龙海拔较高，空气稀薄，人走上去都很困难，有的游客还带着氧气袋。这些可敬的农民兄弟还要背着近百斤的东西上山，其艰难可想而知。

问起劳动报酬，中年妇女说，一百斤重的东西给三十元的搬运费，一天可以背两次，上午、下午各一次，上山时背维修用料，下山时背旅游垃圾,一天能挣一百多元。

看着她那开怀的笑容,我看到了满足带给人的喜悦。

愿他们上山走好,好人一生平安。

请保护好景区的设施,请呵护好景区的环境,这是我们大家的共同心愿。

《旅游见闻》写好之后宋亚楠像小学生一样怀着忐忑的心情,把这两篇文章交给了袁校长,请校长斧正。袁校长看后,对这位年轻的教师十分欣赏。看到袁校长眼神中有满满的赞赏,宋亚楠很高兴,晚上她在日记上写了几句感想:

经历过跌跌撞撞,才知道内心所向;经历过迷茫不安,才懂得逼自己前行;经历过窘迫尴尬,才学会耐得住性子。任何人的成功都不是一蹴而就的,每一阶段的成功都是一步一个脚印的积累。慢慢来,别着急,生活终将为你备好所有的答案。

成功不在于别人走你也走,而是在于别人停下来你仍然在走。原谅别人常常比指责别人更有力量。

即便身处黑暗,心光明,一切便光明;即便身处物欲,心清静,一切便清静;即便身处孤独,心充实,一切便充实;即便身处绝路,心通达,一切便通达;即便身处荒漠,心繁华,一切便繁华;即便身处枷锁,心解脱,一切便解脱。

你之所以活得累,在于你只有心理上不断自责,没有在行动上立即改变。

随着日子往前走,这个世界上没有不带伤的人。无论什么时候,你都要相信,真正能治愈自己的,只有自己。不去抱怨,尽量担待,不怕孤单,努力沉淀。

第三章　憧憬枝俏　情感荡起相恋漪

我们无法选择命运的安排，但是我们可以选择对待和接受命运的态度。遭遇逆境不等于给我们宣判死刑，真正的法官永远是自己，只有我们自己才有资格对命运做出最终的判决。

做一个简单的人，务实而踏实，不沉溺幻想，不庸人自扰，要快乐，要开朗，要坚强，要宽容，要有平常心，永远对生活充满希望，微笑面对困境与磨难。

一

由于工作条件不好、交通不便等原因，兴寨中学已经好几年没有分进来女教师了，宋亚楠的到来，让学校的气氛活跃起来了。学校单身男教师，看到这样一位富有才气而又漂亮的姑娘，多少会动心。一位同事开玩笑说，宋老师的到来，年轻男教师的心态都变了。

宋亚楠长得漂亮，打扮得朴素大方，窈窕的身材，妩媚的脸庞，起伏的胸脯，白皙的皮肤，飘逸的长发，给人一种淳朴的自然美。

窈窕淑女，君子好逑。学校有几位年轻的单身男教师对宋亚楠产生了爱慕之情，首先向她坦白心怀的是数学老师伊洪璞。

伊老师是一位师专毕业生，他比宋亚楠早毕业几年，今年他与宋亚楠是搭档，代的是同一个年级的课。宋亚楠给他的班代语文课，他给宋老师的班代数学课，工作上的接触，为感情的发展创造了条件。

伊老师在谈工作时经常向宋亚楠暗送秋波，含情脉脉的眼神让宋亚楠感到有点不自在。

伊洪璞老师已经在这里工作三四年了，但因条件艰苦，加上整天忙于教学工作，没有时间接触外面，至今没有找上对象。农村的姑娘不想找，而上班的姑娘听说他在农村教书，要么婉言谢绝，要么不屑一顾。

宋亚楠的到来，给伊鸿璞的爱情带来了一丝希望，他要抓住这次机会，大胆地去追求。他不能放弃这次机会，也不想放弃这次机会。

一次，学校一位教师的儿子娶媳妇，同事们过去帮忙，事情结束之后，宋亚楠和伊老师一块回学校，一路上两个人说说笑笑，谈工作，谈生活，谈学校趣事，两个人谈得很投机，也很高兴。

当他们谈到人生感情时，伊璞鸿直截了当地问："宋老师，有对象了吗？"

宋亚楠顺口说："没有。"

伊鸿璞听到宋亚楠说没有对象，心中有一种控制不住的兴奋与冲动，因为他对宋亚楠爱慕已久，她勤谨进取的工作态度，落落大方的举止，清秀美丽的容貌，早已在他的心中留下了好感。一直苦于没有合适机会的他，终于抓住了今天这个机会，他要向宋亚楠告白，说出压在心底的爱意。

感情的力量是伟大的，伊鸿璞心中有一种不可扼制的激情在奔涌，这种激情催促着他要向宋亚楠表白一切，一向腼腆拘谨的小伙子，一下子变得精神高昂起来，他试探性地问宋亚楠："我给你介绍一位对象好吗？"

宋亚楠以为伊鸿璞在开玩笑，随口说："好呀！忒感谢你，对象在哪儿工作，是干什么的？"她显然没有注意到伊鸿璞内心巨大的波澜。

"是一位教师。"伊鸿璞观察着宋亚楠的表情变化笑着说，"远在天边，近在眼前，你看怎么样？"

宋亚楠心中猛然一怔，没有想到伊洪璞毛遂自荐，他如此直率的坦白让她满脸通红，开始后悔自己前一刻的草率。本来她想继续开个玩笑，但是看着伊鸿璞满脸真诚的样子，只好结结巴巴地说："我、我还没有考虑过这个问题。"

伊鸿璞见一向开朗的宋亚楠突然局促起来，觉得自己有点唐突了，但他又认为不能放弃这次机会，他必须要说出来。

"那你现在应该考虑这个问题了，我等你的答复。"伊鸿璞补充道。

宋亚楠没有接伊鸿璞的话，她低下头沉默不语。伊鸿璞见宋亚楠一脸严肃，默不作声，忽然觉得自己有点过分了。以这种方式逼迫一位姑娘答应做自己恋爱对象，真是有点可笑。他的内心五味杂陈，一方面终于倾吐了久久压在胸口的爱意，一方面担心宋亚楠直接拒绝他的心意。还好，她只是没有考虑过这个问题。带着各自的心事，两个人一路无话，静静地走进了学校。

这天晚上，宋亚楠辗转反侧，毫无睡意，伊鸿璞的表白激起她内心深处的涟漪。恋爱、结婚，是一个成年人该考虑的问题，也是一个成年人必走的路。她不能正视的不是恋爱结婚本身，而是自己。

因工作频繁地接触，两个年轻人是很容易产生感情的。其实，在伊鸿璞没有向宋亚楠表白之前，学校里已有闲言碎语，说他俩是工作上的搭档、生活中的小情侣。对于大家的议论，宋亚楠全然没有放在心上，但是今天伊鸿璞的告白，她终于知道这些议论不是空穴来风。

作为一个年轻女孩，宋亚楠对爱情充满了渴望和幻想。上大学的时候，正是情愫萌动的时候，宋亚楠却没有谈恋爱，因为看了周围的师兄师姐因恋爱而耗费了好多珍贵的学习时间最终一无所获，有的甚至因为失恋而一蹶不振影响学业，她对爱情连奢望的勇气都没有了。宋亚楠承认自己在爱情面前是一个懦者，也是一现实者，大学她不谈恋爱，不是不想，而是不敢。

如今工作了，在没有站稳脚跟的情况下，她是不会在这方面耗费精力的。而且，她是一位思想极为传统的女性，没有勇气主动追求爱慕者，也不忍心残忍拒绝他人的爱慕，对于伊鸿璞的这份心意，她不能轻易接受或摔碎。爱情是无私的，也是自私的，有时候它可以包容一切，有时候它也容不得别人有半点玷污和侵犯。

这一夜，宋亚楠失眠了，伊鸿璞也失眠了。

唐突的表白，羞涩的隐忍，打破了两个人和谐的工作关系。

二

自从伊鸿璞向宋亚楠表白心意后，两个人见面都有点不自在，尤其是宋亚楠开始有意无意地躲着他。伊鸿璞想与她打个招呼，她都不给机会，这让伊鸿璞感到很失落。

失落归失落，伊鸿璞没有灰心丧气，他要坚持追求下去，除非是宋亚楠坚决拒绝。

一个星期六的晚上，伊老师想到了一个办法，他拿着自己最近写的一首自由诗，找宋亚楠请教。

这是一个很好的借口。

伊鸿鸿老师的到来，宋亚楠并没有感到吃惊，她知道伊鸿璞的苦心，但她想用正常的情绪掩盖尴尬的氛围，一本正经地读伊鸿璞的《老师您好》。

老师 您好

穿越数千年的岁月

寄托着无限的希望

坦诚心底无限的尊重

每时每刻都在表达着一种敬仰

都在篆刻着一种真诚

在教师节来临之际

从内心的深处啊

流露出诚挚的问候

老师，您好

这句话

凝聚着历代人的希望

这句话

萦绕在每代人的心间

常问常说的"老师您好"

蕴涵着相同的心愿

送一束沁人心脾的鲜花

祝老师桃李满园事业中天

老师,您是美的耕耘者

是您用阳光般的爱温暖学生

老师,您是爱的播种者

是您用爱的甘饴滋润着学生干涸的心田

您是桥梁

让学生沿着您的脊梁走向成功的峰巅

您是红烛

为学生照亮人生逶迤的征途

让学生走向光明的彼岸

老师

是您用满腔的人生热情

给学生成长的灵魂以温暖

您是知识与智慧的化身

传播知识播种幸福

不计辛勤一砚寒

您用语言播种,用彩笔耕耘

用汗水浇灌,用心血滋润

种花容易树人难

桃熟枝残

毫无怨言

慈母　蜡烛　春蚕　人梯　园丁

称呼不同却包含着厚重的寓意

都昭示了您那崇高的品格和无私的精神

都是您为社会做出的巨大贡献的佑证

是您用智慧　爱心　汗水

去浇灌培育呵护着祖国的未来

人们常说

父母给了一个人的生命

而老师却给了一个人的一生

质朴无华的言语

道出了一个事实——

驰骋疆场的军人

立身于科技领域的精英

奉献于各行各业的中流砥柱

哪一位能离开老师的谆谆教诲

哪一位不是老师的辛勤汗水的结晶

老师

是您

让学生打开了一扇心智的窗户

是您

让学生看到了一个五彩斑斓的世界

有了您的呕心沥血辛勤耕耘

祖国花园才这般美丽

神州大地才充满春意

老师的工作是平凡的

因为您一辈子干的是

"铃子响了进去铃子响了出来"的工作

没有惊天动地的壮举

有的只是默默无闻的奉献

"只有状元学生,没有状元老师"

这您早已清楚

但您仍然起早贪黑任劳任怨

您有百姓的劳苦、医生的仁爱

您的胸怀——宽阔美丽

您的爱心——广过海洋宽过天空

老师也有怨恨之时

这种怨恨是职业病

老师之怨——怨钢不成金

老师之恨——恨铁不成钢

事业中的竭尽所能

为了让学生有出息

工作中尽心尽力

盼望学生能超越自己

老师

当人们对您投以最敬意的目光时

您总是抱以"教书育人是教师天职"的微笑

教育是祖国的未来

教育是民族的希望

服务于社会福祉于人类

是您始终不渝坚持的人生信条

奉献自己的一切不计个人得失

是您自始至终的做人原则

"春蚕到死丝方尽,蜡炬成灰泪始干"

是您对事业永恒的追求

细察您的音容面貌

一堆沧桑

但您用彩笔

描绘祖国美好的明天

宋亚楠看完之后,对伊老师的写作水平很佩服,随后两个人聊起了文学写作,谈歌德、谈泰戈尔,谈屈原、谈李白、谈杜甫,古今中外,无所不谈。这次聊天,两个人真正找到了共同的兴趣,共同的爱好,宋亚楠对伊鸿璞产生了好感。

三

伊鸿璞向宋亚楠表白之后,感情像脱缰的野马一样一发而不可收,当时宋亚楠虽然没有答应他的追求,但也没有直接反对,并且在后来的接触过程中,有时宋亚楠也会表现得很高兴,有点试探伊鸿璞的意思。

一天上完课之后,两个人坐在一块聊天,话题自然谈到了感情方面。宋亚楠开玩笑地问:"伊老师,同事们说你是感情高手,恋爱专家,那你说说什么是爱情?"

伊鸿璞听到宋亚楠的问话，他胸有成竹地说："这个问题从理论上保你满意。"

"还没有回答我的问题，净吹牛。"

伊鸿璞清了清嗓门说："我认为，对什么是爱情的回答，英国著名诗人沃尔特罗的一首爱情诗的最后一段说得最好：

……

爱情——是阳光掺杂着雨水

是牙疼搅拌着美味

是游戏胜负难分

是少女外部的羞涩内心的高兴

宋亚楠听着伊鸿璞背诵的诗句，心中怔了一下，他的回答出乎她的预料之外。

"这是外国的爱情观，现代年轻人对爱情的诠释是：

……

多少次偷偷地望着你的背影

多少次痴痴地听着你的笑声

多少次心中默默地呼唤着你的名字

一颗心被一张蛛网所纠缠

既让人亢奋

又让人纠结

但最终挣脱不开这无休止的纠缠

亲爱的呀

你听我诉说

你的芳心

已久居我的心田

心中有颗爱的种子

希望找到一块肥沃的土壤

为你——甘愿失去更多的欢乐

为你——甘愿获得更多的痛苦

为你——一颗诚挚的心

愿意献上自己的一切

……

"你哪来的这么多歪诗呀。"宋亚楠笑着说。

"在大学,学校开了一门《人生与论理学》课程,看了这方面的一些书籍,算是现学现用吧。"

"既然你有这方面的理论素养,请你解释一下丈夫与妻子的关系。"宋亚楠故意刁难伊鸿璞说。

这次宋亚楠还真打开了伊老师的话夹子:"丈夫是为追求幸福而失去自由的人,妻子是青年男子的情人,中年男子的伴侣,老年男子的护士。"

"那你们男人择偶的标准是什么呢?"宋亚楠在继续问。

"不同男人有不同的择偶标准,总结了几种类型:事业助手型,志同道合型,家庭主妇型……"

"但是需要补充一句,男人择偶的心态:自傲的姑娘没男人敢娶,并不是漂亮的姑娘人人都爱。"

宋亚楠听着伊鸿璞的高谈阔论,嗔笑道:"满嘴胡言"。

"考你一个最后问题,你说说爱情与事业的关系是怎样的?"

伊鸿璞满怀深情地看着宋亚楠,他知道自己的才华已经征服了这位漂亮的姑娘,再不请出伟大的马克思先生,恐怕要失去机会了。

"马克思曾经说过,如果有情人不能成为伉俪,差不多就是两个人最大的不幸。马克思在给燕妮的信中曾经这样写道,'你爱情的终结,同时也是我生命的尽头,我的整个心灵,全部都系于此,只有在这种爱情里,我才有继续生存的信心'。马克思在执着追求爱情的同时,也写出震惊中外的《资本论》。一个人在为事业奋斗的同时,并不妨碍对一个女人爱得如痴如醉、如痴如狂。"

谈到现实的爱情观,伊鸿璞问宋亚楠:"我说了这么多了,也该你发表一下意见了,要不然你说我是抢风头,显摆自己。"

听到伊鸿璞的话,宋亚楠说:"爱与被爱都是一种权利,只不过要看对方接受与不接受了。人到成年,都有这种权利,一个英俊潇洒、儒雅稳重的小伙子后面可以跟一群姑娘;一个美丽漂亮、风情万种的姑娘,后面也可以跟一帮小伙子。男青年不要以英俊潇洒就高傲自大,女青年也不要因自己标致就目中无人。相互尊敬、相互倾慕、相互扶持才是真正的爱情。"

听着宋亚楠的解释,伊鸿璞很高兴地想,这次他追宋亚楠有希望了。

"那你是怎样看待爱情的?"伊鸿璞反问宋亚楠。

"人们常说,把握住自己的命运,能与时代齐驱并驾的人才是生活中的主人。然而针对爱情,可以说和缘分有很大的关系,有一篇小说中这样写道:'如果与你有缘,你就是闭门不出,她(他)也会飘然而至。如果他与你无缘,你就是苦苦追求也是徒劳。'"

伊鸿璞对宋亚楠的说法并不赞同,婚姻强调缘分,本无可厚非,但是现实中的缘分男女有别,对于天生丽质、楚楚动人的姑娘来说,缘分可以等来;但对于年轻的小伙子来说,有时候就不行了。因为男人谈恋爱成功与否在于主动,"锁定恋人不放松,立根就在感情中,不怕才貌不相配,就怕真诚被感动"不是玩笑话,是有大道理的。

看着伊鸿璞若有所思的样子,宋亚楠笑着说:"大诗人,怎么了,不同意我的观点吗?"

伊鸿璞只好说:"没有啦,我觉得你说得有道理。关于爱情,我以前还玩过一首词,你想不想听?"

"必须滴,你尽管说。"宋亚楠觉得这个伊鸿璞有点意思。

《山坡羊·爱情价值》

时移岁更

情随时增

青春激情萌发升

恋爱经

似《圣经》

人生爱情有几程

恋人芳心相思念

成,有价值

败,有价值

听完以后,宋亚楠震惊了,看上去文文弱弱的伊鸿璞,还是一位才情横溢的才子,这个理科生知道的一点不比文科生少。

"对年轻人谈对象你有什么看法?"伊鸿璞问。

"对待爱情要有理智的见解,爱情的果实虽然甜蜜,如果滥吃,它也会变成苦果。因为爱情是生命之泉里一股圣洁的支流,如果用它浇灌出来的不是芳香的玫瑰,而是一束野草,那么它也就失去了意义。"

伊鸿璞点头赞同宋亚楠的观点。

"随着时代的发展,爱情先是输给了商品经济,后又输给了科学技术。离婚率的增高,某一方面说明现代婚姻观更开放了,但是从某一方面也反映了爱情的寿命一再缩短的现实。"宋亚楠进一步解释,"英雄难过美人关,美人也难过金钱关啊!爱情的道路坎坷不平,溪水只有在跌宕不平处才能唱出动听的歌声。一帆风顺的爱情经历,给人思考的机会太少,容易结合,也容易分离。只有经过考验的爱情才更值得回味,才更有人情味,才更值得珍惜。"

听了宋亚楠的谈论,伊鸿璞更加欣赏她了,觉得这个女孩子不仅漂亮大方,而且还是一个稳重、有思想的人。

"没想到你的口才这么好!"伊鸿璞一脸惊喜。

"本姑娘在大三的时候就代表中文系参加辩论赛,经过几番唇枪舌战,一举夺魁。"宋亚楠毫不谦虚地说。

伊鸿璞一脸羡慕地看着宋亚楠,看得宋亚楠有点心虚,红着脸说:"真的,没有骗你。"

伊鸿璞被她的率真逗乐了,忍不住"呵呵呵"地笑了起来。

四

说起辩论赛,宋亚楠真的有一手,在上大学时,她参加学校辩论赛,荣获最佳辩手。说起她的辩论情结,还有一段小小的故事。

一次偶然的机会,宋亚楠观看了学校的辩论赛,师姐师哥们丰富的文化知识、深厚的理论素养、敏捷的临场反应、咄咄逼人的气势让她折服,她像失态的孩子一样拍手叫绝。

随后,宋亚楠对辩论产生了兴趣,立即去学校图书馆借了一本《演讲与口才》,精读上面的每一篇文章的内容,总结其中技巧,决心在大学期间一定要参加一次辩论会。

其实辩论赛并不神秘,关键是辩手要有知识和能力,辩论时要展现辩手的道德涵养、文化积累、逻辑思维、心理素质、语言艺术、仪表仪态等综合素质和整体能力。

有了目标,宋亚楠有了动力,有了动力,就付诸行动,图书馆成了她常去学习的地方。

江河之水非一源之水,千镒之裘非一狐之白也。勤奋地积累最终为宋亚楠赢来机会。大学三年级,她被选入中文系辩论队,代表中文系参加全校第十届辩论会。

在辩论过程中,掌握了辩论较量艺术的宋亚楠懂得在台上如何操纵辩论局势,懂得正确处理知识积累与辩论技巧的关系、逻辑思维与形象的关系、道德修养与人格力量的关系、自我表现与听众接受的关系等,甚至连女辩手的辩论秘诀她都永记心中,用柔而不软兼具钢性的语调,舌战对手,最终获胜。

而且，辩论带来的成就感，让宋亚楠挖掘到学校图书馆的价值所在，她将图书馆视作大学灵魂的摆渡者。而图书馆待她不薄，让她遇到了物理系的辩手宋秉诚，小伙子口齿伶俐，思维敏捷，说话似演讲，字字珠玑，台上唇枪舌剑，台下却互相欣赏，两个人成为朋友。两个人的相识给宋亚楠的以后学习注入了新的动力，二人结伴上自习，相互督促，互相提高。看着他俩出双入对的身影，班上的男同学一再慨叹：班花被别人"领"走了。同学们认为他们在谈恋爱。

事实上，宋亚楠和宋秉诚没有谈对象，两个人只是整天忙于看书、背书，而且约定，大学毕业前争取把学校图书馆的好书都能浏览一遍，免得毕业后留下遗憾。

其实，对于宋亚楠这段扑朔迷离的"恋爱"往事，伊鸿璞早从别人那里听得一二，只是无从判断，但通过对工作以后的宋亚楠的了解，完全可以断定她只是把宋秉诚视为"蓝颜"知己。

自从伊鸿璞与宋亚楠深谈之后，宋亚楠心静如水的心境荡然无存，心中涌起的万层涟漪让她不安和兴奋。

见宋亚楠不再矜持，伊鸿璞仿佛受到了莫大的鼓舞，一改往昔偷偷摸摸地暗送秋波，而是开始"明目张胆"地展开追求。每天放学之后，他会帮宋亚楠到大灶上取饭打菜，在她身体不舒服时，他会以最快的速度把药送到她的宿舍，并耐心地嘱咐她要按时吃药。

面对伊鸿璞无微不至的关怀，宋亚楠的心软了，默默地接受了他的爱。

文学兴趣的相投，拉近了两个人之间的距离，宋亚楠会以看书为借口去伊鸿璞的宿舍闲聊，伊鸿璞也会以请教写作问题到宋亚楠的宿舍，这样一来一往，两个人的接触频繁了，两个人的感情加深了。

一个月朗星稀的夜晚，伊鸿璞突然来到宋亚楠的宿舍，邀请她去校外散步赏月，宋亚楠知道这是他的借口，她没有推辞，而是爽口答应了。

两个人走在校外的马路上心情轻松愉悦，说是散步赏月，其实都是借口,两个人的眼睛完全被恋爱带来的愉悦和幸福占据了。

走着走着,伊鸿璞主动拉住了宋亚楠的手,宋亚楠没有反抗,而是快走两步与伊鸿璞靠在了一起,两个人谁也没有说话。

对于恋爱者来说,此时无声胜有声。

在一棵大树下,两个人停住了脚步,伊鸿璞转身把宋亚楠揽在了怀中,言不由衷地说:"我爱你。"

宋亚楠听到此话,心中的跳动明显加快,她用双手搂住了伊鸿璞的脖子,虽然此时她没有说话,但她用行动表明了自己接收了伊鸿璞的表白,一对幸福的恋人在皎洁的月光下紧紧地抱在了一起。

五

一个星期天,伊鸿璞主动邀请年轻教师去他家做客。

一听说伊老师邀请大家去他家做客,年轻教师们欣然答应。学校离他家有十余里的路程,几位老师借了几辆自行车,两个人一辆,轮换骑车带人。

宋亚楠听了之后,心中有点忐忑不安,她不敢去,也害怕去。她知道,伊鸿璞邀请大家去他家做客,醉翁之意不在酒,最终目的是邀请她的。因为前几天,伊鸿璞邀请她去他家,她觉得独自一人去不合适,拒绝了伊老师的邀请。

这次伊鸿璞邀请大家一块去,是为了避免让宋亚楠尴尬。

伊鸿璞想让父母见一下自己的对象。

虽然宋亚楠知道伊鸿璞的心思,这次,她没有理由拒绝,只好硬着头皮陪大家一起去。

宋亚楠被大家故意安排在伊鸿璞的自行车后座儿上。

在去伊鸿璞家的路上,大家谈论最多的是宋亚楠与伊鸿璞的感情问题,说宋老师是座上客,要去见自己的准公婆,说得宋亚楠很不好意思。但是伊鸿璞很享受,他喜欢听大家开他和宋老师的玩笑。

"伊老师,你与宋老师谈对象到了怎么个程度?"贾老师开玩笑地问。

"我们两个才开始谈呢。"伊鸿璞直截了当地回答。

"谁和你谈对象了!"宋亚楠羞红着脸辩解道。

"宋老师,伊老师对你这么关心,还没有在一起谈对象,谁相信呢?"

"他对我怎么关心了?"

"这还需要说吗?你看,伊老师今天的表现,猪八戒背媳妇卖力气得很呢。"贾老师戏谑道。

贾老师的一句话,说得大家畅怀大笑。

"宋老师占了便宜还不承认,伊老师,下车,不带她了。"张老师起哄地说。

"这么一个既漂亮又有才的美女,舍不得,舍不得。"伊鸿璞自我调侃起来。

听伊老师这么一说,宋亚楠不敢再辩解了,脸上露出了少女幸福的红晕。

到了伊老师的家中,他的父母非常高兴,当大家走进上房,看到茶几上已准备好的丰厚午饭,大家明白了,伊老师是有备而请。

今天的主角看来就是宋亚楠了。

伊鸿璞的父母看到自家的儿子找了个漂亮的姑娘,笑得合不上嘴。

左邻右舍听说伊鸿璞找了个城里的对象,也赶来凑热闹,都夸这小子有福气,这是伊家积德积善积来的福分。

宋亚楠在伊家受到了最高档次的礼遇,让其他女老师看着都妒忌。

下午回来的时,伊鸿璞的母亲拉着宋亚楠的手依依不舍,两个人又说了很多的悄悄话,真有一点婆媳的感觉。

宋亚楠的落落大方和彬彬有礼,还赢得了村里人的一致赞赏。

从伊鸿璞的家回来之后,宋亚楠有点后悔了,怀疑自己是不是有点冲动了,在父母尚不知情的情况下,就去对象家里,还收了对方母亲送的礼物——两双鸳鸯鞋垫和一块布料。每每想到这里，她有点忐忑不安了。

按照这里的习俗，这两样东西一般是经过双方父母同意，在恋爱关系确定之后，男方送给女方的礼品。不过这是乡村的旧俗旧规，城里人没有这样的套数，宋亚楠没有考虑那么多。

宋亚楠与伊鸿璞谈对象，她的父母早有预感。前些天，伊鸿璞与宋亚楠进城，他不好意思直接去宋亚楠家，就家附近登了一间旅社。宋亚楠晚上陪他在城里转了好长时间，十一点多钟才回家。

当父母问起原因，宋亚楠只好告诉妈妈，自己陪一位男同事闲聊了一会儿。做妈妈的一听这话，立即明白女儿有"情况"了，给坐在一旁的老伴儿一个劲儿地使眼色。宋亚楠看双亲颇为神秘的微笑，心下有了"坦白从宽"的想法，便把伊鸿璞的事一五一十地说了。父母听了有点不乐意，因为两个人都在乡下教书，女儿一人调动工作的事让人很头痛了，再弄个对象岂不难上加难？父母期望宋亚楠慎重考虑。见父母如此顾虑，宋亚楠没有再提起此事。

六

期中考试之后，宋亚楠对部分学生进行了家访，在对学生周宏伟进行家访的过程中，他的父亲给宋亚楠讲述了这样一个故事。

有一次，周宏伟考试成绩不好，他一边严厉地批评他，一边让他取来纸笔，立下军令状，确保下次考出好成绩。但是下次考试周宏伟又没有考好，当父亲的急了，气急败坏地质问他为什么写保证书不算数。

不料这个周宏伟犟脾气犯了，瞪着眼睛问他："《宪法》都有修改的时候，何况我写保证书呢，这次考试我尽最大努力了。"

一听儿子这么一说，他气个半死，抓起手边的笤帚准备好好教训这个逆子。妻子一见他来真的，立马夺下他手中的笤帚说："他爸，放下，先到一边去消消气。"妻子又喊来周宏伟，心平气和地劝道："你说的话有道理，只要努力了，都是好样的。希望你以后继续努力学习，作为父母，我们理解你。但是你得加油，争取下次考得更好一点。"

妻子的几句激励的话还真唤起了儿子周宏伟的自信心，激发了他的学习热情，这次考试成绩进步很大。

听完这个故事，宋亚楠感触颇多，关于教育学生的方法有很多，教育方式也是千变万化的，恰当的教育方法能够起到事半功倍的效果。家访完毕，结合周宏伟事件，她将自己受到的启示总结如下：

一、教育学生要善于捕捉时机

像周宏伟的母亲，当儿子考试成绩不好时，不是横加指责，而是谆谆教导，以情感化孩子。周宏伟以前考得不好，是由多方面的原因造成的，而每次考不好都受到家长与老师的批评，从而让他失去了学习的信心和勇气。因此，作为家长或者老师在知道了学生的成绩之后，不可训斥指责，操之过急，要抓住时机，逐步引导，求其循序渐进，给学生以悔过自新的时间，更不能态度恶劣，方法简单，动辄就打，张嘴就骂，伤害了孩子的自尊心，这样只能事与愿违，达不到教育的目的。

二、教育学生要有方法策略

对于中学生来说，年龄普遍较小，自控能力差，思维意识简单，考试成绩不好或者在校犯错误在所难免，对于学生犯错误之后，要进行耐心教育，不要训斥指责、泄愤整人，要有较强的控制和调节能力。像周宏伟的母亲，在批评过程中不是失去理智，言行出格，而是思想上的相互沟通。如果他的母亲听到孩子顶嘴的话，不分青红皂白，与丈夫共同指责，其结果可想而知。批评要心平气和，其言可信，批评要用语恰当，观点鲜明讲究语言艺术。

三、要尊重学生人格，关注学生成长

中学生正处于心理、生理变化时期，在这一时期如果管理不好或者方法不当，就会让学生出现叛逆心理，小则对学生的健康成长不利，大则对班级管理带来负面效应。在班级管理中，必须尊重学生的人格，关注学生的成长。学生在校犯错误，批评要考虑学生的心理承受能力。由于中学生的心理比较脆弱,老师还应该学习一些必要的心理学方面的知识,掌握学生心理、生理变化时期的特征,尊重学生的人格,理解学生的行为,促进学生的健康成长。

宋亚楠爱思考的个性为她的工作增添了无限活力,一次普通的家访,她都能结合教学实践总结经验,不仅如此,还将经验用于实践。

例如,班中有一位女学生经常和同桌闹矛盾,产生纠纷,几次调换座位都无济于事,后来宋亚楠把她叫到办公室,态度诚恳、语气温和地开导她。她的真诚和良苦用心打动了女学生,女学生还特意写信感谢她:

"……班主任,您不厌其烦的教诲终于打动了我,座位我不换了,也不再和同桌闹情绪了,正如您所说,'只有你去适应环境,而不能让环境去适应你',这句富有哲理的话使我明白了,不能再任性……"

矛盾化解了,班级稳定了,宋亚楠也眉开眼笑了。

教育是一项系统工程,它需要社会诸多方面的有机配合,离开某一方面的教育管理都是残缺不全的。多方面的教育管理经验应彼此借鉴,互相学习,更能促进学生的健康成长。

七

宋亚楠班里有一位同学生病了,需要五六万元的治疗费用。这位学生的家庭非常困难,宋亚楠只好向学校申请捐款。可是这次捐款事件还引发了另外一段小风波。

一天下午放学,袁校长正准备做饭,突然有一个小女孩轻轻敲门,他放下手中的活,开门让小女孩进来。

小女孩一进袁校长的房子,低头胆怯地站在校长面前,她没有来得及说话,眼泪扑簌簌地顺着脸颊往下流。袁校长忙问她:"你是哪个班的?"。

"初二(2)班的。"

"你为什么哭?"

"我妈——妈——病了。"小女孩抽噎着说。

袁校长听了之后，要小女孩坐下，并关心地安慰了几句。

当时他想，人吃五谷杂粮，生病是很正常的。

正当袁校长准备劝小女孩时，小女孩却哭着说："我妈妈病得很厉害，花了很多钱，我们家没有钱了，想让您组织学生为我妈妈捐些钱。"

袁校长心里"咯噔"一下，不知道如何回答小女孩的话。

他看着小女孩的神情，心中很不平静，多么懂事的孩子呀，知道想办法挽救母亲的生命。

袁校长紧蹙着眉头，不想伤害这位小女孩的心，不想打破女孩救助妈妈的希望，但他实在没有办法组织师生捐款，一是没有这样的先例，二是师生们的经济也不宽裕。

"这好像不行，我没有办法组织学生捐款。"平时说话铿锵有力、掷地有声的校长，此时说话唯唯诺诺起来。

小女孩听到这句话，心中的唯一希望破灭了，满眼幽怨地问："前几天，您咋在大会上要求给宋老师班上的学生捐款治病？"

袁校长没有想到，这位瘦弱的小女孩竟有如此的胆量，质问他这个一校之长。也许，人在痛苦无奈的时候，勇气、胆量甚至智慧都会惊人。

"他是学生，给他捐款是经过上级主管部门批准的。"袁校长只好拿出官话搪塞。

听了袁校长的解释，小女孩号啕大哭起来。为了妈妈，她鼓足勇气来敲校长的门，却被校长严词拒绝，此刻希望破灭了，除了哭，她还能做什么？

听着小女孩凄悲的哭声，袁校长的心情很低落。作为校长，为学生家长捐款，他实在无能为力；作为个人，他却深感愧疚，伤害一个迫切救助母亲的孩子，实在太过残忍。

于是，袁校长走到床前，拿起上衣，用手摸索了一下口袋，把口袋里剩下的一百多元钱掏给了她。

小女孩用感激的目光看着校长，不知道说些什么好，她接过钱，深深地向校长鞠了一躬,说了声"再见",走出了校长的办公室。

从此以后,袁校长每月从自己那点微薄的工资中拿出三五十元,让小女孩拿去给妈妈看病。

这件事后来被老师们传为佳话,宋亚楠对袁校长愈发敬重,能从自己本来不高的工资中抽取部分捐助别人,这不是一般人能做到的。

八

一天晚上八点多钟,突然,从校长房子传来几声尖叫声,宋亚楠闻声走了过去。校长房子的门半开着,里面还能听见"嘶嘶""嚓嚓"的声音,她走进去一看,被眼前的情景震惊了:校长没在,房子里被袁枫、袁宇弄得乱七八糟,地上反扣着一个大瓷碗,姐弟俩蹲在地上哀哀戚戚地哭。

宋亚楠赶紧推门进去,问是怎么回事。

"我爸爸到学区开会去了,现在还没有回来。"袁枫边哭边说。

"胡阿姨呢?"

"胡阿姨今天有事,下午回家去了"。

"你们还没吃晚饭?"宋亚楠问。

"没有,我想爸爸天黑就回来了,可是我和弟弟一直等到现在,爸爸还是没回来,我给弟弟泡方便面吃。我刚把方便面泡上,弟弟饿极了,就想大口吃,结果被烫着了嘴,一着急把碗打翻了。"袁枫哭着说。

宋亚楠长出了一口气,原来姐弟俩是被眼前的一切吓得哭叫起来的,幸亏没有什么大事。

看到眼前的一切,宋亚楠有点心酸,袁校长去学区开会没有回来,两个小孩子这么晚还没有吃饭,七八岁的姐姐照顾着年幼的弟弟,多么懂事的孩子啊。

然而,让宋亚楠心里更难受的是,袁校长一个男人既要干事业,又要照顾家庭是多么不容易啊。但在平时的工作中,袁校长没有表现出半点悲观低落的情绪,始终热情开朗地面对工作中的一切。这是一个多么有担当的男人啊。

宋亚楠捡起地上的瓷碗，一边安慰袁枫、袁宇，一边给他们又泡了一桶方便面。袁宇看着宋阿姨照顾自己，心中一下子感到有了依靠，破涕为笑。

吃过方便面以后，袁宇因一天的疲劳躺在床上很快就睡着了，袁枫在睡之前嘱托宋阿姨走的时候把房门关好。

袁枫、袁宇睡着后，袁校长还没有回来。宋亚楠担心两个孩子醒来看不到大人又害怕，就决定再等一会儿，顺便把屋子打扫了一下。

搞完卫生已是十点多钟，袁校长还没有回来。宋亚楠有点坐立不安，走吧，三更半夜的撇下俩孩子，有点说不过去；不走吧，一个姑娘家待在一个单身爸爸的房间，别人怎么看？

宋亚楠虽然很是烦乱，但她还是坐着没有动，心中对袁校长动了恻隐之心：一个男人再强大，家里若是没有女人，也齐整不来。那一刻，她终于明白母亲常说的一句话：屋里没有女人就不能算家。

就在宋亚楠胡思乱想的时候，外面一阵急促的脚步声，宋亚楠的第一反应就是袁校长回来了，她赶紧打开房门，站在门口。

"噢，宋老师，你咋在这里？"袁校长有点惊讶地问。

"刚才我路过这里，看着房门半掩着，顺便进来看一下，您不在，两个孩子睡着了。"宋亚楠笑着回答。

宋亚楠没有告诉袁校长晚上的实际情况，倒是为自己刚才的行为感到好笑，为什么要向校长撒谎，是怕他担心吗？他担心，又与她何干？

其实，即使她什么也不说，袁校长也知道，因为房子里被打扫得干干净净了。

"今天学区开会，开完会后，我顺便回家取了一些东西，就急着往回赶，可是不凑巧，车子在路上坏了，回来迟了。"

宋亚楠跟校长聊了几句，打了个招呼，回去了。

第二天袁校长才知道，晚上宋老师不但打扫了屋子，还照顾两个孩子吃饭,哄他们睡觉,他原以为饭是胡大师做的。

袁校长对宋亚楠充满了感激之情。

从那以后,宋亚楠与袁枫、袁宇熟悉了,袁枫经常到宋亚楠的房子里玩耍,有时把自己的作业拿来做,不会的作业由宋亚楠来辅导。

后来,宋亚楠从其他老师那里听了一些袁校长的事情,愈发觉得这位校长可敬了。

原来,袁校长的妻子是一位农家妇女,人不但漂亮,而且出名的贤惠。由于袁校长忙于学校工作,家里的父母年龄大了,家中的繁重体力劳动全压在了妻子的身上。他的妻子却非常体贴丈夫,任劳任怨,一心操持家务,把老人、小孩照顾得体体面面。可是,好景不长,一年春播,袁校长的妻子拉着架子车到山上种麦子,当她刚到半山坡时,一不小心,被脚下的石子滑了一下,连人带车一块跌进了山谷。

当她清醒的时候,发现下半身完全失去了知觉,再也站不起来了。

村里的人发现后,把她送到了县医院,医生一检查才知,是腰椎骨摔断了,医生随即给她做了固定手术。

袁校长的妻子在医院治疗了一段时间,病情稍有缓解,她就急着要出院,说是在医院治疗费用太贵、花费太多,丈夫那点工资本来不多,如果全花在自己身上,全家老小日子就艰难了。

袁校长扭不过妻子,只好办理了出院手续。可是出院时间不长,因伤口感染,失去了最佳治疗机会,妻子成了高位瘫痪。

他的妻子在床上躺了近两年的时间,最终离开了自己的亲人。

妻子去世后,袁校长把两个孩子接到了自己身边,有时因为工作太忙,照顾不上,他便将他们托付给大灶厨师胡大姐看管。

袁校长的两个孩子比较听话,姑娘袁枫很懂事,每天放学后,除了按时完成自己的作业外,还要照顾弟弟,偶尔帮助爸爸洗洗衣服。

袁枫所干的家务活完全超出了她的年龄,但她从未抱怨过,因为她知道爸爸很辛苦。

自从宋亚楠了解了袁校长一家的情况后，一直想不通，上天为什么对好人这么残忍，让他的命运如此坎坷。

九

一个星期六的下午，袁校长为感谢宋亚楠对袁枫平常的帮助和照顾，准备请宋老师吃顿饭，以表谢意。

听到袁校长请自己吃饭，她欣然应允。

宋亚楠来到袁校长宿舍，袁校长正忙着洗菜做饭，宋亚楠赶紧上前帮忙，两个人边做边聊。袁校长谈自己工作中遇到的趣事，宋亚楠听得津津有味，气氛欢快。

让宋亚楠感到惊奇的是，袁校长一个大老爷们儿，切菜的技术比一般妇女都娴熟，炒菜也是色味俱全。

看宋亚楠一脸诧异的神情，袁校长回头一笑，解释道："我们农家的孩子，从小学会了做饭，因为父母整天在地里干活，根本没有时间在家里伺候人。"

袁校长给宋亚楠讲了自己小时候做饭的事情。

有一天中午放学回家，父母在山里劳动没有回来，他与妹妹只好熬稀饭，水开之后，锅里的米汤直往外溢。兄妹俩一看急了，赶紧把锅盖拼命盖紧，结果米汤还是一个劲儿往外冒，溢得满锅台都是。看着流淌的米汤顺着锅台往下流，兄妹俩不知所措，吓哭了。

母亲回来以后，看到他们做的"傻事"，不但没有责怪他们，而且告诉他们米汤烧开了往外溢，不应该把锅盖立即盖紧，而是要掀开锅盖，或给锅盖留点缝儿。母亲虽然讲不出什么大道理，但反复演示几次后，兄妹俩对做饭没有畏惧心理了。

听完袁校长的故事，宋亚楠咯咯地笑起来。

"袁校长，其实我刚来这里自己做饭的时候也是手忙脚乱的，那个时候我是欲哭无泪啊。"

"初次来到这里,都被这里的条件难住了,不要说女孩子,就是男孩子都熬不住。你看,十几年前,和我一起分进来的四个人,现在只剩我一个人了。"

"他们为什么要走?"宋亚楠迫不及待地问。

袁校长向宋亚楠将事情的缘由娓娓道来。

桂敏是他们四人中唯一的女孩子,在这里待了近十年的时间,前两年才调走,她的女儿已经上小学二年级。她调走是因为她的女儿。

由于桂敏一直在这里教书,两周才能回一次家,要是遇到雨雪天,山路滑不能行车,四五周才能回家一次。女儿自出生以来,吃喝拉撒全由丈夫照顾。长期以来,女儿已习惯没有妈妈的日子,反而和爸爸走得非常近,这让桂敏心中莫名失落和痛苦,总觉得自己做妈妈失职。后来,桂敏向县教育局申请调动工作并得到了答复,终于可以尽做妈妈的义务了,桂敏激动地落泪了。

强磊也是如此,他在这里奋战了两年就开始忙着工作调动,然而教育局并没有给他开绿灯。几经周折,他明白了一个道理:只要自己有本事,才能有资格写申请。他结合自己的特长,发奋读书,开始了文学创作。六七年之后,强磊先后在各种报刊文学杂志上发表文章近百篇。苦于工作调不动的他,一次偶然的机会,被市广电局看上了,在公开招聘新闻编辑工作人员时,他凭借自己丰富的写作经验和较高的写作水平被聘用,现在强磊已是市电视台的一名记者。正如他所说,工作调动又奈何,奈何之中去拼搏,奋斗自有出头日,机遇就在手中握。

强磊调走后的第二年,另一位同事王松也调到他家所在的乡办中学,离家近了一点。

"你为什不走?"宋亚楠真诚地问袁校长。

袁校长就像被问了无数次一样,微微笑着说:"随遇而安。"

袁校长的这句话,让宋亚楠想起前一段时间看到压在袁校长办公桌子下面的一张纸,上面有一首名为《随遇而安》的诗。

遇山安，遇水安，人生路上不平坦，遇河渡水，遇山登攀。

遇风安，遇雨安，风吹雨打只等闲，遇风低头，遇雨举伞。

遇冷安，遇热安，衣服随着季节换，冷了取暖，热了摇扇。

遇得安，遇失安，得失从不留心间，得不忘形，失也安然。

遇宠安，遇辱安，世事变迁看得惯，宠不受惊，辱能看淡。

遇祸安，遇福安，百事相扰皆泰然，有福同享，有祸勇担。

遇成安，遇败安，人生如棋须笑看，败不气馁，成不傲慢。

遇愁安，遇喜安，快乐人生天地宽，愁不挂心，喜可永年。

袁校长随遇而安的心态，让他在工作中少了很多杂念和想法，踏踏实实地工作，勤勤恳恳地办事，业务能力不断增强，教学水平不断提高，深得学生的喜爱、组织的信任和家长的信赖，在他二十六岁时，被组织任命为兴寨中学的校长。

这顿饭让宋亚楠吃得很开心，她对袁校长有了更深的了解。

宋亚楠回去以后，又开始写起了她的心灵鸡汤：

年轻人不要试图追求安全感，特别是年轻的时候，周围的环境从来都不会有绝对的安全感，如果你觉得安全了，很有可能开始暗藏危机。真正的安全感，是你对自己的信心，是你每个阶段性目标的实现，而真正的归属感，在于你的内心深处，是对自己命运的把握。

逃避不一定躲得过，面对不一定最难过，孤单不一定不快乐，得到不一定能长久，失去不一定不拥有。你可能因为某个理由而伤心难过，但你能找个理由让自己快乐。

真正的快乐是心灵上的富足，如果物质能带来满足，就不会有那么多人抑郁了，如果我们无法看管好内心的欲望，任其不断膨胀，精神肯定备受煎熬。永远不要为失去而遗憾，你没有摘到的只是春天的一朵花，而整个春天还是你的。

人生就是这样，总是在高潮、低潮中度过，在低潮的时候要学着振奋起来，而在高潮的时候要保持清醒的头脑。

第四章 孜孜求教 栉风授业擎蜡炬

人与人之间的差异,说起来简单,你在赖床,他在锻炼;你在混日子,他在过生活;你在应付任务,他在用心钻研;或许你得知道,圆规之所以可以圆,因为脚在走,心不变;而你为什么不能圆梦?因为你心不定,脚不动。记住,奇迹还有个名字,叫努力拼搏。

一

转眼三年过去了,宋亚楠已经适应了工作环境,对教学环境改善的期望没有了,对工作条件艰苦的失望也没有了,有的只是一种对工作的热情和对学生的呵护。她告诉自己:保持一颗平常心就行了。

经过三年的教学锻炼,宋亚楠总结了一些课堂教学经验,课堂是什么?它不是教师必须全程掌握、随时左右局面的场所,而是学生聪明才智尽情展现、个性特点充分发挥的舞台。教学是什么?教学则是师生和谐平等、互动双赢的学习过程。

宋亚楠的这种教学感悟为她的教学成长提供了很好的实践指导,课堂教学来不得半点的怠慢和偷懒,只有脚踏实地去干,才能教出优秀的学生,从学生的人生读书理想来说,任何投机取巧、表演作秀都是不可取的。

宋亚楠潜心研究教学艺术,坚持学习外来教学经验,完善自己的教学方法,把课堂教学恰当地比喻成一次轻松愉快的旅游。她说,学生是游客,教师是导游,旅游是一种轻松愉快的精神享受,游客带着一种惬意神往的心境,畅游在美丽的景观中。课堂教学也是如此,创建一种和谐融洽的课堂氛围,把课堂还给学生,让学生在轻松愉快的氛围中主动学习,这与课堂教学"以学生为主体，教师为主导"的教学方法相一致。宋亚楠的这种教学思路，如同师生共同旅游都能感悟到事物一样，这怎能不让学生喜欢她的课堂教学呢？

宋亚楠的学生喜欢她的语文课，除了她有扎实的专业知识外，主要是因为她对语文教学全身心的投入和对学生个体存在的关注，这让学生不仅体会了学的乐趣，还感受被老师尊重和关注的快乐。良性的师生关系是教学的关键，让宋亚楠认识到单调而有趣的教学工作虽然平凡，但它是一种创造性的劳动，只要保持旺盛的学习精力、积极的学习态度、扎实的基础知识、优秀的思想道德，就会得到学生的尊敬和社会的认可。

虽然年轻，但宋亚楠很快意识到了这一点，这是一种很大的进步。对于日常的教学工作，她从不马虎，她要让那些渴望得到知识的孩子得到满足，要对得起那些拥有锦瑟年华的学生，让他们能够健康地成长，自由地飞翔。

宋亚楠不仅仅课上得好，而且性情温和、开朗乐观，班里的学生很喜欢她，学生们有时叫她大姐姐。

她班里的学生，也是宋亚楠宿舍里的常客，夏天下雨，冬天下雪，学生没办法回家，就去她的宿舍；学生头疼发烧喝药也喜欢去她的宿舍要水，班里的女生，也经常到宋亚楠宿舍唠家常、说心里话。

处于青春期的学生，有时心中会产生烦恼，他们会向班主任诉说。此时，宋亚楠又成了学生们的心理医生，开导劝慰，让学生释放心中的烦躁情绪，扫除学生心里的阴霾，让他们放下思想包袱，投入到紧张的学习中。

长时间和善地与学生接触，让学生与宋亚楠没有了距离，有很多学生私下邀请宋亚楠去到他们家做客。宋亚楠一再推脱，有些学生便硬拉着她去。每到一家，家长们都会放下手中的农活，热情招呼宋亚楠。

一次，宋亚楠去一位女生的家，与她的父母聊到了半夜。家长担心她回学校不安全，再三挽留，那天晚上宋亚楠就住在了学生的家中。

让宋亚楠感到欣慰的是，她在学校一年四季不缺菜吃，春夏季节，学生会从家里给她拿来时令蔬菜;秋冬季节,学生又会给她带来自家腌制的泡菜、咸菜等。

最让宋亚楠感动的是,去年春天一位学生给她拿来五六个辣椒,这位学生走时说:"宋老师,您不要嫌少,辣椒还没到成熟期,这是我爸从一个大棚里才找到几个稍大一点的,您先吃着,等辣椒成熟了,我给您多拿些。"

宋亚楠听着学生的解释眼眶潮湿了,多么朴实的孩子啊,他们的父母种的菜还没有成熟上市去卖,却先给老师拿来吃,她在这里还有什么不知足的?

在这里总有一些事、一些人感动着宋亚楠,也激励她干好教学工作,以德报德,以恩还恩,对得起这里每一个对她有帮助的人。

二

教师的工作是平凡的,教师的生活是充实的,这是宋亚楠的深刻感悟。宋亚楠在兴寨中学生活了四年了,漫长而又短暂的四年,她体会到了教育工作的神圣和伟大。

铃铛响了进去,铃子响了出来。这简单而单纯的工作,却能给教师带来很大的满足。

说起教师的满足,有点像"傻帽",这也是当教师的秉性。比如说,不要说自己班上的学生考上大学,就连平时的各种考试,只要学生考个好成绩,任课教师心中会无比自豪,如同自己的孩子考得好一样。

赵老师所代的学生在全县英语竞赛中荣获一等奖,让这位年过半百的汉子欣喜若狂,就连他的妻子都嬉笑说,老赵结婚的时候都没这么高兴过。这不知是对自己丈夫的褒奖,还是对他的批评。但从妻子那不屑的眼神中完全可以看出,丈夫的表现过于"幼稚"了。

在现代经济社会中,别人都想方设法挣钱,提高生活质量,而圈在学校的教师却在抢分数,教研室里谈论最多的是分数,议论最多的是学生,教师们抬扛扯皮多因学生而起，毋庸置疑，这是职业病。

今年中考总结会上，袁校长发表了讲话：

今年，我校在中考中又取得了辉煌的成绩，这说明我们的学生是一流的，我们的教师也是一流的，我们的学校是好样的。我们学校已经具备了兄弟县区的四苦精神。领导苦抓，抓之有道；教师苦教，教之有方；学生苦学，学之有效；家长苦供，供之有恒。为庆祝今年中考的胜利，会议结束大家后到大灶上吃长面。

袁校长的话一讲完，简陋的会议室里响起了热烈的掌声和欢笑声，从这些教师灿烂的笑脸中可以看出，他们得到了很大的满足。

也许在大城市，像这样的庆功会，不发三五百块钱的奖金，或许不算庆功。但质朴、善良、容易满足的山区教师就这么简单，他们在落后、贫穷、生活来源匮乏的地方，兢兢业业地教书，勤勤恳恳地工作，一旦获得学校、社会的认可，一顿长面就让他们喜笑颜开，快乐如孩童。

看着眼前的这一幕，宋亚楠心里既踏实又欣慰，她庆幸自己能和这么一群容易知足的可爱的人在一起工作，庆幸自己找到了生活的价值。现在，她对这里慢慢产生了感情，这里的人、这里的荒山苦水、这里的一草一木，都在她的生命里留下痕迹。

宋亚楠知道，这里的生存环境甚至可以用"残酷"来形容，虽然人们凭借个人的力量一时难以改变现实，但可以凭借坚强的内心去改变自己、沉淀自己。

在兴寨中学，宽松的工作环境是教师满足的前提，在平时工作管理中，袁校长实行的是人性化管理。他常说，要想把学校办好，提高教学质量，最重要的是把学生抓紧，让教师放松。因此，他要求，只要是上完课的教师，没有必要坐在办公室里，教师们可以自由支配自己的时间。

兄弟学校的管理者问他，给教师太多的闲散空间，如何给学生起表率作用。袁校长解释说，让教师放松不是让教师散漫无度，想干什么就干什么，前提是保证教学质量良好，这是兴寨中学自己制定的标准。若一味地把教师捆帮在学校，容易导致教师"出工不出力"，有的教师甚至心生怨气，上完课坐在办公室里发牢骚，不但影响了其他教师的工作积极性，还影响了正常的学校管理工作。

兴寨中学的教师对袁校长的管理方法很赞同，上完课后，他们多会留在学校备课、批改作业、看书、学习，很少有人闲逛闲聊。

在学生管理上，袁校长突出一个严字，学生是教学的主体，学生学习成绩的提高，主观在学生，只有学生在课堂上动起来，才有可能提高学习成绩。袁校长要求教师把课堂的时间还给学生，教师上课要充分调动学生的主动性、积极性，学生在课堂上实践讨论得多了，学习效率也就提高了。

为充分保证学生的学习时间，袁校长把晚饭后的时间分为三个时段，每个时段都是五十分钟。第一时段是晚背时间，各班由班主任组织到操场上背书，每个班在操场有固定的区域，学生进行晚背，班主任督促管理。第二时段是晚辅，也就是晚上辅导，由教导处统一安排任课教师去班中进行辅导。第三时段是晚自习，学生自由分配时间，做老师布置的家庭作业，由班主任进行管理。这样，学生在教师的管理下有效学习的三个小时，温故、解疑、知新的目的全都达到了。

教师们的付出，袁校长会看在眼里，记在心中，他会在适当的时候给教师适当的奖励，如逢年过节给教师发一壶清油或一箱苹果等，教师的工作积极心也被调动起来了。

袁校长还有一副热心肠，只要学校老师需要他帮助，他会想办法解决问题。例如，学校王老师的妻子是一位农民，种了几亩苹果园，苹果丰收后没人去卖，销售成了大问题。袁校长每年会以学校的名义购买三五千斤，分发给教师，这样既解决了王老师的个人问题，又解决学校分发福利的问题。

学校刘老师的父亲因病需到县医院治疗，而这里距离县城远，坐班车又不方便，袁校长亲自到乡政府与领导协商，借用乡政府的小轿车把刘老师的父亲送到县医院治疗。这些看起来是些不起眼的小事情，却温暖了学校老师的心，他们带着感恩之心努力工作。

榜样的力量是无穷的，袁校长的敬业精神让教师们钦佩，在他的领导下，全校教师在工作上尽心尽力，生活上相互照顾，学校就像一个和谐的大家庭。有这样的领导，教师们感到温馨，心情畅快；在这样的环境中工作，教师们很知足，也很高兴。

三

一天下午宋亚楠与贾晓雅老师聊天，贾老师给她讲述了这样一件事情，这件事情一直让贾老师"耿耿于怀"。

前几年，班里一名所谓的"调皮"学生，在她这位班主任"不厌其烦"地劝说下"自动"退学了。原因是：该生上课不注意听讲，下课不能按时完成作业，平时不能安分守己，经常打打闹闹，影响了班级的积分，损坏了班级的声誉。

听说，当时这位学生年龄小，干不动体力活，这位学生的父亲把他送到一位远房亲戚那里学习修摩托车。三年后，他的父母又把这位学生送去当兵，他在部队表现不错，又有修理技术，很快被提升为士官。这位学生通过自学考试获得了大专文凭，昔日被班主任称为捣蛋大王的"坏学生"，如今已是一位英姿飒爽的现役军官。

这位学生被她打发回去以后，学生的父亲比较伤心，曾托人给贾老师带话，请求班主任让他的儿子重新上学读书。然而她比较固执，听不进去家长的解释和请求，又不考虑学生的实际情况，就这样她无缘无故地把一个青春少年拒之校外。

现在回想起来这件事，不管出于何种目的和原因，劝这位学生退学都是班主任的过错。当时贾老师只站在自己的位置处理问题，而没有换位思考，学生毕竟还是一名十四五岁的孩子，天性活泼好动而又缺乏自控能力，自己为什么不能接纳和理解学生的个性呢？可怜的这位学生成了班主任教育管理的牺牲品。

幸好这位学生找到了张扬个性、施展才华的广阔天地，但这个天地不是班主任为他创造的，因为班主任没有宽容之心、理解之心。虽然这位学生的家长每次见面都说些"娃娃上学的时候，给您添麻烦了"之类的宽慰话，但是贾老师对这位学生一生怀有愧疚之意。当时，她没能正确地管理学生，不会全面地、客观公正地对学生进行评价，没有宽容和理解学生，只会固执己见，一味地迎合传统的教育管理体制和评价机制，导致教育失误，错失培养一位优秀的人才。如果当时给予这位学生学习机会，保证他完成学业，那他的前途将是另外一种。

贾老师讲述这件事情时，满眼的悔意，她反复强调说，当班主任要学会理解与宽容学生，学会换位思考、学会容忍学生的缺点，多一把尺子，就多一批好学生。

宋亚楠在这件事上悟出了一个道理：尊重学生的人格，张扬学生的个性，理解学生的思想，接纳学生的行为，这是现代教育的根本理念，也是教育改革的关键所在。她相信，每个人都是有用之才、可塑之才，如同天下的树一样，参天大树是栋梁之材，笔直小树是庭院之材，盘桓藤条是工艺之材，只不过是标准和要求不一样罢了。作为教师，教书育人，不要片面追求个人声誉或升学率，而忽视学生健康正常的身心发展。

四

听完贾老师的故事，宋亚楠回去以后久久不能平静。她知道，作为一名班主任，在管理班级的时候不仅要有耐心、有爱心，还要有宽容心，因为宽容是让学生内心发生变化的催化剂，当学生犯了错误时，班主任就要宽容大度，让学生有机会认识到自己的错误，知错能改。

结合自己四年来的工作经验，就如何处理学生犯错的问题，宋亚楠在笔记上写下如下三点：

一、允许学生犯错误。教学固然重要，学生管理也很重要，不能只顾追求教学成绩，而忽视了学生的个性发展；不能拿自己的管理标准来评判学生,不符合班主任管理标准的一概否定。人非圣贤,孰能无过。在班级管理中,班主任应该允许学生犯错误。不管遇到多么调皮的学生,犯了多大的错误,班主任应想到学生毕竟是未成年人,不可能不犯错误,尊重学生,接纳学生,允许学生犯错误,并能及时查清原因,努力纠正,帮助学生在分析错误的基础上认清自己。

二、蹲下来与学生说话。当学生犯错误时,如果班主任只是简单说教、不分轻重地训斥,甚至讽刺挖苦,往往效果不好,甚至会让学生出现逆反心理,与班主任产生敌对情绪。作为班主任应该放下姿态,蹲下来和已经犯错误或即将犯错的学生说话,这样学生才能祛除畏惧心理,双方才能"和谈",才能实现真正意义上的教育。

三、换位思考。每当出现问题,师生双方都需要换位思考,即班主任站在学生的立场上,从学生角度考虑问题,发现原因所在。而学生在班主任平心静气地劝导中,也容易发现自己的问题所在,最终会理解班主任的苦心,达到共同解决问题的目的。

写完笔记,宋亚楠想:在以后的班级管理中,应多给学生一些宽容,用爱去温暖学生,因为宽容之爱是冬日里的阳光,是沙漠中的绿洲,是润泽生命的力量。正因为学生的生命经受了这样的润泽,才会焕发出亮丽、迷人的光彩,才能健康苗壮成长。

五

前一段时间,县教育局通知,要求在全县范围内举行"班主任话细节"征文比赛,旨在收集班主任工作成功案例,总结班主任工作经验,供全县班主任借鉴学习,使全县教育在班级管理中再上一个新台阶。

虽然宋亚楠工作时间相较其他老师短,从事班主任工作也才四年,但细心的她积累了很多素材,她积极参与征文比赛,她的文章题目为《点点滴滴感恩情》。

点点滴滴感恩情

一次偶然的机会,我发现班中一位调皮捣蛋的学生,骤然间变得老实了。在以前,他喜欢在班内大声喧哗,经常影响班中其他同学的学习,同学们对他意见很大。而最近一段时间,他说话少了,认真学习起来,像换了个人似的,问起原因,同学们谁都不知道。

一天中午放学,我在校园里碰见了他,主动跟他打招呼,他的神情显得非常不自然。我顺口表扬了他最近的表现,但他没有表现出一点惊喜,而是突然泪如泉涌,抽泣起来。我被吓住了,忙安慰他,最后他才止住泪水给我说了实情:由于他在学校表现不好,经常撒谎向爷爷要钱,爷爷对他不信任了。前几天,学校收体检费,爷爷骑自行车来学校给他交体检费,在回去的路上从车上摔了下来,腿摔骨折了。他现在非常悔恨,由于自己不求上进,导致爷爷受了伤,真是罪人一个。

听完这些,我忽然对这位学生刮目相看了。要知道,平时的他简直是班中难管的"钉子户",对自己无责任心,对他人无爱心,上课不注意听讲,作业不能按时完成,考试成绩从来倒数,整天无所事事。但在爷爷摔伤事件发生后,他从中认识到自己的错误,是一个敢于担当的"回头浪子",如果此时能加以正确引导和教育,他绝对能回归"正道"。

只有不妥的管理方法,没有教育不好的学生。

针对这件事,我开了一次主题班会——"感恩,从小事做起",让部分同学讲述自己身边的感动故事,培养学生的感恩心理,营造一种积极向上的班级氛围。

主题班会一开始,班中的气氛有点沉重,有一位女同学讲述了自己父母的故事:她家在大山深处,离学校约有十里,每天放学她不能回家吃饭,她的母亲为了让她吃上可口的饭菜,每天中午骑自行车来学校送饭。母亲在农活极其繁忙的情况下,还为自己考虑,她的心中非常感激母亲。说着说,这位女生还留下了感激的泪水。

一位男生站起来讲述自己的故事,他家住在道路十分不便的村子里,兄妹三人在兴寨念书,父母让奶奶做陪读。奶奶为了接济家中拮据的生活,年近七十岁的她还做起了保姆,每天除了给他们姐弟三人做饭、洗衣服外,还帮助房东照料孩子。辛苦了一天的奶奶,晚上还要熬夜给他们做鞋、缝补衣服,奶奶的辛苦可想而知。

这位同学讲的故事,很多同学深有体会,因为他们的父母为了孩子的学习,也在这里陪读,同样付出了很多的时间与精力。

这位男生刚讲完,另一位女同学也讲起了自己感动的故事。她在这里读书,虽然自己的父母没有像其他同学的父母来做陪读,但她父母的付出也不比其他父母少。每次她从学校回家,母亲都提前做很多好吃的,好似招待在外面干大事情衣锦还乡的贵人一样。而且,一到家,父母再苦再累,都不让自己下地干活,只要她待在家中学习即可。有时父母问起考试成绩时,而自己总是用"一般"或者"差不多"来搪塞父母,其实她不敢向父母说出自己的真实成绩。而他们知道真实成绩后,不但不打不骂,反而是默默地鼓励,父母的做法让她感到很惭愧。

最后站起来的是那位爷爷摔断腿的男生,他怀着极大的勇气,向大家讲述了整个事情的来龙去脉,同学们有的在认真倾听,有的在低头反思,还有的同学甚至悄悄地擦拭眼泪。当他讲完以后,整个班上响起了热烈的掌声。这位男生获得了莫大的鼓舞,他感激地向大家鞠躬致谢。

这次班会,通过倾听别人感人的故事激发同学们内心感恩的根须,深刻认识到亲人的付出、老师的付出、社会的付出是多么的珍贵,最终怀着感恩之心克服一切困难,好好学习,回报家庭、学校和社会。

这篇文章获得征文比赛二等奖,这是宋亚楠参加工作以来,文章第一次获奖,她内心的激动、喜悦溢于言表。

六

最近,有些年轻教师工作热情不高,甚至出现懈怠,袁校长有点着急了。一个学校,要想获得长足发展,年轻教师是关键,他们思想活跃,业务扎实,精力充沛,但他们若是情绪不稳定,工作热情不高,学校教育将会失去活力,后果不堪设想。经过思虑之后,袁校长决定召集全校年轻教师召开动员大会。作为年轻教师,宋亚楠也参加了这次会议。

会上,袁校长强调年轻教师要想有所作为,干好事业,干出业绩,调整好心态很重要,心态决定事业的成败。他鼓励年轻教师工作时不能抱着只为薪酬的态度,而是要抱着不断学习的态度,提升自己,教化学生,为学校争光,为全县教育增砖添瓦。

在这次会议上,袁校长讲述了这样一个故事:

"杰克在一家国际贸易公司工作了一年,由于不满意自己的工作待遇,他愤愤地对朋友说:'我在这家公司里的工资最低,老板也不把我放在眼里,如果再这样下去,总有一天我要跟他拍桌子,辞职不干。'

"他的朋友听后问杰克:'你把工作公司的业务都弄清楚了吗?'他说:'还没有。'他的朋友又说:'我建议你先静下心来,认认真真地干工作,把公司里的商业技巧、商业文书和公司业务完全搞通,甚至包括如何写合同等具体细节都弄懂了之后,再一走了之。这样岂不是既出了气,又有许多收获嘛!'

"杰克听从了朋友的建议,一改往日的散漫,开始认认真真地工作起来,甚至下班之后,还常常留在办公室里研究商业文书的写法。

"一年之后,那位朋友偶然遇到他,问道:'现在你大概把公司的业务都学会了,可以拍桌子不干了吧?'

"此时,杰克不好意思地说:'我发现自己近一年变了,老板对我刮目相看,最近更是委以重任,又升职,又加薪,说实话,不仅仅是老板,公司里的其他人都开始敬重我了。'

"故事中的杰克是幸运的,他只用了一年的时间就深刻体会到了一个人生哲理:只有抱着'为自己工作的心态',才能心平气和地将手中的事情做好,才能最终获得丰厚的物质报酬,实现自身的价值。

"但遗憾的是,许多人直到职业生涯的尽头,也没能很好地回答"你在为了谁工作"这个问题,没有认识到为他人工作的同时,也是在为自己工作。

"教师也是如此,教师在为学校工作的同时,也在成就着自己的事业,学校为教师的发展提供了平台,教师借助这个平台在实现着自我价值。"

袁校长的一席话,说得年轻教师们低下了头。

他接着继续讲道:"在现实中的确有很多人,工作只是为了挣钱,只是为了生活,把自己变成工作的奴隶,挑轻怕重,斤斤计较,唯恐自己多牺牲一点点。也有一些年轻教师,事情还没有做成,就想得到别人的认可,一旦工作不顺心,就牢骚满腹,消极怠工。

"有些年轻教师更可怕,一到干工作的时候,就觉得自己只拿一点工资,凭什么去做那么多,多做一点都觉得亏大了。我希望有这种想法的人,提早弄清楚,我们是来搞教育的,不是来赚钱的,赚钱的事情和教育不搭边。若想赚钱,请早作打算,不要在这里混日子!不过我相信在座的各位不是这样的人,大家都是来教书的,本着'在为他人工作的同时,也是在为自己工作'的心态来工作。希望今后大家能抓紧时间投入到紧张的工作中,相信你们能获得丰厚的物质报酬,也能赢得社会的尊重。"

袁校长一席讲话,言辞虽然有点犀利,但一针见血地指出了问题所在。在座的年轻教师都纷纷发言,做了自我批评。

袁校长见年轻教师都能找出自己在工作中存在的问题,认真反思,总结教训,认为这次会议达到了目的,随后趁热打铁,对年轻教师提出了以下要求:

一、年轻教师对工作要充满激情。事业成功者都不是那些半途而废、唯利是图、犹豫不决、胆小怕事的人,而是那些永远充满激情的人。如果只把工作当作一件差事,或者只把目光停留在工作本身,那么即使是从事最喜欢的工作,依然无法持久地保持热情。但是,如果把工作当作一项事业来干,情况就会完会不同,你随时随地能从工作中发现乐趣和惊喜,在工作中创造奇迹。

二、年轻教师在工作中要保持平和的心态。如果自己努力了,却没有得到相应的回报,那么不要沮丧,要反思,是自己努力不够,还是努力的方法有问题。千万不可一蹶不振,被"劳而无获"的颓废心理打败,陷于不公的心理泥潭而不能自拔,最终失去平和、宁静的心态,并开始为那些鸡毛蒜皮的琐事抱怨。更不能放任自己的思想一度关注事情不好的一面,畏惧困难,抱怨不公,损害健康心理,最终影响到学校教育的发展。

总之,教师不仅是一种职业,更是自己的事业,要让工作成为一种兴趣,成为一种生命内在的需求,成为展示智慧和才华的舞台。这样,年轻教师才能体会到人生的幸福和成长的快乐。

宋亚楠听了袁校长的讲话,很受鼓舞,她对袁校长讲述的工作观点,心中有同感,以前自己的心中也有过一些不积极的想法,工作热情不高,抱怨牢骚很多。现在她明白了,干工作是为了自己有更好的发展,必须抱着积极向上的态度,才能干出成绩,才能实现自己的价值,得到社会的承认。

七

星期六下午,部分年轻的住校教师举行了一次会餐活动,大家在高兴之余,要求每位教师讲一个笑话故事,活跃一下气氛。

伊鸿璞第一个站起来说:"我先讲。"

其余老师还没有反应过来,贾晓雅老师喊道:"没问题,先让你给宋老师表现一下自己,但你一定要讲得精彩,否则,就罚宋老师多讲一个。"

"伊老师,你的笑话是讲给大家听的,还是讲给宋老师的?"刘洪敬老师开玩笑说。

刘老师这是一问，伊老师不知道怎么个接答，愣在那儿。

"要是讲给宋老师的，在下面两个人悄悄说去。"贾老师坏坏地笑着说。

贾老师的玩笑，说得宋亚楠不好意思。

"讲给大家听的。"一看宋亚楠满脸通红，伊鸿璞赶紧解围道。

"那就先让伊老师讲。"袁校长说。

伊鸿璞看了一眼袁校长，开始讲起故事来。

"一位女教师的老公在乡镇工作，有一天她的老公提议要买辆小轿车，这位女教师说：'不买。'

老公问：'为什么？'

女教师回答：'现在你骑着自行车，后面带的是我，假若买了小轿车，后面坐的不一定是我了。'"

"伊老师说得不真实，难道我们女老师这么不自信？"贾老师是个急性子，一听伊鸿璞这么开女同志的玩笑，便首先发问了。

"说的就是你啊。"伊老师说。

此话一出，老师们哈哈大笑起来。

随后，刘洪敬老师讲了一个教师坐席的段子。

"学校里一位年轻同事结婚，同事们前去庆贺，由于东家亲戚较多，几位教师到下午两点还没有坐席，他们急得没办法，因为下午还要上课。等吧，可能耽误上课，回吧，肚子早就咕咕直叫，最后他们找到了新郎官说明情况。新郎官把几位教师领到后面灶上吃了个痛快，一位教师戏言，这比坐桌实惠多了。"

"刘老师说得真实可信，我都遇到过这种情况。"宋亚楠说。

贾老师讲了一个班主任的副科级待遇的笑话。

"在班主任工作会上，主抓学校管理的副校长做了近期工作总结，说最近班级管理有点放松，学生的纪律、卫生都大不如以前。班主任工作量大，学生难管理、任务重、报酬低，一般教师不想当班主任，班主任工作的安排成了学校的一个难题。一位教师调侃说，这个问题好处理，如果在班主任后面加上一个括号（副科级），就用不着学校领导再苦口婆心地动员教师当班主任了。"

这个问题讲到了实处，在座的各位教师都说讲得精彩。

宋亚楠讲了一个夫妻离婚的笑话。

"一位数学教师，夫妻关系不和，妻子提出要离婚，而他不想离，却又没办法。一天晚上他独自一人坐在沙发上苦思冥想，最后叹口气说：'解了二十年的难题，都没有难住我，可是这道题（离婚）我咋就解不开呢？'"

宋亚楠的笑话让大家心中沉甸甸的，接着她又讲了一个关于小男孩困惑的笑话。

"小男孩在屋里玩耍，不做作业。

他的妈妈责怪道：'你就知道玩，作业还做不做。'

小男孩辩解道：'我们老师说了，会玩的孩子才会学习。'

'你老师说错了。'妈妈拉着脸纠正道。

小男孩看着妈妈生气的样子，再没敢说什么，乖乖地去做作业。

第二天早上上学，小男孩百思不解，就去问班主任。

'老师，我妈妈说你说的话是错的。'

'我说的什么话是错的？'班主任抚摸着小男孩的头问。

'会玩的孩子才会学习。'小男孩理直气壮地回答，并用一种疑惑的目光看着老师。

班主任看着眼前的孩子，心下一惊，最后只好说：'妈妈的话是对的，老师的话也对。'

小男孩更是不理解地说：'平时我考试的时候，一个题只有一个答案是正确的，这咋两个答案都是正确的呢？'"

听完宋亚楠讲的笑话，大家不但没有笑反而沉思起来，毕竟教育方法是每个老师一生要探寻的问题。见气氛忽然严肃，袁校长赶紧打破沉默，讲了起来：

"有这样一个家庭,父亲去世了,母亲改嫁了,只剩下兄弟二人,各奔东西。

十年后,哥哥因艰苦创业,成了远近有名的企业家,而弟弟却因盗窃坐进了监狱。

弟弟在入狱的第一天,监狱长问他:'你是怎样堕落为盗窃犯的?'

弟弟回答说:'是因为我变故的家庭,我能怎么样呢。'

哥哥听说弟弟坐进了监狱,去看望弟弟。监狱长又问哥哥:'你是怎样成为远近有名的企业家的?'

哥哥回答说:'是因为我变故的家庭,我能怎么样呢?'

监狱长听后,很吃惊,他没有想到,兄弟二人的回答一模一样。

因为家庭的变故,兄弟二人一个沦为盗窃犯,一个成了企业家,关键是两个人对家庭变故的理解不一样。弟弟把家庭的变故当成了人生堕落的借口,而哥哥把家庭的变故当成了人生奋斗的动力,理解不同,而得到的结果也截然不同,可见,心态决定人的成败。

生活在大千世界,会遇到各种各样的境遇,调整好心态,认真对待人生中出现的变故,才是人生正确的选择做法。"

听完袁校长讲的故事,老师们不约而同地点头称赞。会餐中的简单说笑,袁校长也能抓住时机,用一个小故事启发别人,这大概是他独有的魅力。

八

学生学习成绩的好坏,跟班主任的班级管理有很大的关系,而提高班级自我管理能力,也是班级管理的重要内容,班级自我管理能力的高低反映着学生的综合素质,班级自我管理能力的培养显得尤为重要。

宋亚楠在思考着提高班级自我管理能力的策略,她认为更新管理理念,是班级自我管理能力培养的前提。传统模式的班级管理,是以班主任为中心,严格遵守学校的规章制度,学生的行为若有不符合学校教育教学活动的规定,被看作违反学校或班级纪律的行为,最终被贴上"坏学生"标签。这样显然是独断压制的管理方法,若长期实行,学生可能表面顺从,内心却十分抗拒、抵制,最终的教育结果不甚理想。

那么,提高班级自我管理能力有哪些策略呢?

首先要在班级中选拔和培养优秀的班干部。班干部是班级管理的主干,是班级管理的中坚力量。选拔和培养一批好的班干部,对于班主任来说是一项重要工作。班主任要善于发现有管理能力的学生,再根据学生的个人能力、爱好和特长委以重任,放手让他们去处理班内的一些问题。这样做既锻炼了学生的能力,又减轻了班主任的工作负担,班级中存在的问题才能有效解决。

其次,要确定一个共同的奋斗目标。班级共同的奋斗目标,是统领班级学生的核心,是一个班级全体学生共同奋斗和追求的目标,是提高班级凝聚力,增强班级荣誉感,提高班级自我管理能力的最好办法之一。

第三,树立正确的班级舆论。班级舆论其实就是班风,一个班级班风正,班级舆论就正确。在培养良好班风过程中,班主任应采取大力表扬好人好事;对出现的或大或小的问题,可以及时通过师生专题讨论、主题班会等形式,培养学生正确的价值观、人生观,使学生具有判断是非、辨别美丑的能力和素养,对不良倾向给予及早制止与批评、教育,让学生在头脑中形成一种"好事争取做,纪律不可违"的意识,从而养成习惯。

宋亚楠认为有了以上三点还不够,在具体管理班级的时候,还要从两方面培养学生自我管理能力,从而提高班级自我管理能力。

一要做好优秀学生自我管理能力的培养。优秀学生的言行、思想意识、道德品质等无疑都是学生效仿的典范。鼓励优等生时时事事率先垂范,无疑会激发其他学生自我控制、自我约束,提升其自主管理的能力。例如,优等生弯腰捡起废纸,拿起拖把拖地,整理讲桌、按时上课、不迟到、言谈举止大方,穿戴得体等,都能影响周围其他同学。只有人人都有了自觉性,那么,自主教育和自我管理也就实现了。

二要做学困生自我管理能力的培养。除了优秀学生带动外，班主任还要以高度的责任心帮助、教育学困生，对学困生倾注更多的关心和热爱。班主任要以真诚的爱生之情，去激起学困生的感情之花，取得他们的尊重和信任，打开学困生心灵的大门，治愈学困生的心灵创伤。因为，学困生一旦把精力放到好的学习习惯上来，一些坏的习惯会随之消失，并随着知识的增长和分辨是非的能力逐渐增强，他们的道德面貌和思想境界也会发生变化。学生自我管理能力提高了，班级学习氛围会大有改观。

宋亚楠是这样想的，也是这样践行的，她所带的班级自我管理能力效果明显提高，班级管理工作负担减轻了，她可以节省更多的时间去进行教学研究，提高业务水平。

九

宋亚楠发现，现在的学生学习负担比较沉重，就拿语文来说，除了正常的课堂作业外，老师还要求学生做完练习册上的内容，最可怕的是，家长还买了《精讲精练》《教材全解》等课辅，学生在题海中难以脱身。数学、英语、物理等科目都一样，过重的作业负担已经严重影响到学生的个性发展和身体健康。这个问题一直困扰着宋亚楠。

学生负担的沉重，原因是什么呢？

教育观念的陈旧是学生负担沉重的重要原因。素质教育已经提倡多年，但学生的考分仍是评价学生学习能力与教师教学水平的唯一标准。教师为了让学生考个好成绩，急功近利，只能通过增加作业反复强化的教学内容；学生为了考个高分而不惜一切地超负荷学习。要想跳出这个"怪圈"，教育部门必须以构建和实施素质教育考试机制为突破口，加强评估督导，建立全新的考试制度以及与之相配合的素质教育评价制度。

教师业务能力不强是学生作业负担重的另一重要原因。要想减轻学生的负担，必须优化教学管理过程，提高课堂教学效率，减轻学生课下复习巩固的负担。加强教师队伍建设，提高教师业务能力，优化教师队伍结构,是减轻学生作业负担的根本所在。

家庭教育给学生无形中加重了负担。"望子成龙,望女成凤"是父母共同愿望。为了孩子有出息,家长会制造各种学习机会,延长学习时间。有些学生放学后,又要钻进父母布置的"作业"中,苦战、苦熬、苦做。解决这个问题的唯一方式就是家长必须转变观念,不以成绩定孩子的好坏,不以分数论孩子的成败,要鼓励孩子提高课堂学习能力,把时间还给孩子。

不过,在现行教育体制下,要想真正减轻学生负担,有点难啊。每每想到这里,宋亚楠十分矛盾。烦乱的她,从书桌上找到一本《人民教育》杂志,一边认真地看,一边认真地做笔记。其中个别句子,像飞舞的火焰,让她眼前一亮。

真正的教育,从来不是点石成金、立地成佛的技巧。而是一段春风化雨、自然无为的过程,它没有声响,它只是让走在前面的人,做好自己的事,走好自己的路,然后,任由改变自然发生,前行者如何,跟从者也会如何。

人生不要设计得太挤,不管做什么,都要给自己留点空间,好让自己可以轻松转身,留一点好处让别人占,留一点道路让别人走,留一点时间让自己思考。

生活中,与抓住机遇同样重要的是远离诱惑,诱惑会蒙蔽我们的眼睛,阻止我们前进的步伐,没有人愿意为了骑马而献出自己的双腿。可当诱惑突然而至的时候,总是有人经不住考验,所以,我们要拒绝诱惑,远离诱惑。

第五章 笃学苦练 笔坛沃野香含露

两根竹子,一根做成笛子,另一根做成晾衣杆,晾衣杆不服气地问笛子,我们都是同一片山上的竹子,凭什么我天天日晒雨淋,不值一文,而你却价值千金呢?笛子说,因为你只挨了一刀,而我却经历了精雕细琢,挨了上万刀。人生亦如此,当你看到别人辉煌时,不要嫉妒,因为别人付出的比你多。

一

袁校长的课讲得好,文章也写得很好。处处留心皆学问,人情练达即文章,爱写文章的他用睿智的眼光、毓锐的观察力,捕捉着身边的人或事,比如这篇《一名特殊的学生》。

一名特殊的学生

师范毕业的那一年,我被分配到距县城较远的一所乡办中学,心里早有准备的我,收拾起简单的行礼,匆匆地报到了。

这是一所偏僻的山村中学,坐落在离乡政府不远的半山腰上,学校规模不大,校舍显得比较陈旧。到校之后,校长给我安排了课程,教的是初中一年级的语文,并且担任班主任工作。

离开城市的喧嚣,师范生活的浪漫荡然无存,简陋的工作条件,单调的教学生活,理想与现实的反差,心中的寂寞一言难尽。然而,繁忙的工作让我慢慢地我适应了教师的生活。粉尘渐渐地遮住了不着边际的幻想,责任却在一天天地增长,因为台下是春天的浪漫,期待着秋天的丰硕。面对那些求知若渴的学生,我坚定了信念,充满了力量,站好三尺讲台,传好道、授好业、解好惑,教书育人,恪尽职守,爱岗敬业。

有一天,我上完课刚到办公室(其实也是宿舍和灶房),校长领来一位中年妇女,她给我的第一印象是:打扮时髦,温文尔雅,笑容可掬,俨然富家有教养之人。校长说,这是一名学生,要到你们班上课。我有点惊讶,已为人妻、为人母还当学生,以往只是听说过,今天却是亲眼见到了。

后来听人说,这位中年妇女小时候因家境贫寒没能上学,现在条件富裕了,子女又都在外面上学,便有了上学的想法。她的丈夫是一位民营企业家,一听妻子有读书的念头,便鼓励她去学校读书。这位妇女就从村办小学开始读,上个月刚毕业。关于她的事迹,省报还以《为读子女来家信,不惑之年进学堂》为头条进行报道。

自从知道这位中年妇女的求学事迹,我对她的钦佩油然而生,很乐意地接收了这位大龄学生。

在后来的接触过程中,我对她有了更深刻的了解,快知命之年的她对生活还很乐观。她曾对我说,一个人只要对生活有坚强的信念和满腔的热忱,这个人才算是真的年轻。在人生的历程中,年轻是一种生命的内涵,而不是一种时间的概念,只要有健康积极向上的心态,就能创造出不凡的人生价值,只要拥有一颗童真的心,即使年过古稀也不会失去自我本色而走向衰老。

我的这位大龄学生不管是刮风下雨,还是三九寒天,不管是语文知识的启蒙,还是数学知识的初探,她都仔细认真地去做、去完成,进而走向了超越自我的顶峰。她不但实现了一般人同龄人不敢奢望的人生梦想,还创造了平凡人难以创造的人生价值,而且也给子女们树立了光辉的榜样。

在她的感召下,子女们先后考上了大学,实现了自己的梦想。其中表现最为突出的是她的小儿子,每当想起年过半百的母亲在茫茫书海跋涉的情景,每当看到母亲在坎坷漫长的求知航程中踽踽独行的一幕,他都会以此鞭策自己,对学习不敢有半点的偷懒和怠慢,最终以优异的成绩被某重点大学录取。

前一段时间，我偶尔遇到了这位学生，虽然十余年过去了，但她仍然精神饱满，容光焕发，乐观自信。她说初中毕业后，喜欢上了戏曲，现在在村中的秦腔剧社唱戏。我诚挚地祝愿这名特殊的学生——这位老妈妈身体健康，阖家欢乐，一切如意。

二

在袁校长的带领下，语文组的教师们人人都是好样的，贾晓雅老师就是其中的一位，她参加了《教师报》举办的"我的启蒙老师"有奖征文，喜获大奖。这件事让语文组的教师们很高兴，一边嚷嚷着让贾老师请客，一边忙着给其他教研组的老师推荐。

严师慈母一样情

说起启蒙老师，许多人会想起第一位给他教诲最深、启发最大、在关键时刻为他挽回前途、指明人生方向的恩师。然而帮我选择事业、完善人生、助我走向成功之路的老师却是我的母亲。

我的母亲是一位教师，干了一辈子的教育工作。母亲对工作兢兢业业、一丝不苟的精神令人称道，其大度宽容、善解人意、乐于助人的行为让人敬仰。母亲工作三十余年，捧回了三十多项荣誉。母亲在学校是一位好教师，在家中又是一位好母亲，精力充沛的她一刻也闲不下来，而且她是一个说到就一定做到的人，从不拖延。在母亲的影响下，我懂得了许多生活的技巧和做人的道理。

当教师是一份苦工作，母亲明知差事苦，偏把苦来尝。母亲年轻时写了一笔好字，公社领导要把母亲调去当秘书，她婉言谢绝了。她说，当教师虽然待遇一般、工作苦、责任大、要求高，但身边有一群天真无邪的孩子，每当看着那一双双饥渴的眼睛，她决定不再离开那片贫瘠的土地，就在那毫无装饰的三尺讲台上奉献自己的青春。母亲的决心深深地影响了我，我对教师职业产生了无限的敬意。

记得我考上师范那一年,心中有点担心,因为姐妹们老是说我以后当孩子王、娃娃头了,我心中打起了退堂鼓。母亲看到了这一点,对我说,你能考上师范,说明你与教师有缘,就应该安心去上学,千万不要犹豫,被人的怀疑扰乱,到头来猴子搬玉米,一样不得。教书的工作虽然辛苦,但很有成就感,教书的工作虽然琐碎,但琐碎中能尝遍人生的甘甜。母亲的这番话,唤起了我读师范的万丈豪情,将杂念抛却九霄云外;母亲的话,似晨光冲散了我人生前进中的迷雾,让我豁然开朗,放下包袱,在师范学习的三年发奋读书,充实自己,为走上工作岗位打下了坚实的基础。

在我刚参加工作时,由于教学经验不足,人生阅历较浅,工作难免碰碰磕磕。此时,又是母亲帮我渡过了一道道难关。母亲常说,要想把学生教好,首先自己要有渊博的文化知识、高深的理论修养、过硬的业务能力和高尚的师能师德,要学会生存,要胜任工作,必须不断地学习。

在母亲的鞭策和指导下,我在工作与学习中不敢有半点的怠慢,狠练基本功,夯实基础;苦学业务理论,完善素质;探索先进经验,掌握技能,当我获得荣誉或者有小篇文章见报时,母亲总是这样说:嗯,这还像个教师的样子。

事在人为,休言万般皆是命;境由心造,退后一步自然宽。这是母亲的人生信条,现在它已成为我的人生格言。对于人生,我充满信心,对于事业,我万般追求。我相信,理想不会抛弃苦心追求的人,只要有恒心,肯吃苦,就会沐浴在理想的光辉之中。

衣带渐宽终不悔,为伊消得人憔悴。在母亲的帮助和指导下,我对教育的热爱真正进入了一种境界,那点点滴滴的汗水冲刷着无情的岁月,那纷纷扬扬的粉尘落满了我的黑发,我依然无怨无悔地付出着。

"家有三斗粮,不做孩子王"的古训不再是禁锢我脚步的镣铐,教师不尽如人意的社会地位并不能改变我选择的初衷。路漫漫其修远兮,吾将上下而求索。正如母亲所说,事业的艰辛,要高风亮节,教坛的清苦,要甘愿奉献,不能辜负人民的期望与学子的期盼,要用全部的身心与智慧,创造希望之光,托起人类的太阳。

我感谢母亲,是她为我的人生之路指明了方向,我感激母亲,是她给了我奋斗的力量。母亲——严师即慈母,严师慈母一样情。

兴寨中学的老师读了这篇文章后都备受鼓舞,大家跃跃欲试,向各类刊物投稿,学校里好消息不断。

三

继宋亚楠获得县教育局举办的班主任征文奖项后不久,伊鸿璞也获得了市委宣传部举办的"和谐在我家"征文一等奖。当他拿着荣誉证给宋亚楠看时,两个人激动得不能自已。看着宋伊二人喜不自禁的样子,贾老师笑着说他们不仅郎才女貌,还是双才双貌的绝配,一定要请客。宋亚楠和伊鸿璞满口答应,约定几个要好的同事晚上八点在伊鸿璞的宿舍聚餐。贾老师飞也似的向其他几人传递请客的消息去了,伊鸿璞也急忙回去准备食材了,宋亚楠拿着杂志,静静地读起了《回家过年》。

回家过年

春节,是中华民族的传统节日,是家人团聚、夫妻情感沟通、子女尽孝道的大好机会。回家过年,是每一位出门在外人的心愿。

家,在中国人看来,是人世间最温馨、最舒适、最安全、最自在的地方。每到过年,在异地工作的亲人,在外求学的学子,探亲思家的军人,谋生返乡的民工……不顾旅途的辛劳,日夜兼程,心急火燎地往家赶,都是为了年前赶回家,与家人团聚,欢度除夕之夜。一年的颠簸劳累,漂泊时的孤独伤痛,也全在与亲人团聚的那一刻荡然无存,这就是家的魅力。

今年春节,在大哥的建议下,我们在外工作的兄弟姐妹都回家过年。

父母听说儿女们回来过年,高兴得如同孩子一般,逢人就说。刚一进入腊月,父母就将年猪杀了,将被褥拆洗干净,掰着手指算着过年的时间。刚到小年,老人家又把房子打扫干净,随后一头钻进厨房,做年糕,炼臊子,蒸馒头,炸麻花……准备着丰美的食物。

腊月二十以后,在外工作的亲人陆续回家。今年第一个回家的是大哥,像往年一样,一到家,他便放下行李,四处搜罗写对联的物件,准备大显身手,为家族亲人写对联。可是,今年母亲忙拦住了他,告诉他刚进腊月,县文化部门组织"三下"乡活动,工作人员免费为大家写春联,家里的对联都写好了。兴致勃勃的大哥忽然没了用武之地,心里有点失落,但是对政府组织的文化下乡活动他还是表示非常赞同。

腊月三十贴对联的时候,家人又是一阵欢喜,大哥指挥我们贴对联,又用心品着对联的内容,"春满人间百花吐艳,福到家门四季常安","屋满春风春满屋,门盈喜气喜盈门","政策摧春春财旺,科学赐福福满门"……欣赏着一副副优美的对联,大哥开心地笑出声来。

贴好对联,放过鞭炮,一家人坐在一起,谈谈工作,唠唠家常,叙叙烦恼,在辞旧迎新的鞭炮声中,在灿烂畅怀的欢笑声中,享受着节日的快乐,感受着亲情的温暖。

长面是过年必不缺少的一顿饭,这是老家过年的风俗。长面又叫臊子面,它的做法十分讲究,将大肉、豆腐、洋芋切成豆大的小丁儿,烧熟胡麻油,爆炒至半熟;再倒上提前熬好的土鸡汤,烧开,熬至土豆变烂,将提前切好的葱花、香菜撒在上面,色香味俱全了。下面,浇汤,一碗美味的臊子长面就做好了。如果有自家腌制的酸白菜、咸韭菜、萝卜丝,简直是人间少有的美味。

每当臊子汤香味飘散满院,年味就更浓了。

说起吃长面,让我想起了小时候,那时家里很穷,过年只买几斤肉做臊子。为了做出香香的臊子面,母亲可谓绞尽脑汁,尽量用土豆代替臊子丁儿,吃到肉臊子的人就像中了大奖似的,在嘴里狠狠回味一阵才慢慢下咽,但就是因为屈指可数几粒肉丁儿,那时的臊子面吃起来格外香。然而,即使这种被土豆丁儿抢了风头的臊子面一年也吃不上几次，印象中只有上姑舅家（奶奶的娘家人）来人时，才能吃上一顿。

现在生活条件好了，随时能吃上臊子面了，但是，对常年在外工作的人来说，能吃上母亲做的臊子面却是奢望。

吃完臊子面之后，按照习俗就是坐夜啃排骨。晚上九点，母亲把提前准备好的排骨煮上，一家人一边看电视，一边拉家常。十一点的时候，排骨煮好了，母亲把肉捞到盆子里，端到炕上的桌子上，再放一小碗蒜泥、一碟油泼辣子和一壶自家酿的米醋。一家人围着小炕桌，各挑一块排骨，蘸上蒜泥、辣子和醋汁，唑唑地啃着排骨，香味入骨。

吃到兴头上，大哥和父亲谈起家乡的变化很高兴，都夸党的富民政策好，让农民真正尝到了甜头，过上了好日子。母亲也笑着说，日子真好，好得如同天天过年。家里今年盖起一砖到顶的新房子，飞檐鎏瓦，很是气派，和城里的楼房没啥差别。

轻松的过年氛围，欢快的和谐气氛，丰盛的佳肴美味，让回家过年的亲人感到家的温暖，家的温馨。

回家过年，真好！

一口气读完后，宋亚楠觉得这篇文章语言朴实，感情真挚，文笔细腻，让人感到了农家子弟对家的依恋、对亲情的珍惜。她若有所思地想着，有点入神。这一幕，被回来和她商量晚饭的伊鸿璞看在眼里，见她发呆，他站着没有动，心却怦怦乱跳，难道自己写得不好吗？恋爱的人就这么敏感，一会儿无所无惧，一会儿又怕这怕那。

宋亚楠忽然醒过神来，目光正好与定定地看着她的伊鸿璞相遇，两个人脸色潮红，不约而同地低下了头。

四

自从文章见报频率增高，伊老师慢慢尝到了写作的甜头——稿件一旦被报刊采用,还能收到稿费。最近两年,他的稿费汇款单接连不断,这从某种程度上激发了他的写作热情。

伊老师最近发现了一条写作线索,是学校附近一个村子的一名高中学生,去年考上了重点大学,因录取的专业与理想专业不相符,他补习了一年,今年被中国人民大学录取,终于如愿以偿。回来后他将这件事写了篇报道,投向了《铜城日报》,被刊发了。

千淘万漉虽辛苦　吹尽黄沙始到金

八月五日,位于偏远山区的伟台村依然如旧,此时一封装着中国人民大学录取通知书的信函被送到村中的一个农家院落。

接信人是一位十九岁的小伙子,名字叫张鹏,这是他第二次接到重点大学的录取通知书。去年八月份,他以优异的成绩被某重点大学录取,由于录取的专业与自己的理想有差距,他放弃了上大学深造的机会,又踏上了复读之路。今年他以全县文科第一名的好成绩被中国人民大学录取,终于如愿以偿。

张鹏,生活在一个农民家庭,两年都能考上重点大学,是什么力量支配他为了理想而坚持不懈呢? 又是什么精神激励着他去苦苦追求呢?

问起张鹏读书成功的经验,他侃侃而谈。

作为一名学生,要有追求的远大理想。理想是一个人前进的巨大动力,有了理想便有了追求,有了追求便有了成功的希望,追求的开端便是成功的起点,因此,理想要远大,意志要坚定。

一旦确定理想,就要付诸行动,持之以恒地追求。高考不仅是知识与能力的较量,而且也是毅力和耐力的考验,在学习过程中,既要注重知识和能力的培养,又要注重毅力和耐力的锻炼。

干任何事情的成功,都不是一帆风顺的,遇到挫折在所难免,但不要抱怨枯燥无味的学习生活,他认为,正是犁铧埋头苦干的精神,才开拓了一条通向丰收的路。同样,学习也一样,知识的积累、智力的开发、能力的培养必须经过艰苦的磨炼,必须耐得住寂寞,这是一个人成才必不可缺少的精神,吃些苦算不了什么,毕竟自己还年轻。

张鹏读书的成功除了他自己勤奋刻苦,还和父母为他创造良好的学习环境有关,在父母的引导下,他才能在学习的路上更加坚定自己的信念。

张鹏的父亲是一位农民企业家,父亲勤劳致富的行为、开拓创新的经营思路对他有很大的启发。最让他难忘的一件事,高一那年恰逢他十六岁生日,父亲同往常一样给他准备了丰厚的生日礼物。但是这次与往年不一样,父亲没有给他买贵重的礼物,而是送他一本杂志。杂志上有一篇文章,题目是《寒门毓英才,四子三清华》,讲的是陕西渭南有一贫寒的农家,家中的四个儿子没有因为贫苦的生活放弃求学的梦想,而是以改变穷苦为动力,刻苦学习,最终实现了人生梦想。这篇文章语言极富感染力,深深地打动了张鹏幼小的心灵。

那天晚上张鹏难以入睡,心潮澎湃,家庭如此困难、生活条件如此艰苦的姚家四兄弟,都能克服困难,知难而上,而自己的家庭条件比他们优越多了,更应该考上理想的大学。

思想上的刺激,心灵上的震撼,激发了张鹏刻苦学习的斗志,他立志要考上理想中的大学。人们常说,理想越高,抱负越大,越能激发出人的内在动力。

通过奋斗和拼搏,张鹏为自己的人生篇章写了辉煌的一章,对父母的劳动付出以硕果回报,对老师的辛勤教导以好成绩报答。

如果我们每个人能吃得了苦,忍得了孤独,做得了自己,还有什么理想不能实现呢?

这篇报道刊发之后,学校领导很重视,这是对学生进行思想教育的很好材料,袁校长要求把内容复印,分发到各班,要求班主任组织学习。

学生学习完这篇报道之后,写了心得体会,学校组织教师评选出优秀的文章在学校公告栏中张贴,供同学们交流学习,取得了很好的效果。

五

伊鸿璞工作、写作取得了好成绩,除了学校提供的良好平台和他自己勤奋好学,还有一个很重要的原因,他的启蒙老师——王洪涛老师对他的影响非常大。

王洪涛老师是一位残疾人,因为一次意外的事故夺去了他的右手。那还是他当民办教师的时候,由于父母身体不好,家里没什么经济收入,为了养家糊口,暑假他跟着村上的副业队去拉石头。不料,有一次山坡上忽然掉下来一块大石头,正好砸在了他的右臂上,他被砸昏了。三天之后,当他在医院清醒时,已经失去了右手。作为一名老师,虽然是民办老师,但是批改作业、在黑板上写字,甚至教育学生都离不开右手,一旦失去它,他还拿什么去教书!当时他非常沮丧,也非常迷茫,不知道自己的出路在哪里。他将自己关在屋子里躺在炕上默默地流泪,苦咸的泪水流到他的嘴角,他用左手轻轻地擦去,忽然他心里一惊:既然能用左手擦眼泪,为什么不用它吃饭、写字或生活呢?想到那里,他赶紧爬起来,找来纸笔试着写字。可是事情不像他想的那么简单,由于平衡力问题,他写的字歪歪扭扭,比一年级的小孩的字还难看。但是,他没有因此气馁,继续练习,半年过去了,他居然写得有模有样,又登上了盼望已久的讲台。

看到自己的老师失去了右手,却还乐观地用左手抒写人生、改写命运,学生们被他的精神感染了,一个个像小黑马一样地奔跑在学习的路上。果然不孚重望,他代课的那个班级,有一半学生考入重点高中。这在当时简直是一个奇迹。三年之后,又有十多名学生考上了大学,现在都成为各行各业的中坚力量。

王老师虽然忠厚老实,但对学生却非常严格。他认为,农家的孩子因为经济条件差,没有更多的选择,唯有读书才能走出大山。他常常告诉学生,东西沉了提不起,担子重了挑不动,可是知识文化多了不是累赘,知识学到手,记在心里谁也拿不去。这些简短朴实却很有哲理的话语,时刻激励着学生,让他们在任何时候以学为重,以学为乐,并且学有所爱,学有所获,学有所成。

王老师在教学生获得知识的同时,还特别注重学生的思想道德教育。他说作为一名学生,要有良好的品德和正派的做人准则,否则学习再好,也难成栋梁。

记得有一次数学测试,有个定理伊鸿璞死活想不起来。当时他突然瞥见王老师站在窗口正朝外看,脑中冒出一个念头,手不自觉地摸到了桌子里的课本。就在那一刻,教室里突然响起王老师洪亮的声音:"诚实是一个人最基本的品质,宁可交白卷也不能作弊欺骗老师。"

听到这话,伊鸿璞的心中猛地被戳了一下,脸上火辣辣的。同学们以为王老师只是进行惯例的警告,只有做贼心虚的伊鸿璞听出了王老师的弦外之音,脊背和手心都汗涔涔的,他立即打消了作弊的念头。

诚实是一个人最基本的品质,这虽然不是什么豪言壮语,也不是什么语惊四座的名言警句,但这句话让伊鸿璞铭刻在心,终生难忘,因为它一直提醒他:只有勤奋学习、工作,生活才能对你诚实。

王老师在校是一位好老师,在家又是一位好父亲,他常常带着孩子们去地里干活,以此培养他们的吃苦精神,磨炼他们的人生意志。在他的教育和鼓励下,六个子女先后考上了大学,找到了令人羡慕的工作。

如今,王老师已退休了,但他闲不住,奔波各地帮助儿女照顾孩子,担起教育孙子外孙学习的任务。

每每想到王老师乐观面对一切的生活态度、积极进取的工作精神,伊鸿璞在心里暗暗告诫自己:老天让你四体健全、身体健康,就是希望你能通过拼搏,为家庭、为社会作出更大贡献。以此为信念的伊鸿璞,才有了一篇篇佳作问世。

六

宋亚楠在看报过程中,一篇名为《老师,请放下你的拳头》的文章吸引了她, 文章写的是某地一所中学的学生洪林敬在没有留下任何遗言的情况下自杀了,家长认为,洪林敬的自杀和老师体罚有关。

但是事实真的如此吗? 从文章一段简短的陈述中, 宋亚楠看出了端倪:洪林敬在自杀的前一天下午和母亲吵架了,平时对他要求很严厉的父亲扬言要揍他,洪林敬既不敢去学校,又不敢回家,只好去了他的小叔家。他的小叔知道事情原委后,把他送回家。一到家,洪林敬的父亲就要打洪林敬,被洪林敬的小叔劝住了。第二天早上,悲剧发生了,洪林敬自杀了。

看完之后,宋亚楠认为,一旦出现学生自杀事件,社会舆论总把矛头指向老师,认为老师是罪魁祸首。但是,一个悲剧不是教师一方面造就的。学生自杀,学校、家长、学生自己都有不可推卸的责任,不能一概往老师身上推。近些年来,《中国教育报》《中国青年报》等刊物都探讨过教师体罚学生的话题,但讨论的结果并不乐观。面对未成年的学生,教育管理该何去何从呢? 采取什么样的教育方法,通过何种教育渠道,利用怎样的管理手段,才能让学生既不受苦,又不受罚,还能成为社会有用人才呢?

当前,国家提倡实施的素质教育,以培养"合格+特长"的社会人才为主旨,注重学生的个性发展,尊重学生的自主意识。然而传统教育思想根深蒂固,学校仍是围着固定的教育模式发展,"学校为考试而办,教师为考试而教,学生为考试而学,课程为考试而设"。成功与否都是学生成绩说了算,学生成绩好,学校就是名牌学校,教师就是"新秀""标兵";学生成绩差,学校名誉扫地,教师也是"臭老九"。为了赢得家长、学生的信任,老师采取各种手段,以"严管""严教"为准则,做出各种管制行为。如果言语不当,就会出现语言冷暴力,如果行为过激,就会引发冲突,让个别心理不太健全的学生难以理解,最终引发悲剧。

"在人生的成长过程中,最主要的教育机构是家庭而不是学校;最早的启蒙者是家长而不是教师。"(《学习的革命》)洪林敬同学的自杀是否与家庭有关呢?此事件洪林敬同学的父亲应该承担多少责任暂且不议,就看当今家庭教育对子女所起的作用,受客观条件的限制,家长能辅导孩子的不足百分之三十!有的家长教育孩子不能动之以情、晓之以理,而是张嘴就骂,抬手就打,给孩子造成伤害不能一言而语。有的家长为了赚钱或工作,平时对子女的学习不闻不问,但考完试,一旦成绩不理想,要么对学生棍棒相加,要么一味埋怨老师教书不力,从不反思自己的行为。

其实,教师不是万能机器,在一个学生成长过程中他所起的作用只是一小部分,父母的言传身教、朋友的激励和引导、兄弟姐妹的互相影响等,同样非常重要。认清这一点,家长就会主动结合孩子的个性特点,辅助老师为自己的孩子营造良好的成长环境。

七

看了报道《老师,请放下你的拳头》,兴寨中学的教师们为报道内容感到愤愤不平。前几天伊鸿璞又看到了一篇评论《议家长与教师的职责》,讲的是学生在学校犯错误,教师动不动叫家长,家长到校之后,班主任既训导学生又训导家长,不给家长一点面子;教师上课不好好教书,私下办补习班收费;每天放学后,教师布置家庭作业过多,要求家长辅导批改,导致家长负担增加,学生的作业成了家长的负担等。伊教师看完很生气,所写内容是否属实不说,因为伊老师所在学校没有这种事情,但评论的舆论矛头导向把过错指向了全体教师,教师成了一个没有职业道德的群体。伊教师认为应该为教师站起来说句公道话,他写了一篇文章《再议"家长与教师的职责"》投向了报社。写的是家长与教师的职责,其中对教师提出了诸多"非礼"要求让他很是气愤。

再议"家长与教师的职责"

读了贵报"银城晨钟"栏目中《议家长与教师的职责》一文之后,心中很不是滋味，作为一位从教十多年的教师，对该篇作者个别观点和说法，笔者想谈谈自己的见解。

文中"学生成绩不好，第一责任者应该是教师"这句话是否欠妥呢？古人云："师者，所谓传道授业解惑也。"教师的任务是教书育人，为人师表，一方面培养学生的逻辑推理、抽象概括、应变创造的能力和素养，另一方面通过教学活动、课外活动、班主任工作等多种途径教育学生，培养学生具有明确的社会主义政治方向、辩证唯物主义的世界观和高尚的道德情操。学生成绩不好，教师确有不可推卸的责任。然而影响学生成绩不仅仅是老师授课问题，家长未提供好的学习环境、学生未投入精力和时间、社会大环境浮躁等，都影响着学生的成绩。这篇文章霸气之论，将责任全部推给老师，打击老师职业信心暂且不说，对学生健康成长也十分不利。

文章认为"作业是压迫学生的一座大山"，"老师上课讲七分，补课讲三分"，笔者觉得此看法也欠妥。家庭作业多，学生负担沉重，这是社会和教育部门一直热议的话题。笔者不否认一小部分老师有以作业惩罚学生的嫌疑，但是大部分老师布置家庭作业，都是为了巩固学生当天所学的知识，这是遵从教育规律的。而且，现在教育主管部门对老师布置、批改作业都有严格的规定。如对作业批改的次数、批改的页数、批改的质量等都有严格的要求。至于有些教师上课不把内容讲清楚，然后课后变相办补习班，一次赚取额外课时费也是个别的现象，不能一概而论。所以，我们不能因为教育某个环节有点问题，就对全体教师横加指责，对我国教育制度恶意抨击。

随着时代的发展和社会的进步，教育显得越来越重要。然而作为教育机构的重要组成部分——教师在自己岗位上呕心沥血的事例也数不胜数，很多刊物上都有报道，如《风雨兼程教师路》一文中山区老教师献身教育的故事感人至深；《累秩教坛悲壮歌》一文中某矿务局一中高级教师因心脏突发而倒在讲台上的事迹催人泪下；《教坛耕耘辛酸泪》一文讲述了某中学教师被学生打成重伤致残，却能以博大的胸怀宽恕学生的事迹让人肃然起敬……

对于教育的反思，我们可以有多种声音和态度，但是不能将老师逼入死角，他们的职业尊严同样需要社会尊重。

以上是一个教师的自辩，也是一个教师结合多年的教学经验说出的心声，不妥之处，请指教。

报社刊登了这篇文章，让人们一定要搞清楚教师并不是评论所说的那样，是一个不负责任的群体。这篇报道在兴寨中学乃至全校引起了轰动，袁校长在全校职工大会上表扬了伊鸿璞，说他是一位敢为老师发声的有志青年。

八

教师节到了，学校为庆祝教师节，组织全体师生举行了"颂祖国　赞园丁"演讲比赛，宋亚楠作为语文组代表参加比赛，声情并茂地作了名为《平凡的人生，壮丽的事业》主题演讲，博得了大家热烈的掌声。

平凡的人生　壮丽的事业

尊敬的各位领导、老师们、同学们：

大家好！

燃烧自己，照亮别人，是最平凡的人生；无私奉献，育人成才，是最壮丽的事业，今天我演讲的题目是《平凡的人生，壮丽的事业》。

每当我举步走向讲台的时候，我的心中就会涌起阵阵骄傲，因为我是一名光荣的人民教师，在讲台上，我的理想插上了翅膀，青春焕发了活力，生活充满了希望。如果说教师的爱是为了普天之下的孩子们实现梦想而产生，那么，教师的情则是为了实现自己梦想而催生的。

走过鲜花缤纷的盛夏，迎来谷沉稻香的金秋。在这初秋习习的季节，我们盼望着，就像花蕾盼望绽放、孩童盼望过年，我们终于盼来了自己的节日——教师节。这是让人怀念的节日,这更是让教师骄傲的节日。在这里,我要用最诚挚的问候向曾经辛勤栽培过我们的老师及我们自己说一句:无悔奉献人生的老师们,教师节快乐!

我们感谢教师节,它似一面鲜明的旗帜,赫然展示教师受到的尊重;我们感激教师节,它似一首深情的歌曲,伴随着我们吟唱出对教师的礼赞。教师之所以能成为天底下最具风采的人,是因为教师播撒出的是知识,收获的是希望。传递文明,教师是桥;科教兴国,教师是帆。古有孔孟,今有我们,"一碗粥、一杯水"足矣;"一支笔、一本书"乐也。为人师表,无上光荣,我们甘用物质的清贫换取精神的富有,我们无怨无悔地坚守着这一方净土,甘于清淡,奉上一片爱心,任凭沧海桑田,任凭青春流逝红颜憔悴,守候我们心中的是那盏希望之灯,犹如逐日的夸父永不言累,好似开弓离弦的利箭永不反悔。

教师的职责是"传道、授业、解惑"。很多人认为,传授知识是教师的神圣职责。而事实上,教师不仅传授学生知识,还要教学生如何做人。因此,从学生入学的第一天起,教师就扮演起了为人师、为人母、为人父的多重角色,日夜操劳,辛勤挥洒汗水。为了让学生在未来的人生之路上一帆风顺,万籁俱寂时,在桌前与灯火相辉映的是我们;晨雾朦胧时,在晓风残月中踏醒校园的也是我们。我们用自己辛勤的双手擦亮学生期待的目光,我们用恩师赐予我们的能量点燃学生的希望,我们用希望之火去照耀学生,让他们奋勇向前。

有一种品性最为动人,那就是师德;有一种职业最为美丽,那就是教书;有一种灵魂最为高尚,那就是师魂;有一种魔棒最为神奇,那就是粉笔;有一种平台最为神圣,那就是讲台。不要说我们一无所有,我们拥有同一颗炽热的心,一片广博的天空,一腔沸腾的热血,一种为学生义无反顾的决心。

做红烛点燃后代智慧火,似晨露浇开祖国栋梁花。是小草就让它去装点大地,是大树就让它长成为栋梁,走向三尺讲台,也许我们一生默默无闻,但我们只要把平凡的人生献给这壮丽的教育事业,那么,我们就会在这壮丽的事业中谱写出生命的赞歌!

最后,祝大家教师节快乐!

谢谢!

宋亚楠演讲完之后,会议室里响起了热烈的掌声。

九

演讲比赛的时候,学校还来了一位特殊的客人,他是当地有名的企业家陈驿良先生,他来时带着两万元现金和二百斤羯羊肉,说是给兴寨中学的教师们祝贺节日的。

学校的大部分教师认识陈驿良先生,他是乡上尊师重教的模范,以前常到学校看望教师。前几年,他的建筑业务扩展到新疆,最后一家人在乌鲁木齐定居,但他人在外,心仍牵挂着家乡的教育事业。今年他特意从新疆回来,为兴寨中学的教师过教师节。

这天,陈先生听了宋亚楠的演讲很激动,他没有想到,近几年学校分进来了这么有水平的老师,"这里的孩子上学有希望了。"他感叹着说。

陈先生在外面承包工程,在社会上见了世面,按照他自己的话说,"吃了很多没有文化的亏"。由于工作的原因,他接触过很多政府官员与公司技术人员,看到他们舒适的工作环境和体面的生活方式,陈先生心中感慨万千。虽然,他现在也算是出人头地,但是他的成功并未获得社会上大多数人的认可。头上的那顶"包工头"的帽子,压得他异常自卑。他常常在心中暗暗发誓:家乡的孩子不能像他这么被人看轻,他们一定要多读书,以"文化人"的身份了解、闯荡外面的世界,为兴寨争光。因此,每年教师节他都会来学校,捐钱捐物,专门犒劳这群对家乡教育事业有贡献的人。

在演讲比赛接近尾声的时候,陈驿良先生上台作了发言,他回忆了自己上学时的学校艰难的境况。

他说，读小学一年级时，由于村小唯一的老师家中有事，开学一周多了，也不见老师的踪影，同学们在学校乱打乱闹，无人管理。

两周后，见乡教管中心仍不派新教师，家长急了，一起找大队支书，协商这事。大队支部没有办法，只好先让村里刚刚初中毕业的陈金贵（陈驿良的堂叔）顶替一段时间。谁知，上级主管部门听说村小有了代课教师，不好派遣其他老师，只好将陈金贵确定为村小的民办教师。

说起当时的村小学，其实只有三间土坯房，暗乎乎的房子里挤着二十多名学生，其中包括他。全校共三个年级，采用的是复式教学。十多天没上课的学生，见"老师"陈金贵走进教室时欢呼雀跃了起来，大家终于有老师上课了。

陈老师代课，当时大队支书答应每天给他记满分，每月按民办教师的待遇补助五元。

陈老师虽然只有初中文化水平，但他上课十分认真。因为村小只有他一位教师，所有年级的课由他一人来上，全体学生坐在一起，他教完一个年级，再教下一个年级，逐班上课，如此循环，有条不紊，很有耐心。

一个月之后，大队支书说话算数，打发大队会计给陈金贵送来了五块钱。这可把陈老师激动坏了，他紧紧地攥着钱，跑到公社供销社，买了一个小铁钟。他想，有了这个小铁钟，以后上课下课就不用吆喝了，小铁钟四块钱，剩余的一块钱他又买了两个黑板擦。这两样教学设施的添置，让村小一下子上了档次。尤其是那个小铁钟，陈老师买来之后，把它挂在教室前面的槐树上，上课下课的"当当"响声，简直是天籁之音。有好奇的学生，偷偷地拉两下，还让陈老师恨恨地批评了一顿。

当时学校虽然只有陈金贵一位老师，但他每天按时上班下班，从来没有无故耽误过学生一节课。有时他上班快要迟了，同学们透过窗户总能看见老师一路飞奔的身影。村里有人见他火急火燎的样子，事后笑着问他："老陈，这个学校你说了算，啥时上课你一说就妥了，非得把自己搞得那么紧张干什么？"

每次听到别人这么说，陈老师会严肃地说："那不行，那样会影响娃娃们的学习，人误地一季，人误人一辈子啊。"

陈先生在说到这里时，眼泪在眼中直打转。

后来村上读书的孩子多了，村小又增加了四到六年级。在这样的村办小学，陈驿良读完了小学。

小学毕业之后，只有少部分学生来到现在的兴寨中学读初中，大部分学生都回家种地去了，一是因为学校离家太远，二是因为家庭经济困难，家长没有能力供。

陈驿良先生没有读初中，他跟着大队副业队搞副业。改革开放后，他组建了自己的副业队，开始在建筑行业摸爬滚打。

陈先生自己没有读多少书，因此他对知识特别渴望，对教师很尊敬。后来他搞工程发家治富了，经常来学校，一是看学校有没有需要帮忙维修的地方，二是想体味一下学校的学习氛围。这次他来学校，还向老师们了解学校生活有哪些困难，他会尽力伸出援助之手。

此时，一位年轻的女教师说学校用水困难，全靠学生从四五里外的地方抬水吃。陈先生听后，当场答应给学校买一辆机动三轮车，专门给教师拉水。

全校教师被他的行动感动了，宋亚楠也很激动，她没有想到在这偏远的山区，有人竟如此关心教育，对孩子的将来如此关注和重视。

这个教师节过得很有意义，陈驿良先生拉来的二百斤羯羊肉，让全校教师吃了两天。

随后，陈先生派人从县城买了一辆机动三轮车，并安装上专门的水罐送到了学校，解决了兴寨中学全体师生的用水问题。

教师节过后，在陈驿良先生的再三邀请下，近几年新分配来的年轻教师去他家做客，年轻的教师们又受到了一次热情的款待。

第六章 励精图治 教研兴校谱新篇

一个人在学习的过程中，不怕没人重视，不怕没有机会发挥，最怕的就是自己没有持之以恒的信心和负责任的态度，一个人能承担多少责任，就能成就多大事业。

有时我们以为无路可走，其实是人生另一段旅程的开始，另一条路会有别样的风景，不同的山顶一样会有美丽的日出。而那些转错的弯、流过的泪，全都让你成为独一无二的自己。所以，请坚强、微笑、坦然面对负能量，因为未来，你只需要比一个人更好，那个人就是现在的你。

一

新课程改革要求教师成为有教育思想、有研究意识和研究能力的学者型教师，成为教育教学的创新型人才，教师既能胜任于课堂，又能运筹于笔墨。这样，不仅能改变"教"与"研"的脱节状态，而且能够提高教师的素养，促进教育教学质量的提高。

这是新课改的要求，也是袁校长一直信奉的教育理念。前几天，县教育局教研室下发了关于本年度课题立项的通知，袁校长觉得这是一次难得的机会，立即组织学校语文教研组的全体老师开会。会上，他传达了县教育局教研室课题立项的文件精神，鼓励教师积极参与，选出优秀课题，立项深入研究。

一向写作气氛活跃的语文教研组的老师见校长如此热情，也积极响应，在会上畅所欲言，谈心得，说感想，最后还推荐课题研究组的负责人。经过激烈讨论，大家决定推荐宋亚楠作为立项课题的总负责人，其他教师全员参与,课题级别不能低于省级。之所以推举宋亚楠作为课题负责人,这和她平时的工作状态有关:宋亚楠年轻有为,富有朝气,思维敏锐、工作热情。

看大家如此信任她、倚重她,宋亚楠非常感动,她没有推辞,欣然应允。经过精心思考,她把研究方向选在国学经典上,因为国学是中国古老文化的精华,阅读国学经典,传承中华文明,是每个中国人的责任和义务。通过这次课题活动,期望全体师生通过阅读能爱上国学经典,并从中汲取精华,全面提高个人修养和文学素养。有了好的立意,宋亚楠决定尽快确定题目,经过查阅资料、检索信息,认真梳理,课题题目最终定为《中学生国学经典教育与其综合素养提高的实践研究》。

题目刚定下来,急性子的宋亚楠立即组织教研组的同事们开会讨论。会上,其他老师提出疑问,宋亚楠应答自如,经过严密的论证、科学严谨的补充,大家认为该课题既内涵丰富,又与新课程改革联系密切,适应当前素质教育发展的要求;不但有利于传统文化的传承与发扬,还有利于学生综合素养的培养与提高。

一年之后,课题被省教科所立项。

课题立项之后,在袁校长亲自指导下,课题组向省教科所写了开题报告。

《中学生国学经典教育与其综合素养提高的实践研究》开题报告

省教育科学研究所:

《中学生国学经典教育与其综合素养提高的实践研究》于今年五月被立项为省级规划课题。根据课题研究的工作安排,课题研究的各项准备工作基本完成,现准备开题进入实践研究阶段,课题的研究坚持科学发展的观点,遵循科学性、创造性、需要性、兴趣性的原则,用理论联系实际的方法进行研究,切实保证课题研究的实效性和应用性。

一、指导思想

中国传统文化源远流长,博大精深,国学经典是中华文化之精华,是中华民族精神形成的根源,我们应深入挖掘和阐发将仁爱、重民本、守诚信、崇正义、尚和合、求大同的时代价值。通过开展国学经典课题研究,弘扬祖国优秀的传统文化,加强中学生优秀文化的教育,提高中学生的文化素质和道德素养,让学生广读博览,增长其语言文化知识,潜移默化地形成优良的道德思想,并逐渐完善人格,促进中学生可持续发展。

二、研究目标

1. 通过开展国学经典教育实践活动,弘扬中国优秀传统文化,提高中学生的语文综合素养,让他们养成学习国学经典的习惯,培养中学生良好的道德情操和综合素质。

2. 以诵读国学经典为形式,提高中学生对中华文化的认同度,丰富中学生的民族文化底蕴,并逐步完善人格,开创学校思想道德教育的新局面。

3. 挖掘国学经典校本资源,编写国学经典校本教材。

4. 通过课题研究,增强教师对国学经典的认同感,提高教师的人文素养。

三、研究设计

1. 准备阶段:课题从立项开始,确定课题研究组研究人员及负责人,明确分工,用两年的时间编写国学经典校本教材。

2. 组织实施:制定翔实的研究计划,保证课题研究的进度和质量,课题研究员各司其职,负责研究工作按时有序进行。

3. 效果评价:效果评价分为课题组自我评价和学校评价两个环节,依次进行,差缺补漏,完善课题研究成果。

4. 结题报告:各研究员认真总结课题研究经验,撰写阶段性研究成果报告,由课题组负责人统一审阅,并形成结题报告。

四、实施途径

1. 以环境来烘托,构建书香校园

(1)加强校园文化建设,营造国学经典诵读氛围。在学校的橱窗、花园、走廊、专用教室等醒目的位置贴挂经典诗句,让学校每一位师生抬头俯首即读经典,随口能吟,随时能诵,激发其学习经典的热情,为构建书香校园打好基础。

(2)借助校广播站的阵地,开展"每天读一段国文、每天读一首名诗"的活动,并播放配乐的古诗朗诵或诗文歌曲,让学生做到视听一致,读听结合,伴随着优美的音乐旋律和古诗词营造的绝美意境快乐地学习和生活。

(3)各班教室的黑板一角每天写一句励志的句子,黑板报每学期出一至两期经典诗文的专栏,以此激发学生学习经典的欲望。

2. 以示范来引领,建立长效机制

(1)总结现有诵读经典活动经验,建立一定的国学经典诵读模式,将成功的模式加以推广,在全校掀起学习国学经典的热潮。

(2)开展国学经典诵读示范班级的评比活动,将其作为优秀班集体重要的考核内容之一。每学期学校评选国学经典诵读成绩优秀者并表彰奖励,扩大影响,以点带面,辐射全校,让每个学生乐此不疲地参与,让每位教师全心全意地指导。

(3)利用家校联系卡等形式,广泛宣传开展国学经典诵读活动的意义,让广大家长支持孩子诵读国学经典,同时,鼓励家长积极参与孩子诵读经典的活动,再将活动延伸至家庭,使诵读活动和创建学习型家庭有效结合,最终提升学生的综合素养。

3. 以活动为载体,寓诵读经典于快乐之中

(1)举办"读书节"活动,学校将每年的三月份定为"读书"月。每年的"读书"月,将展示每个班级平时读书的成果,通过班级古诗文诵读擂台赛、诗配画比赛、古诗名句大比拼等形式,评选出优胜者,以此激励学生保持诵读国学经典的习惯,为传承中华优秀文明做出自己的贡献。

（2）召开国学经典诵读主题班会，要求每一个班级每学期召开以国学经典诵读活动为主题的诵读经典主题班会，以此推动国学经典诵读活动的有序开展。

（3）学校利用教职工例会，组织全体教师进行诵读经典经验交流汇报，做到资源共享，对先进教师进行表彰。

二

课题开题报告很快被审批下来，课题组成员根据分工开展课题研究。宋亚楠根据课题研究的需要，总结教学经验，撰写了与课题有关的首篇论文《利用国学经典加强学生耐挫素质的培养》，这篇文章在省级刊物《语文教学研究》上发表了。

利用国学经典加强学生耐挫素质的培养

国学经典是中华民族的宝贵财富，在中华民族发展的历史进程中，国学经典对人们精神思想的塑造起着积极的作用。利用国学经典加强学生耐挫能力的培养，既是民族文化得以传承的方式之一，又是民族文化得以弘扬的渠道之一。

首先，利用国学经典对学生进行耐挫素质的培养。对于中学生来说，要想取得事业的成功，必须有坚强的耐挫素质。在人生的征途中，遇到挫折在所难免，正视挫折，不畏挫折，及时总结经验教训，这是十分必要的。国学著作中鼓舞人们克服困难、超越自我经典语句数不胜数。如"欲胜必强，欲强必韧，强韧之道，乃心智之忕也。""千淘万漉虽辛苦，吹尽狂沙始到金。""故天将降大任于斯人也，必先苦其心志，劳其筋骨，饿其体肤，空乏其身，行拂乱其所为，所以动心忍性，增益其所不能。"（《孟子》）"滴自己的汗，吃自己的饭，自己的事情自己干，靠人靠天靠祖上，不算好汉。"（陶行知）这些富含人生哲理的句子，不仅能增加学生克服困难的信心，还能成为他们今后发奋学习、成就事业、报效祖国的座右铭。

　　其次,利用国学经典对学生进行理想素质的培养。理想是一个人的指路明灯,是鼓舞一个人前进的巨大动力。若能以典型人物为榜样,鼓励学生树立远大的理想,这对于加强中学生的学习动力、提升中学生的耐挫能力有很大推动作用。在理想教育方面,选用国学经典的名言警句,就能起到很好的作用。"不登高山,不知天之高也;不临深溪,不知地之厚也。"(《荀子》)"路漫漫其修远矣,吾将上下而求索。"(《离骚》)"长风破浪会有时,直挂云帆济沧海。"(李白语)"老骥伏枥,志在千里;烈士暮年,壮心不已。"(曹操)这些经典名句能够开发学生的青春智慧,焕发出学生进取的热情,并赋予中学生异乎寻常的力量,以旺盛高昂的精神状态树立远大的理想,做好克服人生路上那些不可预估的风险的思想准备,让学生背诵这些经典著作中的内容,能时时处处激励学生为理想而奋斗的信心和勇气。同时,通过各种经典语句,引导学生从逆境中、挫折中爬起来,继续前进,继续奋斗,继续迎接学习和生活中的各种考验和挑战,最终成为一个对社会有用的、对家庭有付出的人。

　　再次,利用国学经典中名人轶事培养学生的耐挫能力。我国古代经典著作中有很多优秀的人物,他们在受挫之后或知耻而后勇,或愈败愈勇,或为信仰而失去自由,或因忠诚而献出生命,各种遇挫而不挠的故事,都值得当今时代的人们学习和借鉴。中学生正是性格、品质养成时期,若能以这些故事启发和引导他们,必将为他们的人生格局增添精彩一笔,必将为他们解决各种疑难提供新的思路和方法。

　　经过以上努力,让学生清楚地认识到,只有经受得住各种挫折的磨炼,才有可能迈过各种坎儿成就一番事业,他们的人生也会呈现出异样的光彩。微笑迎接不可避免的困难,乐观应对各种不可预知的挫折,实现人生的目标或理想,最终将国学经典中伟人的人格力量转换自身的品质,学以致用,学以深用,这样教育才不会失去意义,国学经典的精华也得以传承,我们的民族精神得以发扬光大。

三

在课题研究过程中,课题组的教师们通过勤思考、勤练笔,积极探究,认真学习,汲取民族文化精华,逐步提高自身的国学文化素养,向学习型、研究型教师转变。袁校长把学习国学经典的体会应用到语文教学中,撰写了论文《如何利用国学经典培养学生语文学习能力》刊发在教育报刊上。

如何利用国学经典培养学生语文学习能力

国学经典是中学语文教育教学的重要组成部分,是培养学生良好的语文素养、优秀的思想道德和坚强的意志品质的主要参照。在语文教学过程中,充分利用国学经典著作中优质内容,培养学生的各种能力,是语文教育教学的目标之一,也是提升学生语文素养的主要手段。中学语文教学中国学经典对学生能力的培养,主要表现在以下几个方面。

一、鉴赏能力的培养

鉴赏能力的培养主要指在语文学习过程中,通过引导学生学习国学经典著作中宏大的历史背景、严密的叙事结构和作者的思想内涵,从而领略作品独特的艺术魅力。这种能力的培养,不仅可以拓展学生的辨别思维能力,提高学生的艺术思想,而且对于学生综合素质的提高有着积极的指导作用。

如在学习范仲淹的《岳阳楼记》时,要求学生了解作者写作的时代背景,挖掘作者创作的意图,总结文章的主题思想,这是提高学生自我鉴赏能力的有效方法。通过学习和鉴赏,学生领会了作者逐渐提升的三种人生境界:一、伤怀之感,即"登斯楼也,则有去国怀乡,忧谗畏讥,满目萧然,感激而悲者矣。"二、释怀之兴,即"登斯楼也,则有心旷神怡,宠辱偕忘,把酒临风,其喜洋洋者矣。"三、超然之态,即"不以物喜,不以己悲"。三种境界,第一种境界心中有悲,第二种境界心中有喜,第三种心中无我无物,三种逐渐升华的境界,既体现了作者从视觉到感觉、到思想的微妙变化,又从某一方面展示了作者对近处之景、远处之景、万物之景的特殊体悟。从这三方面引导学生，学习课文不仅要懂得作者创作的艺术手法，还要挖掘隐藏在字里行间的作者的思想、情操，然后理解并吃透。若能做到这些，学生的鉴赏能力定能得到提高。

二、分析能力的培养

分析能力是学生语文素养的具体表现，语文教学培养学生的分析能力，可以拓宽学生的写作思路，最终提高学生的写作能力。如学习著名作家冰心的文章——《谈生命》，我就引导学生在课文分析上下工夫。通过逐段逐节地分析，让学生理解该篇文章丰厚的意蕴、深刻的内涵和真挚的情感。

首先这篇文章蕴涵深刻的哲理美，作者把生命比喻成一江向东流淌的春水，一棵勇敢破壳而出的小树，江水奔流不息，最终融入大海的怀抱，小树开花满枝，结出累累硕果，最终消融在冬的怀抱里，形象地展示了生命是一个从萌芽到成长到消亡的过程。生命来之不易，顺利与坎坷、成功与失败相伴相随，唯有如此，人生才有弧度。此外，这篇文章描绘了两幅跨越时空的画面，它们纵横交错，形象地展示了生命的周期，展示了生命的美丽与坎坷，快乐与艰辛，正所谓"状难写之景如在眼前，含不尽之意见于言外"。这些蕴含在文章之内的哲理思想，从某种意义上回答了生命的目的和意义。

其次该篇文章语言具有独特的艺术魅力，文中的一个字、一个词、一句话、一段感悟，前后逻辑，上下关联，都体现了作者深厚的语言功力，通过学习和分析，使学生了解到作者遣词造句之用心、情节构思之精心、逻辑推理之严密，从而提高自己对汉语言魅力的理解。

三、借鉴能力的培养

借鉴能力是语文能力中一种较高的能力体现，主要是指学生对已学知识或技能的转化和吸收。借鉴能力具有模仿的性质，但也有创新的空间。培养学生的借鉴能力是语文教学的重点工作之一。

在学习《醉翁亭记》时，我很注意学生借鉴能力的培养。《醉翁亭记》，描写了醉翁亭优美的环境，写景物和游山玩水的乐趣，表现了作者寄情山水和与民同乐的思想，写出了山水之乐，禽鸟之乐，和平之乐。最为可贵之处，表现在"负者歌于途，行者休于树，前者呼，后者应，伛偻提携，往来而不绝者，滁人游也。"这幅安乐太平的生活图景，点出了欧阳修写乐的社会原因，是全篇思想的精华所在。因为作者所谓之"乐"不是一人酣畅之独乐，而是社会安定、百姓富足之众乐，不是自己丰裕之小乐，而是安居乐业之大乐，这种以小见大的写作手法，这种小格局见大智慧的表述方式，被老师分析之后，学生也从中受益匪浅，模仿写出了《游法泉寺》《安佛山记》等文章。虽然学生的文言文功底不够，但布局方式、寓情于景的写作手法完全借鉴《醉翁亭记》，甚至有部分论述很有见地，分量不浅。

四

课题《中学生国学经典教育与其综合素养提高的实践研究》的开展，让学生有计划地诵读一些国学经典文章，通过中华优秀传统文化陶冶学生的情操，增长其见识，提高其语文素养。

在课题研究中，课题组举行了一系列的国学经典诵读活动，学生在教师的指导下，写出了自己学习感悟与心得体会，其中九年级三班的学生卓雅写的《感受读书》，就是一篇很好的文章。

感受读书

高尔基说："书籍是人类进步的阶梯。"书，是知识的源泉，取之不尽，用之不竭；书是人生的指路明灯，照亮前程，永不熄灭。

每当我手捧一本书细细品味起来，品着品着，就不知不觉被书中的情节所吸引，有时会被文章里的欢乐气氛所感染，有时为书中主人公的各种遭遇而感慨万千……

曾经有人说，世界上最动人的皱眉，是在读书时苦思的刹那，世界上最自得的一刻,是在读书时那会心的微笑。

假若在闲暇时看书,如果偷拍一张照片,相信那瞬间的定格一定很美!

读书,不图名利,更不为炫耀,当它与功利全然绝缘时,聚精会神便实现了。小说的扑朔迷离,散文的情思精致,随笔的清丽动人——都给我营造了一个特殊的世界,我时而沉醉其中,时而拍案叫绝,我学会了思考,同时学会了欣赏。

是啊,每一本好书对这个世界都有特殊的意义,每一本好书如同那一望无际的大海一样深不可测,如同宇宙间一般充满了奥秘。读书,伴随着我走过春夏秋冬,引领我走出困境,顺从我的内心世界。

书是一面镜子,是一面教我如何生活的镜子。读《论语》让我明白了"三人行,必有我师焉"的道理,从此我能够虚心向别人学习,从而取得了不断的进步;读《爱的教育》,让我懂得应真心待人,从此我学会了把关爱送给身边的人;读《儒林外史》,让我懂得了功名利禄乃身外之物,从此我不再和他人盲目攀比;读《游子吟》"慈母手中线,游子身上衣",我明白了母亲内心的爱是多么的深沉,我们不能因为"代沟"而去抹杀母亲一点一滴的爱;诗句"落红不是无情物,化作春泥更护花"告诉我,师长对后辈的爱是无私的,不该因为一次的误解而与师长赌气;"有朋自远方来,不亦乐乎"告诉我,朋友是难得的,友情是珍贵的,不该因为一点小事而埋藏友谊。

书是一面镜子,是一面能激励我人生奋进的镜子。当我遇到困难想要退缩时,书说:"天将降大任于斯人也,必先苦其心志,劳其筋骨……"于是在书的引领下,我学会了挑战困难。当我徘徊在人生的十字路口,不知所措时,书说:"走自己的路,让别人说去吧。"于是在书的鼓励下,我学会了慎重考虑,自己选择,自己承担。当我意志消沉时,书说:"抽刀断水水更流,举杯消愁愁更愁。"于是在书的教诲下,我强迫自己静下心来,清除内心的躁动,鼓起信心,踏上寻梦之路。

一位化妆师曾经这样说过：三流的化妆是脸上的化妆；二流的化妆是精神的化妆，一流的化妆是生命的化妆。而她所指的生命的化妆，就包括多读书、读好书、多思考、多学习等。

希望大家把书当作一面镜子，经常照照，将会照出另一种人生，一种有涵养、有诗意的人生。

课题的研究，促进了学生写作能力的提高，在宋亚楠的建议下，袁校长安排在校刊《古道晨钟》出版一期专集，刊发学生学习国学经典的心得及感悟的文章，显示出了课题研究对学生综合素养提高的显著作用。

五

自从课题研究开展一年多来，在大家的共同努力下，这项活动取得了不同凡响的效果。宋亚楠趁热打铁，对活动提出了新要求。

一是积极引导学生诵读古典诗文，提升人文修养。国学经典是大家公认的有人文价值的不朽作品，诵读经典诗文对开启学生心智，塑造学生人格有着很大的作用。学校为了引导学生诵读国学经典诗文，每周由课题组印发一些诵读资料，分发给各班语文老师，再由语文老师引导学生诵读。如苏轼的《水调歌头》《念奴娇·赤壁怀古》，李清照的《一剪梅》《如梦令》等。

二是确定全校的诵读时间。为了确保课题研究得以顺利进行，学校规定了诵读时间，即每周三的早读课和星期五下午第三节课，全校师生参与。每当这两节课，全校各个班级都响起了读书声，书声传遍了校园，让人感受到学校浓厚的读书氛围。

三是利用黑板报宣传经典、营造班级读书氛围。学校每班教室后面都有一块黑板，为了营造班级读书氛围，学校要求每班每月出一期有关诵读经典活动内容的板报，学生自主创办，语文老师进行适当指导。这样一来，每班教室后面的板报上，每个月都有经典诗文的内容，让学生时刻感受到传统文化的魅力。

四是开展丰富多彩的活动,提高学生国学经典诵读的兴趣。为了提高学生的诵读兴趣,课题组开展了丰富多彩的活动,有诗词配画,有古诗文知识小竞赛,有讲成语故事活动等。这些活动,或以班级为单位,或以年级为单位,或以学校为单位举行,每次活动有评价、有奖励,激发了学生的诵读经典的兴趣,很好地巩固了课题研究的成果。

五是注重营造氛围,全面铺开诵读经典工作,形成规模。学校构建人文经典的校园文化环境,在校园文化环境建设上,课题组突出传统文化气息,注重厚德载物、大气沉静的校园文化建设,坚持科学规范管理课题研究活动,开发校本教材,做到教材规范,使用规范,指导规范,活动规范,评价规范,管理规范。期初有计划,期末有总结,并利用每周业余时间进行交流研讨,发现问题,及时解决问题。

六是把本课题纳入学校教育教学工作之中, 将学科教学与诵读经典活动有效结合。课题组可以将阅读教学和作文教学紧紧联系起来,进行集体备课,互相听课,设计案例,写教学反思等。安排每位课题组教师每学期上一节的研讨课,对每个教学课中的教学个案进行研究,分析课堂教学中有效或无效的现象,探讨有效的教学策略,调整课题研究在教学实践中的应用。

七是通过家校联系,监督国学经典诵读持续进行。课题组充分利用家庭教育资源,因为家长是学校教育的最佳合作伙伴,在诵读经典、积累知识的过程中,学校通过多种渠道、多种方式和家长进行沟通、交流。在家长积极配合下,督促学生利用课余时间,学习和巩固诵读内容。同时,学校动员家长实行诵读国学有奖励的制度, 即背诵一定的内容学生可获得小奖励,以此激发其学习的积极性,从而为学习国学文化奠定基础。

腹有诗书气自华。自从课题组开展了诵读国学经典诗文活动以来,大家明显地感受到学校学习氛围的变化,读书、读经典的兴趣更浓厚了,积累的经典诗文更丰富了, 在日常工作生活中不知不觉运用经典的现象多了。诵读国学经典,培养了师生国学素养,是一项具有现实意义的活动。诵读经典,全校师生迈出了新的步伐,掀起了新的高潮,中华优秀文化得到了真正的传承和发扬,师生在文化的浸润中共同构建了和谐有趣的精神家园。

六

有了压力,就有了动力。自从课题研究开展以来,课题组的教师学习积极性明显提高,他们在各自分工的领域内,收集资料,阅读学习,调查研究,分析总结,写作能力提高了,理论素养扎实了,课题组的教师们撰写论文及发表情况明显高于其他课题组。最近王艳萍老师写了一篇论文发表在《语文素质教育》上。

浅谈语文教学对学生审美能力的培养

新课程语文教学标准中明确提出,通过语文教学培养学生自觉的审美意识和高尚的审美情趣,培养学生的审美感知和审美创造能力……由此看出,新课程标准强调人文素质的培养,注重人的外在精神风貌和内在精神涵养,体现了"以人为本"的现代教育价值取向。语文教学则依靠学生审美能力的培养来提高学生的人文素质,实现语文教育教学的目标。

学生审美能力的培养,是语文教育教学的主要内容,是学生综合素养的集中体现,审美能力的培养可以显示学生的文化底蕴和内涵,是学生综合素质的彰显。学生审美能力的培养是需要诸多方面的有机配合,方才能见成效。

学生审美能力的培养,要求语文教师本身具备较高的美育素质,具有健康的审美情趣。学高为师,身正是范,作为一名教师要有渊博的文化知识和深厚的文化功底,才能有超前的审美意识。教师良好的语言素养,积极丰富的美感经验,以及讲课中恰当得体的语言、声情并茂的朗读、绘声绘色的讲解,能让学生感悟到语文中所存在的神妙的美、本质的美。

学生审美能力的培养，要求教师要驱动学生的想象，激发学生的兴趣。驱动学生的想象，激发学生的兴趣，是培养学生审美能力的前提。让学生用心灵去感受课文中的美的语言、美的意境、美的技巧等，力求达到教师、学生与作者产生心灵上的相互沟通。如在讲解《沁园春雪》一文中，"望长城内外，惟余莽莽；大河上下，顿失滔滔。"就抓住一个"望"字，驱动学生的想象，让学生感受文中深远广阔的意境，想象作者博大宽阔的胸襟、雄伟旷达的气魄。再如《白雪歌送武判官归京》中"忽如一夜春风来，千树万树梨花开"一句，讲解更需要充分发挥学生的想象，捕捉美的感受，想象这两句诗借助奇特美妙的联想、新颖贴切的比喻，以春花写冬雪；在作者的笔下，一片银白色的世界给人的感受不是雪后的奇寒，而是欣喜和温暖。如果不让学生驰骋想象，很难感受到作品中所展现的美好景象，也就不能受到祖国壮丽河山的唯美之处。

对于学生审美能力的培养，教师要让学生根据自己的理解，去描绘课文所展现的美。美学家朱光潜说，有审美的眼睛才能见到美。学生要表述课文所展现出来的美，首先要用"审美的眼睛"细细地品味，才能感悟到课文中的意境之美。朱自清诗画合璧的佳作《春》，多方位描绘了春天的景象，把一个浑然一体的春天形象地推到读者面前。上课时教师要恰当指导学生认真阅读，仔细品味，让学生学习作者是怎样描写春天的花草、风雨的，怎样赞美春天的活力带给人们希望和力量的。学生通过实际学习感悟，才能感受到课文中语言的优美，以及优美的语言描绘的那一幅幅美好的图画。

语文课程是一门教学内容极为丰富、美育因素比较多的学科，教学中的美的语言、美的意境、美的形象，都需要用很强的审美能力去感受和体会，通过语文学习，学生能感受到作品中艺术形象的美、语言特色的美、说理寓意的美，来提高学生的情操、态度、信仰、兴趣、气质、素养等，以培养学生良好的审美素养和适应社会时代发展的健全人格。

勤于学习、善于思考的袁校长,最近又撰写了一篇论文发表在《教学研究》上。

谈谈情感教学对学生课堂学习效率提高的作用

情感教学,是指教师运用一定的教学手段,通过激发、调动和满足学生的情感需要,促进教学活动有效进行的过程。学生课堂学习效率的提高,与教师情感教学有着很大的关系,融洽的课堂氛围,师生之间的互动是影响学生课堂学习效率的重要因素。教师充分利用教材所蕴含的情感因素,激发学生的自信心和求知欲,让学生热爱学习。情感教学对学生课堂学习效率的影响有以下几个方面。

深挖教材,以教材蕴含的情感激发学生的学习。深挖教材内容,注重教材情感的探究,是新教材对教师备课、上课的基本要求。在教学过程中,教材蕴含的情感对学生有着深刻的影响。再好的教材内容,如果教师的讲述平铺直叙,没有感情,单纯地灌输知识,那么学生的积极性就会受到挫伤而滋生厌学的情绪,这样教学效果当然不会理想。相反,教师深挖教材内涵,认真深入研究教材,体会教材中丰富的思想感情,以渊博的文化知识和精湛的教学方法,把教材内容讲解透彻,讲得感人动人。同时教师要关注学生情感的变化,把握住学生的心理状态,让学生的学习兴趣一直保持在高昂状态。师生思维能产生共鸣,双方有着共同的目的,学生较容易接受教师的观点和思维,这样必将取得良好的教学效果。因此,教师讲课时,一定要精神饱满,情绪乐观,要用自己的情感之光,点燃学生学习的热情。

沉着静心,教师要保持良好的授课心境。心境是一种带有渲染作用的、比较微弱而持久的情感状态。教师在良好的状态下授课,不仅可将自己掌握的知识信息有效输出,还有利于学生接受知识信息。如果教师在不好的状态下授课,课堂教学效果不佳。因此,教师上课必须沉着心静,不能带情绪、怨气上课。由于受社会诸多因素的影响,教师容易产生不良情绪。

但是教师一旦进入学校，就不能把消极情绪带到课堂上，更不能因自己不顺心而迁怒于学生，这对学生产生巨大的负面效应。现在的中学生，个性发展比较明显，对于教师合理的批评容易接受，对于教师不合理的批评，不但不接受，反而产生抵触情绪，这样势必影响课堂学习效率。

师生相互包容，营造和谐的课堂氛围。在课堂教学中，师生之间相互包容、彼此理解、相互尊重，对于学生课堂学习效率的提高至关重要。教师为学生创造良好的学习氛围，建立师生之间和谐融洽的师生关系，可以调动课堂上学生学习的积极性。教师面对的是有思想感情的学生，学生的学习活动是在教师指导下积极主动探索追求知识的智力活动。这种智力活动离不开情感的推动作用，教师每一个动作表情或微妙的肢体暗示，都会起到调控学生情绪变化的作用。因此，教师要潜心设计教学情境，尽量做到让学生有亲切感、享受感，让课堂的气氛轻松愉快，以便学生课堂学习效率的提高。

学生课堂学习效率受诸多因素的影响与制约，情感教学是重要因素之一。教师的情感是建立在对教育事业的责任心和事业心基础之上，只有注重情感投入，才能使学生在爱的沃土里健康成长，才能提高学生的学习效率和综合素质，为实现学生的人生理想打下坚实的基础。

七

课题研究历时两年，经过课题组全体老师的共同努力，即将迎来结题。两年的艰辛付出，终于有了结果，袁校长很高兴。为感谢大家这两年的付出，星期六下午，他组织了课题组的教师在外面一块吃顿饭。

在吃饭前，袁校长和大家商讨课题结题报告撰写执笔人，大家一致同意由课题负责人宋亚楠担任。

经过二十余天的整理编写，宋老师把结题报告写好，送给袁校长审阅，得到了袁校长的肯定与表扬。

《中学生国学经典教育与其综合素养提高的
实践研究》结题报告

国学经典是中华民族宝贵的精神财富,是中华民族的优秀文化,学习国学经典,诵读经典文化,对中学生的思想道德建设起了积极作用。国学经典的深厚内涵对于塑造中学生健康向上的精神风貌和美好的心灵有着积极的教育影响。本课题研究,注重了中学生各种能力的培养,挖掘了中学生的内在潜质,提高了他们的综合素质,为中学生的健康成长奠定了坚实的基础。课题组经过两年的实践研究,收到了很好的效果。主要研究成果表现在以下几个方面。

一、通过国学经典教育,学生的综合素养得到了提高

根据课题研究的需要,课题组编写了国学经典校本教材,让学生作为诵读内容。在诵读活动中,学生的思维能力、理解能力得以训练,道德品质得以陶冶,学生的综合素质和语文素养得以提高。

《语文课程标准》指出,语文要注重语言的感悟、积累和运用,注重学生语言基本技能的训练,从整体上提高学生的语文素养。课题组在实践研究中,将语文课堂教学与诵读国学经典内容有机结合,教师运用现代化的教育理念,将中华经典诗文融入课堂教学之中,让中学生汲取民族文化的精华,提高他们的人文素养。

在国学经典诵读过程中,学生在认识和掌握古诗词的同时,还学会了运用多种阅读方法,初步具有了一定的学习研究能力,如文学鉴赏能力、吟读能力、分析能力、感悟能力等,让学生体会到了古诗文的语言美、韵律美、意境美。

国学经典的诵读对中学生记忆能力、理解能力的提高有一定帮助。诵读经典,学生感受国学经典之精髓,效仿古人的高尚情操,学习古人可贵的品质,传承中国骨气,发扬中国精神,感受中国文化的博大精神,体悟作为中国人的骄傲与自豪。

诵读国学经典,学生在国文素质方面有了明显提高,受到古代优美经典诗文的熏陶,提升了个人修养,丰富了精神世界,健全了人格道德。

在课题研究中,八年级六班有这样一名学生,受青春期躁动情绪的影响,与父母的关系非常紧张,极其叛逆。在国学经典诵读过程中,他的班主任让他熟背《弟子规》的相关内容,他慢慢地受到诗文内容的熏陶,理解父母之苦心,主动向父母道歉认错,并在班级主题班会上踊跃发言,把自己的故事讲给全班同学听,同学们很感动。

在学校举行的"经典伴我行"读书汇报会上,很多学生取得了优异的成绩,撰写的诵读经典心得体会,受到了学校的一致好评。七年级三班赵一宏同学写的《我最喜爱的一本书》、八年级四班萧莉莉同学写的《读书使女孩美丽》、九年级三班卓雅同学写的《感受读书》等荣获一等奖。七年级六班李彦飞同学写的《我和书》、八年级一班张一奇同学写的《良书益友》、八年级七班展扬同学写的《读书真好》、八年级五班赵菊同学写的《我爱读书》、九年级二班何红奎写的《心随书动》等荣获二等奖。七年级九班石娜娜同学写的《名言牌,伴我同行》、八年级六班魏红雅同学写的《走进经典让心灵沐浴阳光》、九年级三班赵再倩同学写的《诗韵幽幽》等荣获三等奖。九年级三班在"经典伴我行"读书报告会中荣获团体一等奖。研究员宋亚楠指导的学生张灵灵的作文《笑着走过》刊发在《铜城日报》上。

二、国学经典课题研究促进班级读书氛围的形成

在课题研究过程中,形成了诵读国学经典的班级读书氛围,让经典与生活同融,让道德与生命共长,让学生在国学文化中积累知识,感悟做人的道理,最终构建良好的班级文化环境。

诵读经典诗文,打造了人文气息的书香班级,课题研究的开展,营造了浓厚的读书氛围,真正培养了学生良好的读书习惯,浓浓书香熏陶着每一位学生,使他们养成了儒雅的气质,形成了健全的人格,与经典为友,与博览同行,开阔视野,陶冶了性情。

走进每一个班级,班级的文化氛围都很浓厚,花样翻新的手抄报,名

言警句张贴在教室的后墙上,同学们在课后品读书本,这种环境氛围是建立在长期积淀的基础上,让人感到亲切自然。

在古诗文的浸润之下,学校师生显得更儒雅、更文明、更有人文气质。早读前的教室里,晚饭后的操场上,经常是书声琅琅的景象。诵读经典犹如一道亮丽的风景,为班级带来了生机,它时时唤起学生的灵性,奏响学生心中诗文的琴弦,激活了学生的好奇心,健全了学生的人格,提高了学生的文化品位,完善了学生的审美情趣。

三、课题研究取得丰厚成果

课题的实验研究编写了《国学经典校本教材》。教材的编写,提高了教师的国学经典素养。作为新时期的一名教师,应该有渊博的知识、深刻的思想、高雅的气质、不俗的谈吐,教师的素养离不开对民族文化的准确把握,离不开对民族精神的弘扬。

教师在教学中,有了丰富的经典诗文的教学经验,经典教学取得了累累硕果,教师们在国学经典中受到熏陶,让他们都以执著的精神学习知识,充实头脑,这是课题研究给教师们带来的一笔丰厚财富。

课题组经过实践研究,对《中学生国学经典教育与其综合素养提高的实践研究》这一课题有了明确的了解,认识到开展诵读经典诗文不但可以提高教师和学生的语文素养,还可以进一步深化语文课程改革,提高课堂教学效率。

课题组充分利用好科研活动时间,组织教师学习课题研究的理论知识和实践经验,了解诵读的基本要则、主要内容和达成目标等,深入领会课程改革思想,提高教师的科研理论水平,转变教师原有的观念,让教师明确了"诵读经典诗文,提高学生人文素养和语文素养"的重要作用和今后研究课题的方向。

为了提高教师的实践研究能力,学校领导袁恒校长对课题组教师进行了《如何进行课题研究》的培训,并多次组织课题研究骨干教师到省内外学校观摩学习。通过学习和培训,教师们能以负责的态度、理性的思维,做好诵读经典诗文活动的每一细节，客观地审视每一次得失。在反思中，教师得到了成长，为课题研究奠定了基础、铺就了道路。

在课题研究中，课题研究人员取得了一定的成果，撰写了许多文章，课题负责人宋亚楠与他人合作撰写了《浅谈阅读在作文写作中的重要作用》，在苏教版课程标准初中语文教科书第二届全国优秀论文评比中荣获一等奖，论文《利用国学经典加强学生耐挫素质的培养》发表在《语文教学研究》上。

研究员袁恒老师论文《中学语文教学要着力提高学生的语文素养》在省论文交流中荣获一等奖，论文《谈谈情感教学对学生课堂学习效率提高的作用》发表在《教学研究》上，论文《如何利用国学经典培养学生语文学习能力》发表在《语文课堂教与学》上。

研究员王艳萍老师论文《浅谈中学生的思想道德教育》发表在《教育督导》上，论文《浅谈语文教学对学生审美能力的培养》发表在《语文素质教育》上，论文《新课改下课堂教学创新思维的培养》在市论文交流中荣获二等奖。

这些研究成果的取得，课题组的教师们付出了努力，达到了课题研究的预期目的，学生的文化积累、精神锤炼、能力增长、潜能开发、道德教育、行为表现等方面都有了可喜的进步，为学生的健康成长奠定了坚实的基础，创造了有利的条件。

八

在课题研究过程中，课题组成员编写了一本校本教材。编写校本教材，在兴寨中学还是第一次，课题组的老师们非常重视，袁校长也很关心，专门为校本教材写了序言——《让经典诗文滋润我们的生命》，内容如下。

让经典诗文滋润我们的生命

中华民族是一个古老的伟大民族几千年的历史文化积淀，让优秀的国学经典世界文化艺术宝库中的一颗灿烂的明珠。中华文化是中华民族生生不息、团结奋进的不竭动力，弘扬民族文化精髓，传承民族文明精神，是当代社会的重要责任。丰富国民的人文底蕴，提高国民的文化素养，开启国民的心智思想，完善国民的人格道德，在社会经济突飞猛进发展的今天，国学经典显得十分重要。

中学生是祖国的未来和希望，担负着建设祖国的重大使命。中学生文化素养的高低，影响着祖国未来的发展与繁荣。塑造学生的良好道德，完善学生的人格，丰富学生的心灵世界，提高学生的人文素养，是学校教育教学的重要任务。中国传统经典之所以流传千年而不衰，其间蕴含着经典诗文极强的生命力和积极向上的价值观，从《弟子规》要求"孝敬父母"到《论语》中的"仁义礼智信"，从儒家教育中的"仁者爱人"到道家教育中的"天人合一"，这些内容对中学生的健康成长起着积极的引导作用。从国学经典中汲取精神营养，接受圣贤的谆谆教导，让学生把做人的根基打得坚若磐石。

在课题《中学生国学经典教育与其综合素养提高的实践研究》的研究中，让学生深刻的感悟到，中华文明浩如烟海，五千年文化的积淀，彰显着一种民族精神，这种民族精神，宛如一只长笛，吹奏出诱人的曲调，让人感叹，让人振奋，催人奋进。经典诗文带给学生的是精神上的熏陶和激励，让学生获得精神上的满足。

通过课题实践研究，学生的综合素养明显提高，学生的读书兴趣更浓了，读国学经典的意识增强了。有一位学生给课题组讲述了自己经历过的一个故事，春节期间她去串亲戚，亲戚家中有一副著名书法家的字画挂在上房，字体是草书，如果不熟悉诗的内容，一般比较难认。当她一看是毛泽东的诗词《清平乐·六盘山》时，便脱口而出："天高云淡，望断南飞雁，不到长城非好汉，屈指行程二万。六盘山上高峰，红旗漫卷西风，今日长缨在手，何时缚住苍龙。"当她一口气把字画内容读完时，亲戚朋友向她投来了羡慕的目光，这可能就是诵读国学经典带给她的收获吧。

《大学》开篇曰:"大学之道,在明明德,在亲民,在止于善。"这句话涵盖了一个人成长的全部要义,学习国学经典,增长语文涵养,陶冶情操,提高综合素养,与圣贤同行,与经典同伴,与古人进行审读交谈,为中学生的终生发展积蓄力量,为中学生实现自己的人生理想创造条件,为中学生走好自己的人生之路,打下更坚实的基础。

九

宋亚楠在写完结题报告之后,又开始着手写课题研究成果的自我评价,为课题研究的最后结题作准备。

评价如下:

一、课题的申报及时、合理、有效

国学经典是中华民族的宝贵财富,具有悠久的历史和丰富的精神内涵,在中华民族的发展历程中,国学经典对学生的人文素养、精神素质、生存能力的塑造起着积极的指导作用。随着时代的发展,在物质生活日益满足人们需求,如何丰富人们的精神文化生活是摆在人们面前的主要任务,尤其是作为祖国的未来、民族的希望、社会发展动力的中学生,培养其健全的人格和良好的人文素养尤为重要。

课题中所研究的问题,在理论构想和指导思想上都是从实际出发,坚持实事求是的准则,以提高中学生的综合素质为目的,以促进中学生全面发展为目标,对课题进行调查研究,遵循科学性、创造性、需要性、兴趣性的原则。课题很有研究价值,它对教师研究中华优秀文化,并通过学生这一鲜活的载体传承和发扬有很大帮助,对学生综合素养的提高也有很大作用。

二、课题研究方法得当、可靠、科学

在课题研究过程中,课题组研究员进行了长时间的准备和探讨,对课题研究的进行提出了许多合理的建议,并对研究过程中出现的问题进行及时调整解决,使课题研究顺利进行。课题研究坚持理论与实践相结合的原则,既注重理论收集,又突出调查研究,所采用的研究方法适合解决研究国学经典的问题。研究方法与研究问题相结合,研究策略恰当新颖,研究目标明确具体,研究方法可靠科学。

三、课题研究成果突出、明显、真实

通过课题研究,取得了积极有效的成果。学生综合素养有很大的提高,在学校组织的国学经典读书汇报会上,有二十多人获奖。课题研究人员先后有二十余篇研究论文发表在省、市级刊物上。从课题研究的社会价值上讲,既提高了学生和教师的文化素养,又推动了学科的研究水平,同时也推动了学校教育教学工作的发展。

四、课题研究成果的社会影响

加强社会精神文明建设,提高社会人文素质,是一项长期而艰巨的任务,而该项课题是社会健康发展的一项系统工程,它不仅对提高学生的语文素养和人文素养、陶冶学生的道德情操有意义,而且为实现中华优秀传统文化的创新性转化和创新性发展,增强做中国人的骨气和底气也意义非凡。

五、课题研究存在的问题

在课题研究中,主要存在以下问题:

学生参与诵读活动的积极性不够高。国学经典的教育,主要是以学生诵读为主,内容多为文言文,有的学生认为其枯燥无味,无心坚持。同时部分学生认为诵读内容缺乏趣味性,说教痕迹过于明显,教材也缺少一定的吸引力,有待提高。国学经典的诵读研究,要想对学生的综合素养有明显的提高,必须经过长时间的实践训练,短时间很难见成效。课题研究还需要高素质的教师队伍,特别是在国学经典方面有造诣的教师,这样对于国学经典的研究才会有更大的帮助和提高。

六、课题研究的设想

《中学生国学经典教育与其综合素养提高的实践研究》的研究,需要长时间才能见效,课题研究需要长期进行,课题研究的内容丰富多彩,对学生语文素养的培养要循序渐进,既要讲究方式方法,还需要全体师生持之以恒、携手研读。只有付出了才能取得有效的成果,课题组的全体成员,对于课题的研究应该确定明确的目标,并为了实现目标努力奋斗。

国学经典,它凝聚着我国数千年的文明,体现着我国博大精深的文化精髓。孩子从小就熟读国学经典,就好像师从圣哲,人生的第一步就站在文化巨人的肩膀上,起点高,眼界远。

课题组经过大家的共同努力,课题研究按时完成,课题研究共发表研究论文二十余篇,问卷调查四百余份,先后撰写阶段性专题成果报告、课题结题报告等五篇,课题研究所有材料准备齐全,上交主管部门进行成果鉴定。

半年时间过去了,课题鉴定工作结束,经过省教科所专家评审,课题通过鉴定,鉴定意见如下:

课题《中学生国学经典教育与其综合素养提高的实践研究》,系省教育科学研究所规划课题,由兴寨中学宋亚楠老师牵头负责,主持研究工作。该课题旨在弘扬中国优秀传统文化,提高中学生综合素养,养成学生学习国学经典的习惯,增长学生语言文化知识,促进学生可持续发展。

该课题采用行动研究的方法,编写了国学经典校本教材,指导学生诵读,使学生的语文素养得到提高,道德品质得到陶冶,其研究目标明确,过程清晰,措施得力,研究方法适当,结论合理可信,研究成果较多,除了编写一本校本教材外,在课题研究实践期间,课题组成员围绕课题发表了多篇研究论文,产生了积极的影响。

以诵读国学经典为载体,提高中学生对中华文化的认同度,从而丰富中学生的民族文化底蕴,形成优良的道德品质,为其终身发展打下牢固的基础。

诵读国学经典,陶冶道德情操,这是当前的一个热门话题,关键要把语文课堂教学与诵读国学经典有机结合起来。教师运用现代的教育教学理念,将中华经典诗文融入课堂教学之中,设计生动的诵读课堂,切实培养学生的语文能力、人文素养,让学生在认识和掌握国学经典的同时,学会提高自身素养。在这方面,课题组开了一个好头,其经验成果值得借鉴,向全省中小学介绍推广。

　　经专家组评审,本课题通过鉴定。

　　袁校长看了省评审组对课题的评审意见,他内心的激动难以抑制。他没有想到,学校研究的课题,竟得到省教育专家如此高的评价。这说明了兴寨中学语文组教师的水平很值得认可,尤其是课题负责人宋亚楠老师,其扎实的理论、认真的工作态度、积极努力的开拓精神,都让袁校长很赏识。"有一批这样年轻有为的教师,学校的教学质量还愁不能提高吗?"袁校长心里暗暗地想,他好久不能舒展的眉毛,仿佛美美地伸了个懒腰。

　　宋亚楠在这次课题的实施过程中,想起自己曾经初来兴寨中学的酸楚,到现在满满的成就感,感慨万千。

　　生命就是一个不断放弃、不断更新的过程,记住那些曾经的感动,遗弃那些酸楚的伤痛。所以,勤奋的人生才能辉煌,豁达的生活才能幸福,让我们在前行中继续自己的人生,快乐地生活。

　　这是宋亚楠的亲身体会,想到这些,她开心地笑了起来。

第七章 木铎声声 浩瀚教苑苦登攀

我们不能改变社会,唯一能够改变的就是自己,改变自己的心态,心态不只影响工作,而且决定人一生的命运。一个人心态好,即使目前的工作不是自己理想的目标,也能够心满意足,心平气和,这种积极的心态,就会带来好的工作态度,并逐渐引导你走向成功。如果对工作心不在焉或心烦意乱,这种消极的心态会引发不愉快甚至是恶劣的工作态度,其工作效果就差,能够做好自己不愿意做的事情,是人生的智慧,更是生存的策略。

一

近年来,新课程改革稳步推进,取得了很好的成绩,新课程改革的关键在教师,教师的能力素养影响着新课程改革的成效,影响着学生的学习效率。为了适应新课程改革的需要,更好地摸清教师的业务能力与专业素养,全面提升学校教育教学质量,袁校长对教师的能力素养进行了调查,以便制定措施,加强指导,努力提高教师业务能力素养,为学校教育教学质量的提高和教师自身发展提供广阔的平台。

为了使调查工作顺利开展,袁校长请宋亚楠参与此项工作,因为她有组织大型调查研究的工作经验和方法。

根据调查的结果来看,大部分教师在平时的工作中注重学习和积累,注重自己专业课的学习探究,注重业务能力的提高,主要表现在以下几个方面:

一、注重个人修养,积极探索新形势下教师职业道德的新理念

教师的职业道德是教师从教的核心,教师的个人修养表现在师德方

面,高尚的师德是为师的首要条件。在调查过程中,大部分教师都提到了这一点,态度诚恳。在工作中,他们能恪守职业道德,认真履行教师职责。"善为师者,既美其道又慎其行",教师能把握教育改革的正确方式,明确自身的权利、责任和义务,能自觉加强个人修养,积极探索新形势下教师职业道德的新理念,加强自我约束,树立正确的人生观、价值观。

二、加强学习探究,自觉把教学与科研结合起来

教师在教育教学过程中,能充分发挥个人的主动性,结合自己的工作实践,认真研究学生的成长规律和学生的个性特征,在科学的理论与方法的指导下积极从事学生的个案研究或班级研究,开展教学方法手段等方面的教改实验。在提高教学质量和有效开发学生潜能方面,不断地探索新的教育模式,形成具有个性特色的教学方法。创新在于科学研究,没有持之以恒的科研与实践探索,要想在教学上谈创新,那是不可能的。大部分教师能够自觉加强科研能力的培养和训练,注重教育教学研究,不断积累总结丰富的教育教学经验,为开展教育创新打下坚实的基础,为教育科研创造更好的条件。

三、精心钻研业务,努力成为创新型教师

在调查中,部分教师已经清晰地认识到,成名的大师和学者不仅是专家,而且具有很高的文化素养和深厚的文化底蕴,这些不仅让教师的风格品味高雅不俗,更是其知识创新、能力创新的基础,教师通过各种途径丰富自己的知识,开阔视野,力争使自己成为一个好学不倦、勤于科研的人民教师。

但如果教师只是凭借经验去教学,不善于分析研究,不善于钻研业务,那他不算是优秀的教师。优秀的教师不仅仅是教育的实践者,还应该是教育的探索者、研究者和发现者,应该具备改革的精神和创新的能力。新课程改革让教师们认识到,教师既要对自己所教课程的专业知识精益求精,又要有广阔的知识面。新课程强调教师要加强学生的文化素养,这从某种程度上要求教师提升自身的文化素养。而丰厚的文化底蕴离不开

原有的积累,更离不开长期不断地学习。教师通过学习理论、参与实践,努力提高自身的素质,把自己培养成为智能型教师、创新型教师。

四、把握时代脉搏,积极学习先进的教育理论和教学技术

调查结果表明,大部分教师都能积极学习先进的教育理论和教学技术,并不断地以先进的教育理论武装自己,完善自己的知识结构。学习现代教学技术,可以提高教师的教学效率和学生的学习效率。现代教学技术越来越发挥着重要作用,它是提高课堂教学效率的重要手段之一,已经得到教师们课堂教学的认可,成为提高教师能力、素养的重要组成部分。

二

宋亚楠老师在整理调查材料时,发现部分教师的能力素养也存在一些问题,突出表现在:

一、部分教师缺乏理论学习

加强教育教学理论的学习应是教师工作教研的重要内容,但在实际教研活动中,教师理论学习显得很薄弱,部分教师工作缺少进取精神,思想倦怠,不愿意去学习教育教学理论,部分教师被繁重的教育教学任务所束缚,几乎没有时间和精力看书,以至于教学观念、方法、手段等比较落后。因此,教师加强理论学习不仅是必要的,而且是一项长期的任务。教师综合能力的培养不是一蹴而就的,需要长时间的学习和锻炼。随着教材的变化和课程目标的提高,有些教师仍停留在以往应有的水平上,已经远远不能满足教育教学的需要,新课改要顺利进行,提高教师的理论学习势在必行。

二、部分教师缺乏整体协作能力

在常规教学中,教师的教,表面上是一种个体行为,但它体现的应是一种典型的公共行为。长期以来,由于受升学竞争的影响,部分教师在教学过程中另搞一套,相互保守,缺乏交流与合作,不能发挥集体智慧,教学效率很难提高。如果能把教研组、备课组教师的观点及思想集中起来并加

以整理,不仅能达到资源共享的效果,而且将会获得更大的教学效益。

三、课改中缺少建设性的意见

在实际教学中,学校在教研活动中安排了一定数量的公开课活动,目的在于促进教师之间相互交流与学习,但是这些活动在一定程度上流于形式,并没有进行真正意义上的研讨。其主要表现在授课教师课前做了充分的准备,甚至做了演习,以致公开课不能真实地反映教学情况,也制约了教师的临场发挥。课后也是好评声一片,对教学中出现的不足,不能提出中肯的意见,形成一种不说真话、相互恭维的不良习气。其实,公开课的真正目的是总结经验,交流学习,但更重要的是发现教学中的问题和不足,让授课者和听课者都能从中受益。因此,在评课过程中应该多发表一些不同的意见,指出不足,以达到共同探讨、共同提高的目的。

四、教师缺乏主题研究

在当前学校教学中,大多数教师缺乏对教学经验的总结,更谈不上对存在的问题进行思考和研究,有些教师虽然搞了一些专题研究,但缺乏科学性、计划性、系统性,所以研究也往往是随意的、零碎的、肤浅的。在目前新课程改革的新形势下,教研活动不能只停留在一些事务性的工作上,要树立教育发展观,要以科研作先导的思想,结合学校教育教学实际开展一些课题研究,用科学的理论作指导,不断探索教学的内在规律,让教师的教研工作能力和教学质量同步提高。

以上存在的问题是学校长期以来形成的顽疾,也是制约学校发展的因素,既不利于教师业务能力的提高,又不利于学校的良性发展。

袁校长看了以上调查意见后,认真地思考存在的问题,并结合这些问题召开了教职工大会,总结问题,说明情况,向全体教师提出了新的期望和要求。

三

有关教师业务能力素养问题,袁校长安排教导处、政教处组织学生进行问卷调查,让学生对教师业务能力进行民主测评。现对学生评教内容,宋亚楠老师整理如下:

一、你认为优秀教师应具备哪些素质?

学生 A:我心目中的好老师:教会学生做事,教会学生学习,教会学生生活;用睿智的头脑引导学生前进,用聪慧的双眼观察学生的举动,用灵敏的耳朵倾听学生心声;为人师表,教师的所作所为能给学生起到表率作用,要求学生做到的自己首先做到,自己做错的事,敢于向学生承认错误。

学生 B:"道之未闻,业之未精,有惑不能解,则非师也。"教师要有扎实的业务理论、高超的业务技能、雄厚的文化底蕴,学生从教师那里学到的不仅仅是课本知识,更重要的是学习课本上没有的知识。教师讲的那些与教材有关的课外知识是令学生羡慕的,也是作为优秀教师的一个重要方面。

学生 C:教师应树立终身学习的理念,切实提高学科专业素养和教育专业水平,让自己具有良好的语言素质,具有良好的心理素质,具有较强的科研能力,具有熟练使用现代信息技术能力,高素质的教师能带出一批高素质的学生。

学生 D:教师是知识的引导者、心灵的交流者。教师是学生的朋友,能够放下架子,俯下身子与学生交流,倾听学生的想法和心事,能够为学生的学习创造一个良好的心理环境,让学生变得自然、真实。与学生交流是教师获得快乐的源泉,能够在交流中让学生同样获得快乐、获得教育,自己也获得肯定和认可。

学生 E:具有良好的师德、业务精良的教师,最值得学生的佩服和尊重。教法要灵活,优秀的教师能灵活运用教法,化繁为简,化难为易,化抽象为具体,这样更利于学生接受知识。语言幽默,适时地活跃课堂气氛,能够尊重学生的创新,迅速恰当地处理突发性的教育情景。

学生 F:无论能力高低,要有好的态度,高尚的师德是为师首要条件,师德中最重要的就是教师对学生要有一颗爱心,无论是学生的思想、学习、还是生活,教师都要关心。不管是优生还是差生,应该一视同仁,做学生的贴心人和知心朋友。最尊重学生的教师,也是最受学生尊重的,抱怨学生素质低的教师恰恰正是自己素质低的表现。

二、你对现任课教师上课是否满意? 你对改进课堂教学有何建议?

学生提出的意见也是比较诚恳的,如:

学生 A:不满意。教师要想把课上好,除了能力,还要看态度,有些老师上课拓展面太宽,与课本无关的话太多,导致课堂教学内容完不成,最后应付了事。

学生 B:满意。有的老师讲得非常好,像语文老师,她的普通话标准,声音很好听,文言文讲得特别精彩。学生对老师的上课不能要求过高,寸有所长,尺有所短,这是本人不成熟的看法。

学生 C:不满意。老师上课应该抓住重难点,详细讲解,但是大多老师讲课缺乏趣味性,讲重点的时候生搬硬套,讲难点的时候念答案,没有任何个人的见解,导致课堂气氛不活跃,学生被动听课。

学生 D:基本满意。英语课非常有趣,其他老师的课一般,老师们要么怒气冲冲地讲课,要么稀里糊涂地走形式,要么不耐烦地说教一番,感觉四十五分钟,四十分钟都在不好的情绪中煎熬。希望老师们上课有好情绪,这样至少我们能快乐地学习。

学生 E:基本满意。我认为老师要想把课上好,必须把课准备扎实,来不得半点偷懒。此外,我觉得课堂纪律非常重要,有些老师以和谐课堂为名义,课堂如市场,学生自由散漫,乱哄哄一团,不但没有解决学习问题,还影响别人。

学生 F:不满意。老师们上课大多板着脸,好像学生欠他似的,我不喜欢他们这种工作状态。有的老师在课堂盛气凌人,喜欢压制学生,对于学生求知欲望视而不见,无法与学生沟通交流。

根据调查学生反映的信息,学生对教师能力素养的期望值还是很高的,良好的师德修养,精湛的业务能力,完美的教学技艺,优良的工作作风等,这些都是学生所期盼的。以上这些学生建议的提出,为学校制定合理的教学措施提供了很好的依据。

四

学生学习效率的高低,与教师课堂教学有很大关系,但是起主体作用的学生也是关键因素之一,袁校长对于影响学习效率学生自身存在的问题做了调查。

调查问题主要有以下方面:

一、影响你学习效率提高的原因有哪些?

学生 1:教材难,老师讲得太快,思维跟不上老师,成绩怎能上去? 上课偶尔分心,思想时常抛锚,这是我们学生的共性,我问过很多同学,他们都出现过。不管怎样,我会努力学习的,把成绩考上去。还想说一句,都说素质教育不主张以分数论能力了,但是现在的家长和老师为什么还把成绩看得如此重? 真让人不思其解……

学生 2:没有计划,没有恒心。我是一个天天写计划,但天天实行不了的人。父母批评我三天打鱼两天晒网,我知道他们说得很对,但是回过头还是觉得能放松一天是一天,结果不得不破罐子破摔了。父母忙于工作,平常没有时间监督我,只有考完试过问一番,仅此而已。

学生 3:浮躁,随波追流。我的成绩很不理想,哎,没有办法。大环境的浮躁,不是我不努力学习,而是周围的诱惑太多了,我真的喜欢玩。再说了,老师也不喜欢我,一看成绩差,连座位也调到后面角落里。周围的同学都一个水平,平时淘气,不爱学习,老师也不待见,我们只好一起堕落。

学生 4:影响我学习效率的原因是自我压力太大, 因为平常成绩较好,老师和家人都很期待,每次考试前我都很紧张,害怕老师和父母失望,所以学习时压力重重,这种压力有时压得我喘不过气来。有时候,我想,做一个成绩一般、不受老师期待的学生真好,这样我就可以无所顾忌地学习了。

学生5:方法不得当。我自认为自己是一个很刻苦的人,经常学到凌晨,但是成绩并不理想。老师说,我的学习方法有问题,但是他们又不知道问题在哪里,所以,我只能继续苦学,尽管效率不高。

学生6:我觉得影响学习效率的是我不喜欢温习,其实,上课听得一知半解,下课没有复习巩固,结果所学的东西总是消化不了,在一知半解的恶性循环中永远赶不上老师的节奏。

学生7:学习效率不高,主要是感情问题的影响,因为我喜欢上了我们班里的一位女生。

根据问卷调查学生的作答,学生对自身存在的问题还是有一些很理性的看法。学生学习效率的提高,关键在于学生,如果他们自己不努力,教师督导起不了作用,成绩也提不上去。此外,家长也很关键,只有他们给孩子创造良好的学习环境,孩子才有信心和决心解决课堂里部分不能解决的问题。

调查结果显示:有的学生受年龄特征的限制,自控能力较差,缺乏远大的理想、坚强的意志;部分学生的基础知识不牢固,接受新的知识有一定的困难。此外,在调查中,有部分学生认为早恋是影响学习的又一大因素,随着年龄的增长,学生生理发育逐渐成熟,男女生之间相互产生好感并且充满好奇心,出现渴望相互接触和交往的心理。这种接触或交往,如果把握不好度,就会出现早恋现象,势必影响学习效率。

结合以上问题,袁校长认为应该采取相应的措施,如培养学生正确的理想动机,加强学生基础知识的巩固;学校加强教学管理,提高教师业务能力,提高课堂教学效率。

学生早恋问题的处理,一是要加强中学生的心理健康和青春期知识的教育,二是要采用灵活多样的工作方法解决学生早恋问题,三是要积极开展各种健康有益的活动,促进学生之间正常交往。

学习环境方面,从社会层面讲,要加大教育立法,净化社会环境,政府要对不利于学生学习的社会消极行为进行管制,为学生读书创造一个良好的社会环境。从家庭层面讲,家长要创造良好的学习环境,为孩子树立良好的榜样,激励孩子好好读书。同时,家长要多抽点时间与孩子谈心交流,多看些书,提高自己的文化素养,为学生的心理和身体健康创造条件。

五

关注课堂教学,是学校管理的主要任务,提高课堂教学效率,是教师工作的重要内容。学生课堂学习效率的提高,与教师课堂教学有着直接的关系,袁校长就如何提高课堂教学效率与教师们进行了探讨,教师们提出了一些建议。

教师1:树立"以学生发展为本"的理念,让学生由过去被动的知识接受者、服从者转变为积极主动的参与者、有强烈求知欲的探索者,改变传统的师生观和教学观,促进学生学习方式的转变。教学是教师的教与学生的学的统一,教学过程是师生交往、积极互动、共同发展的过程,教师的观念转变了,课堂教学效率就提高了。

教师2:教师必须选择适合自己的教学模式和教学策略,课堂教学已由关注知识传授转变为关注学生发展,由学生接受知识转变为学生发现与探究知识。课堂教学,不仅要重视知识的理解与传授,还要关注学生的智力因素和非智力因素在学习过程中的作用;不仅重视学生的个体学习,还要重视学生之间的合作与交流等。合理的教学模式有利于改进学生的学习方式,充分发挥学生自主学习的积极性、主动性。

教师3:引导学生重视课前预习,鼓励和激发学生在课堂上畅所欲言,建立民主的课堂氛围,增强课堂的吸引力,激发学生的学习兴趣,让学生心在课堂,随老师的思维所动,充分体现民主和谐的学习氛围。新课改的讲解既是教师教学艺术的展现，又是学生智力发挥的彰显，充分体现现代教育理念和学生成长理念，遵从人才培养的价值取向和社会发展的基本规律。

教师4：教师要正确认识和处理与学生的关系，将自己定位于学生学习的指导者、学生学习的参与者、学生意见的倾听者。教师在教学中要有意识的培养学生的新学习观，让学生懂得自主学习、合作学习、探究学习的学习方式对自身发展的意义，鼓励学生积极尝试。

教师5：以往许多教师把自己看作教学的中心，总担心学生不能把握知识，上课听不懂，于是就习惯于包办代替，直接"喂"给学生，结果却适得其反。这种单纯以教师的"教"为中心的教学，是很难完成教育教学任务的，更不利于开发学生的潜能。课堂教学要真正从"以教师为中心"转向"以学生为中心"，从强调学生的学习结果转向强调学生的学习过程，从单纯的教师的教转向以学生探究为主的学，封闭的教学组织形式转向开放的教学组织形式等。

提高课堂教学效率，是学校教育工作的主旨，是教师工作的核心。课堂教学效率的提高，需要师生的共同配合，离开其中的一方，都难有好的效果。袁校长提出指导性意见，课堂教学突出"教师为主导，学生为主体，训练为主线，思维为核心"的教学模式，把课堂时间还给学生，调动学生在课堂上的主动性、积极性。只要创造了有利于学生的学习环境条件，学生课堂学习效率一定能够提高，希望教师多花心思，多想办法，多下工夫，提高课堂教学效率，完成教育教学工作任务。

六

针对教师能力素养问卷调查存在的问题，袁校长走访了部分教师，共同寻找出现这种现象的原因，访谈时部分教师说出了其中的原因。

教师A：教师能力素养不高，是教师只教不学的现象引起的。教师不会学习，甚至是不想学习，这不仅影响了教师的知识更新，而且直接影响着教育教学质量,影响着学生学习效率的提高。新课改的实施,说明社会在日新月异的变化和发展,迫切需要教师跟上时代发展的步伐,不断更新知识,提高业务素质,破除陈旧观念。没有高素质的教师队伍,就不能培养出高素质的建设人才。

教师 B:主要是因为有些教师安于现状而不去学习,部分中年教师,认为自己的职称已经评上,没有什么再高的目标追求,事业上没有了进取心,做一天和尚撞一天钟。而部分年轻教师,认为职称评不上,领导当不上,心灰意冷,无心进取,故步自封。

教师 C:教育管理体制的弊端导致的不公,挫伤了教师的工作积极性,学校分班的不均衡,使教师同劳而不能同酬,价值得不到相应的体现。如有的教师代班,生源差,考试成绩不理想,受到学校的批评,付出多,回报少,逐渐失去了进取心。

教师 D:教师的行为习惯受社会环境的影响。教师不想学,这是当前教育界的一种普遍现象,年轻人具多,有些年轻教师感觉自己本科毕业,没有必要再去学习。再者,受社会不良风气的影响,加上同事之间的对比,事业进取心减退。

教师 E:教师综合能力的提高不是一蹴而就的,需要长时间的学习和培养,有些教师忙于第二职业无心学习,即使学校提供机会,也不想去。随着教材的变化和新课程目标的提高,有些教师仍观念落后、思想守旧,根本跟不上新时代教育教学的步伐。

教师 F:部分教师忙于教学而没有时间去学习。现在虽然提倡素质教育,可是学校仍然只看学习成绩,因此教师为考试成绩,天天忙于备课、上课、作业辅导。教师接触的书籍除了教材,就是教辅资料,抽不出时间去学习理论书籍,去做研究。若是班主任,那就更忙了,根本没有时间和精力去学习专业理论的知识,综合素质如何能提高呢?

对于教师能力素养培养过程中存在的问题,教师自身有一定的因素,但学校管理者也有责任。学校应该积极采取措施激励教师学习,以提高教师自身素养。

关于学校培训教师问题,袁校长召开了座谈会,让教师畅所欲言提意见。

教师1:没有出去培训过,不知道培训有何内容。学校内部培训一般是看教学光盘,效果不好。教师培训不管是组织机构,还是培训对象,都要认真负责。

教师2:外出培训只有一次,但培训效果不太理想。有的专家所讲内容太理论化,课堂上很难操作;有的专家只讲两三个小时,以点概面,没有针对性,不知道在课堂上如何操作。

教师3:培训对象分配不公平,常出去培训的教师总是那么几个人,想出去的没机会,常出去的很无奈。

教师4:专家华而不实,重理论轻实践。要请专家,就请水平高的,有些专家发表了几篇文章,自以为懂得教育,实际是纸上谈兵。与其这样,不如请一些在教学一线奋战的教师,他们的教学理论虽不如专家,但是教学经验还是丰富的,老师们更喜欢课堂高手。

教师5:培训只是一次交流学习的机会,老师们不要把它当作改变教学理念的唯一出路。毕竟提高教学能力关键还在自己,不要找过多的借口,"培训得来终觉浅,绝知此事要躬行"。

教师6:除了学校组织的培训外,关键还要靠自己加强业务学习,平时要多读些书,积累知识,提高能力。

教师7:外出培训,单位要加大培训投入,走出去,请进来,硬件设施需要改进,软件设施更需要改进与提高,这是学校发展的根本,是学校可持续发展的长久之计。

倾听教师们的发言,袁校长认真地记录着教师们的意见,关于培训效果的不理想,袁校长深有体会。

由于外出培训的名额少,有的教师没有机会获得,他表示歉意。袁校长表态,以后他要向上级主管部门多争取外出培训名额,学校也要加大培训资金的投入,让教师都能走出去学习,拓宽视野,增长见识,提高素养。

教师能力素养的提高,受多方面因素的影响,教师们提出的意见符合实际情况,学校必须为教师提供一个服务的平台,创造一个公平的学习环境,调动教师工作学习的积极性,端正教师思想意识,激励教师勤奋敬业,正确处理好工作、学习、生活三者之间的关系,把学习当成生活的一部分,并且长期坚持下去。

七

关于教师能力素养的提高,宋亚楠老师根据学校工作的安排作总结,并提出了一些意见和建议,具体表现在以下方面:

一、学习现代教育理论,树立现代教育理念

新课程改革使课程功能和课程目标发生上较大的变化,具体表现在课堂教学中,教师的角色发生了变化,因为现代教育教学中学生的课堂学习地位、教师的教学模式、方法等,都对教师提出了更高的要求。认真学习现代教育理论,树立现代教育理念,是新课程改革下教师必备的能力。现代教育理论的学习,对教师的业务能力有很大的促进作用。现代教育理念的树立,可让教师在课堂教学有限的时间内,完成各项教学目标,提高课堂教学效率。

二、确立终身学习的观念,加强自身业务学习

现代社会是一个终身学习的社会,在现代社会中,对于任何人来说,学习是生活,学习是工作,学习是责任,学习是人生命中的重要组成部分。教师也一样,不但要精通专业知识,而且还应该广泛地积累相关知识,不断扩大知识领域,学习、掌握、探索各种教学技能。只有不断加强自身修养,更新知识结构,才能在新课程改革中勇立潮头,站稳三尺讲台,完成教

师的神圣使命。

三、注重教师业务能力和科研能力的培养

教师的业务能力,是教师完成教学工作的重要保证,教师业务能力的高低,影响着教育教学的质量,因此,培养教师的业务能力,是教育教学的根本。教师要培养一流的学生,首先要将自己打造成一流的教师,教师既要有过硬的专业技能,又要有创新能力。

社会的发展,时代的进步,对人才素质的要求不断提高,这就迫使教师也要"水涨船高",教师要给学生一碗水,自己必须有长流水,教师必须在自己的专业知识上下工夫,在学科上有较深的造诣,有自己的教学与科研的成果,使自己的教学与科研相互促进,不断提高,只有具备了一定科研水平的教师,才是一名与时俱进、开拓进取的优秀教师。

八

袁校长认为,培养教师的能力素养,既要注重培养教师业务能力,又要注重培养教师良好的心理素质与健全的人格。在新的教育理念下,教师拥有良好的心理素质与健全的人格尤为重要。

心理素质是指教师在日常工作生活过程中所表现出的行为习惯。良好的心理素质对一个人事业追求、人生价值有着很重要的作用。教师拥有良好的心理素质能促使课堂教学任务的顺利完成,同时给学生起着很好的示范作用。

一、培养教师稳定愉快的思想情绪,提高教师的综合适应能力

调查表明,有一部分教师因工作累、待遇低等原因,对教师这一职业缺乏事业心和责任感,不能以良好的心态正确面对本职工作,影响了教育教学工作的进行。因此,教师必须树立正确的就业观念、敬业思想,培养稳定愉快的工作情绪,保持平和的心理状态,淡泊名利,增强适应工作的能力。此外,教师要培养稳定愉快的情绪,以新知识、新经验、新观念、新行为去适应不断变化的新环境,努力提高适应能力。

二、培养教师坚强的意志与信心，提高教师的心理承受能力和自我调控能力

现代社会的竞争不仅仅给人们带来新的机遇，但同时带来了压力与挑战，未来的教育更是如此。教师一方面要完成各项教育教学任务，另一方面又面临着各种竞争。这要求教师必须具有坚强的意志，高度的心理承受能力，在遭受重重压力下，摒弃悲观、动摇和危难的心理，积极地去克服困难和险阻。只有这样，教师才能在各种竞争面前泰然处之。

三、培养教师的爱心及兴趣，提高教师耐心教育学生的情感能力

情感是教育教学中不可或缺的重要教育因素。只有具备爱心，教师才能对自己的工作及学生拥有浓厚而健康的情感，这是力量的源泉之一，是教育成功的重要条件。只有对工作充满爱心，才能迸发出工作热情和智慧之光；只有对学生充满慈爱之心、宽容之心、忍耐之心，才能被学生宽容和爱戴。教师对学生深厚的爱及其耐心教育学生的情感能力，有利于促进教育教学任务的完成。

教师健全的人格道德是通过长期的教育实践形成的独特人格魅力，教师健全的人格道德对学生的人格体系形成有如下作用。

一、教师健全的人格道德对学生的激励作用

教师是人类灵魂的工程师，担负着教书育人的重任，教师那种高昂的理想精神、虔诚的敬业态度以及为达成教育目标而表现出来的强烈求知欲，本身就是鼓励学生好学进取、发奋开拓的无声召唤。学生受教师崇高的理想和敬业精神的深深激励，心中充满热情，以一种近似亢奋的精神状态追求梦想。在学习过程中，教师的理想精神和敬业态度，对于激发学生高尚的学习动机有很大作用。这种因师生日常相处而对学生心灵产生的无形感动和激励，比课堂上人生观教育所运用的语言力量更富有魅力。

二、教师健全的人格道德对学生情感优化的陶冶作用

教师超越狭隘功利目的的无私之爱，能让学生产生饱满积极的情感

体验,拥有一种澄澈明朗的美好心境。既然教师是学生继其父母之的第二个影响源,那么,学生自然会将父母的期待和爱的要求转移到自己老师身上,以老师为榜样,以老师为标杆,老师的举手投足、一颦一笑均能点燃学生情感的火花。久而久之,学生对理想形成强大的向心力和深厚的归属感,并迁移为热爱学习、探求真理的优美情愫,更进一步将教师从情感立场上升为自己立身处世的行为准则,从而产生关爱他人和尊重他人的情感态度。

三、教师健全的人格道德对学生意志强化的促进作用

教师在诱发学生的潜力、倾心将其培养成才的教育过程中,所表现出来的坚强意志,必然会拨动教育对象的心灵之弦,激荡其血肉之躯中的阳刚之气。当学生渐渐浮出混沌的岁月,探出自觉的头颅和睁开清醒的眼睛,深切地感受到托举生命者的坚强与刚毅,并把这种对意志力的心灵体验内化为自己谋求自主和自动发展的不可摧残的意志,从而在自己的人生和事业进程中表现出为达到既定奋斗目标永不气馁。教师那充满人类理想主义神韵的人格体系构成了校园隐性课程的内核,并以其独特的精灵般的魅力发挥着有字教材和显性课程无法取代的教育价值,对促进学生全面发展具有深远意义。

袁校长注重教师良好的心理素质和健全的人格道德,这也是兴寨中学老师在艰苦的教学环境下能乐观面对困难,完成教育教学任务的原因之一。宋亚楠感受最深,正因为袁校长、贾老师一行人对待事业、工作、生活积极、乐观豁达的心态深深地感染了她,她才心甘情愿地留在这里,为基层教育奉献青春。

九

学校教育教学质量的提高,离不开广大师生的密切配合,离不开教师的辛勤工作,因此,充分调动教师工作的积极性,建立公平合理的评价体

系,对学校的良性长远发展十分重要。根据宋亚楠老师提供的调查报告,袁校长结合近几年学校的评价机制和本校的实际情况,借鉴外来先进评价体制,制定了一套相对公平合理的评价机制。

一、树立发展性教师评价观

新课程的教育理念是"以学生发展为中心",培养学生的创新思维和实践能力。教育理念的变化,促使教师工作理念的转变,课堂教学模式和教师教学角色的转变,导致教师的评价机制也随之改变。对于教师的评价,必须树立发展性教师评价观,必须认识到教师评价的激励、改进和导向功能,必须以教师为核心,将发展性评价思想贯穿教师评价过程当中。

发展性教师评价是一种新型的面向未来的教师评价,评价不仅注重教师个人的工作表现,而且关注教师的现实表现。它的目的不是为了奖惩,而是根据教师工作的现实表现,确定教师的个人发展需求,制定教师的个人发展目标,向教师提供自我发展的机会,真正做到有的放矢,更好地促进教师的发展。

发展性教师评价不与奖惩、得失挂钩,和教师的根本利益是一致的,它有助于调动广大教师参与教师评价的积极性,在一种轻松、和谐的氛围中不断提高个人素质和教学水平,对整个学校教学质量的提高很有益处。教师评价应遵循以下原则:

(一)导向性原则:要充分考虑到教师未来发展需求,发挥评价的导向功能,将评价立足点放在教师的未来发展方面,而不是放在奖惩方面。该原则以发展为目的,其最终目标是充分调动教师的工作积极性,为教师日后的工作提供规范,为其指明努力方向。

(二)全面评价原则:进行教师评价应从教师劳动的特点和教师担负的任务出发,进行全面分析,既要看其具备的基本素质,也要看其工作过程的质量,还要看其教育教学的效果。要对教师的职业道德、学科知识、文化素养、教育教学能力、协作精神、终身学习、未来发展等方面进行全面的评价、考察,评价者必须全面掌握评价信息,综合分析,确保教师评价结论的准确性。

（三）动态考核原则：教师的政治业务素质、教学能力和教学经验的提高，是一个动态的发展过程。如果只用某一次考核的结果就评价一位教师的好坏，必定不能真实地反映他的实际情况。在教师评价中要注重动态监控，用发展的眼光对教师工作过程的各个环节进行系统的、长期的、反复的评价。评价时不仅要看教师当前的素质、教育教学水平和效果，而且还要看其原有基础和发展趋势。只要在原有基础上有进步、有成绩就应该给予肯定，决不能用静止的眼光评价动态的过程。

（四）信息回馈原则：教师评价应该向评价对象提供回馈信息，否则该评价是不完整的，也失去了评价的意义。发展性教师评价提供两方面的回馈信息：一是向评价对象提供有关其工作表现方面的信息；二是向学校领导提供评价对象是否需要进修、学校应提供哪些帮助等有关信息，从而促进教师改进其工作。

二、教师评价的主体和方式要具有多样性和灵活性

教师评价是一项非常复杂的工作，涉及内容广泛，不能单靠几个领导或某个部门，否则难免会有局限性和片面性。要准确评价教师，必须扩大评价的主体，逐步建立民主、互动的评价机制，在进一步完善同行评价、领导评价的基础上，建立同行评价、领导评价与教师自我评价、学生及家长评价相结合的方式，广泛听取各方的意见，让教师、家长和学生的"话语权"都得到尊重，从而保证评价的合理性和有效性。

自我评价是教师评价不可缺少的一部分。让教师进行自我评价，不仅是教师工作总评的重要依据，而且便于教师自我管理，有助于发挥教师的主动性、积极性，能够帮助教师改进工作。另外还应给予学生、家长应有的发言权，因为对教师行为和教学效果，家长最为关切，而作为受教育者的学生。对教学有着切身的体验和感受，他们的"话语权"不能被剥夺，让学生和家长参与评价对于合理评价教师具有建设性的指导作用。

三、建立新型的教师评价模式

发展性教师评价不仅是一种全新的评价理念，更是一种全新的评价模式，它是在克服现行教师评价弊端的基础上产生的。要求教师评价服务于个人发展，从根本上迎合了教师个人发展的内在需要，它强调对教师教学行为的诊断和反思，注重各方面的回馈信息，具有很强的可操作性。

四、明确评价内容和评价标准，构建符合新课程改革要求的教师评价指标体系

随着新一轮课程改革的实施，学校对教师提出了更高的要求，为达到这些要求，教师需要不断提高自己的素养和专业水平。一个较为完善、合理的评价指标体系乃是科学、客观地评价教师的前提和基础，有了符合素质教育要求的评价教师的指标体系，并按此体系对教师进行评价，才会让广大教师自觉走上实施素质教育的轨道，按照新课程的要求进行教学，促进学生全面素养的发展。

运用多种方法，搜集和分析反映教师教学素质的数据和证据，确保评价信息的真实性。在教师评价过程中，必须通过多种途径掌握大量的评价对象的信息，搜集与教师教学和素质有关的数据和证据，并进行分析和诊断。通过对教师教学情况和教师素质进行分析、评价和诊断，为全面了解教师的优势和不足提供有价值的信息。

新的评价机制公布后，兴寨中学的教师沸腾了，他们没有想到，袁校长为了调动教师工作的积极性，对教师的评价标准都改变了。"评价的意图不是为了奖惩，而是为了更好的改进"，袁校长的这句话最暖人心。

袁校长解释说，教师评价的最终目的在于改进教师不足，扬长避短，以促进教师教学工作能力的提高，只有这样才能真正实现教师评价的初衷。

公平公正的评价机制，是对教师工作成绩的肯定，是对教师工作付出的尊重，教师的工作，只有得到了客观公正的评价，才能够调动教师工作的积极性，教学效率才能提高，学校才能处于良性发展之中。

袁校长也在老师的议论声中找到自己的管理教研之路，他在工作笔记上写了一段话：

　　实事求是的精神、班门弄斧的勇气、异想天开的热情，三者相互交融，互为补充。它们在成长的阳光中参差，交错着成就的快感和失落的痛苦，光明伸向远方，那里有更健全的人格，更丰盈的人生。

第八章 眷眷爱心 倾注挚爱话情意

忙碌是一种幸福，让我们没有时间体验痛苦；奔波是一种快乐，让我们真实地感受生活；疲惫是一种享受，让我们无暇空虚；坎坷是一种经历，让我们真切地理解人生。其实幸福是一种心态！忙碌的一天过去了，好好休息，明天又是一个新的开始。

一个真正聪明的人，是懂得如何让自己委曲求全的人。刚者易折，柔则长存，伴随着年龄增长，我们应该学会完善自己的个性，控制自己的情绪。虽然这有点痛苦，但如果想要成功，就要记住，成熟的人做该做的事，而非只做喜欢的事。

一

袁枫、袁宇现在已经离不开宋亚楠老师了，三人在一起的时候说说笑笑，总有说不完的话语。袁校长有时出差或者到县上开会，袁枫、袁宇都在宋亚楠的宿舍吃住，他们好像一家人似的。

袁枫、袁宇最爱听宋亚楠讲童话故事。宋亚楠讲故事的时候，是两个孩子最高兴的时候，尤其是袁宇，他偎依在宋亚楠的身旁，像是躺在妈妈的怀里，甭提有多幸福了。

宋亚楠在讲故事时，袁枫有时插嘴要问个为什么，袁宇会对姐姐大声喊："真讨厌，让宋阿姨讲，你插什么嘴？"

此时，袁枫会对袁宇的喊叫不理不睬，继续问为什么，愤怒的袁宇会与姐姐厮打起来，有时把宋亚楠整得哭笑不得。

慢慢地，袁枫开始不满足宋阿姨讲的故事，她想自己看书。宋亚楠也会给她买几本故事书,让她自己去阅读。袁枫看完之后,也会给弟弟讲。

袁枫给袁宇讲故事时,袁宇会认真地听,两个人也就不争吵了。

一次袁校长回家去了,他嘱咐袁枫、袁宇在宿舍里待着,认真写作业,不要乱走动,当时两个孩子答应得好好的。可是等袁校长一走,袁枫、袁宇把爸爸的话全忘了,他们姐弟俩去了宋亚楠的宿舍。

袁枫在宋亚楠的辅导下做作业,袁宇在房间里玩耍。等到宋亚楠把袁枫的作业辅导完,袁宇纠缠着宋亚楠讲故事,宋亚楠拗不过,只好同意。

宋亚楠讲了一个《猫和老鼠》的故事,袁枫、袁宇姐弟俩听得很认真。

从前,有一只猫想和老鼠交朋友,老鼠拿不定主意,不知如何是好。

猫反复强调它已经把老鼠当成了自己的朋友,说它特别想和老鼠交朋友。在猫的再三邀请下,老鼠才同意与猫交朋友,并且住在了一起。

冬天来了,猫说,老鼠兄弟,我们该准备一些过冬吃的东西了,不然会挨饿的。

老鼠同意猫的意见,它们两个商量,决定买一罐子猪油存放起来准备过冬。

猪油买好之后,猫和老鼠不知道把猪油放在什么地方好,左思右想,猫说,我们把猪油放在教堂的祭坛下好了,没有人会去教堂里偷东西,那个地方最安全。

老鼠听猫说得有道理,同意把猪油罐放在教堂的祭坛下面。

过了几天,猫馋了,想吃猪油,于是它找借口对老鼠说,亲爱的老鼠兄弟,我有个表姐在附近的村子里,它刚生了一只小花猫,我得去它家祝贺,你在家里别乱跑,耐心等我。

老鼠说,猫大哥,你尽管放心去吧,我在家里等你,上帝保佑你。

其实,猫在骗人,它没有表姐,只是想吃猪油,它出了家门,瞎转了一会儿,直奔教堂。

猫悄悄地走近祭坛,把油罐子取出来,美美地吃了一顿猪油。

吃饱之后，它去了阳光明媚的地方，睡了个懒觉，一直睡到天黑。

晚上，猫高高兴兴地回来了，老鼠很亲热地打招呼，猫哥，你那可爱的小外甥叫什么名字？

猫撒谎说，叫"去层皮"。

又过了几天，猫嘴又馋了，它又找了个借口说，有只亲戚猫找它去做教父，让它去讲教义，善良的老鼠又想信了它。

这次猫直接钻进教堂，取出猪油罐又美美吃了一顿，用舌头把嘴吧舔干净，懒洋洋地回来了。

到家之后，老鼠又问，猫哥，请你去做教父的亲戚叫什么名字？猫回答说，叫"去一半"。

隔了一段时间，猫又找了借口说去认识个朋友，出去了，这次猫把罐子里的猪油吃得干干净净。

猫回来之后，没等老鼠问它，它自言自语地说，这次我认识的朋友叫"一扫光"。

老鼠对猫的话没生一点疑心。

冬天到了，外面下起了大雪，猫和老鼠没有什么东西可吃了。

老鼠说，猫大哥，冬天来了，外面找不到吃的东西了，咱们把教堂祭坛下面的猪油罐取回来过冬吧。

没有头脑的猫与老鼠一块去了教堂，祭坛下面的油罐子还在，可是它们两个打开盖子一看，里面的猪油却没有了。

老鼠顷刻间明白过来，猪油肯定是猫偷吃的，它特别生气地说，哎呀上帝，现在我知道以前你为什么出去了，你可真够好朋友啊！开始"去层皮"，接着"吃一半"，最后"一扫光"……

老鼠此时气得浑身颤抖。

猫知道自己以前干的坏事，但它不但不承认错误，而且还霸道地说，住嘴，你再说一句话，我就把你也吃了。

可怜的老鼠还没有说完,就被猫抓住吃了下去。

袁枫听到这里,已是两眼泪汪汪,并感叹地说:"猫太不讲理了,天下原来这么不公平……"

看到姐弟俩伤心的样子,宋亚楠接着又讲了一个《机灵的老鼠》的故事,调节一下郁闷的气氛。

一个明媚的中午,一只老鼠从洞里钻出来晒太阳,湛蓝的天空万里无云,它抬头望着辽阔的苍穹,不禁发出慨叹说,哎呀,这天空真大呀。

此时,天空正无聊,一听老鼠的赞叹接着说,我大吗?其实我不大,云彩才算大呢,它们想把我遮住就遮住了。

天空的一句话,激起了身边一块云彩的自豪,并故意装作惊奇地说,我大吗?其实我不大,真正大的是风,它一吹就把我吹跑了。

喜上眉梢的风正呼呼地喘着气,猛地停下来说,我大吗?其实我也不大,真正大的是墙,我一吹,它就把我挡住了。

谦虚的墙此时也发出感叹,它对老鼠说,其实我也不大,如果你那天不高兴,在我的脚下多打几个洞,风一吹,我就倒了,真正大的还是鼠老弟你呀。

老鼠听到墙的感叹,沮丧的心情一下子好了起来,哈哈,原来我最大,原来我最大……

正在此时,一只肥胖的大猫站在了它的面前,你不大,我才最大呢,猫理直气壮地说。

机灵的老鼠纵身一跃,钻进了洞里,并用讥笑的口气说,我最大,有本事,进来再说,猫和老鼠在墙脚下喋喋不休地争吵起来。

这个故事又让袁枫和袁宇听得咯咯地笑了起来。

吃过晚饭,袁枫让袁宇回去,袁宇不想回去,他还没有玩好,姐弟俩又争吵了起来,宋亚楠问起原因,袁枫说害怕爸爸回来骂他们。宋亚楠安慰袁枫说,不要害怕,她会向袁校长解释。

有了宋阿姨的这句话,袁枫、袁宇高兴地跳了起来。

看着袁枫、袁宇欢快的笑声,宋亚楠陷入沉思,不完整的家庭带给孩子的心理负担太重了,想开心地玩耍都有所顾及。

慢慢地两个孩子玩累了,这时袁校长还没有回来,宋亚楠把袁枫、袁宇送回了校长的宿舍,安顿他们两个人睡觉。

"宋阿姨,你真好。"袁宇望着宋亚楠说。

"阿姨好在什么地方? 说给阿姨听听。"宋亚楠故意问袁宇。

"有你在,就像妈妈在身边,你能当我们的妈妈吗?"袁宇噘着小嘴问。

从他那天真的眼神看出来,他是多么想得到宋阿姨的肯定回答。

宋亚楠听到这句话, 心中并没感到惊讶, 她的嘴唇动了一下又合上了,没有回答袁宇的问题。

"袁宇,赶快睡觉,宋阿姨累了,明天她还要上课呢。"懂事的袁枫给弟弟说,这也给宋亚楠解了围。

袁校长为了不耽误明天上课,连夜从老家赶了回来。他用自行车驮了一袋面粉和一壶清油。一到宿舍看见宋亚楠正哄两个孩子睡觉,他很客气地说:"宋亚楠,两个孩子又麻烦你了。"

"没关系,校长客气了。"

对于宋亚楠在他的宿舍,袁校长没有感到惊奇,因为近一段时间,她经常帮自己照料两个孩子,袁枫、袁宇也非常喜欢她。

宋亚楠帮助袁校长收拾好自行车上的东西,回宿舍去了。

二

宋亚楠回到宿舍,辗转反侧,她突然感到自己对袁校长的感情有了一点微妙的变化。一开始的时候,她对校长只是尊重和钦佩,对孩子是怜悯和同情,学校需要这样的领导,家庭需要这样的男人,妻子需要这样的丈夫。慢慢地宋亚楠由尊重、钦佩、怜悯变成了理解、同情,现在甚至对他产生了好感。这种好感让她的心情难以平静。

为什么自己会有这样的想法呢？宋亚楠扪心自问。

他是两个孩子的父亲，而自己是一位年轻的未婚女子，他和她真的不太可能。

与袁校长接触过一段时间后，再将他与伊鸿璞一比较，她认为袁校长更成熟稳重、更有魄力一点，而伊鸿璞好像缺点什么，具体是什么，她真的说不清楚。

随着时间的推移，宋亚楠对袁校长的倾慕之情愈发强烈，这种情感有时候让她自我陶醉，有时候搞得她心烦意乱，让她不敢面对自己的内心，更不敢面对伊鸿璞炽烈的眼神，她开始有意躲避他。

但是，感情真是一个怪物，越是逃避它，它对你越是紧追不舍。在袁校长和伊鸿璞之间，宋亚楠像一只被撕扯的风筝，不知道身落何处。渐渐地，她的心越来越靠近袁校长，因为她发现自己在身不由己地想接近他、了解他、照顾他、爱护他，这种强烈的欲望几乎将她焚化。而对伊老师，她没有这种感觉，她和他在一起时，她快乐、踏实，但是这种快乐和踏实无法让她把他置于内心深处，更无法将他当作伴侣。宋亚楠是一个明理的人，她知道喜欢袁校长，一定会将她带入学校舆论的风浪中，但她也清楚，若背着自己的心嫁给伊鸿璞，会将她一生置于风浪中。两种冒险，都不是理智的。

然而，伊老师没有这种想法。从与宋亚楠接触到谈对象，他对她的感情是认真的，生活上他无微不至，工作上尽力帮助。她不高兴时，他会想尽一切办法让她开心，她因为工作太忙而焦虑时，他会耐心地开导她。

一次，两个人在一起闲聊，宋亚楠提到《唐诗宋辞解析词典》特别好，可是县城新华书店买不到。说者无意，听者有心，伊老师请假到省城去买了回来。宋亚楠说他家的酿皮好吃，他会连夜回家让父母去做。

伊老师所做的这些，宋亚楠从心里感激他。但是，理智告诉她，不能因为感激而嫁给一个人，她不能违背自己的内心。

在宋亚楠一再的躲避下，伊鸿璞也感觉到了宋亚楠的变化，他比宋亚楠还痛苦。

三

　　教师节过后，袁校长接到县教育局通知，要到师大培训学习一个月。

　　接到通知之后，袁校长心中很矛盾，因为他有苦衷，去吧，两个孩子没人照顾，不去吧，上面的文都下来了，

　　宋亚楠看到袁校长的难处，便主动向袁校长请缨照顾袁枫和袁宇姐弟俩。但是袁校长婉言谢绝了："你工作量大，又当班主任。再者，袁枫、袁宇年龄小，很不听话，肯定影响你的工作。"

　　可是把两个孩子送回老家，也不现实，因为袁枫还要上学，孩子的学习也不能耽误。

　　最后，袁校长想到了大灶厨师胡淑兰，决定让她来帮助他照顾袁枫、袁宇。这样既不影响自己的培训学习，两个孩子的生活也有了着落。

　　事实上，袁校长不让宋亚楠照顾袁枫、袁宇，并不全是因为她的工作量大和两个孩子不听话，而是宋亚楠对他的感情，他已经意识到了，想想两个人的实际情况，他毫不犹豫地拒绝了。

　　袁校长安排好学校的工作，又对袁枫、袁宇进行叮咛和嘱托，他去了师大培训学习。

　　袁校长去培训学习后，袁枫、袁宇虽说由胡淑兰照料，但姐弟俩不喜欢她，一股脑地往宋亚楠的宿舍跑，不管胡淑兰怎样劝说，姐弟俩死活不去。胡淑兰有点生气，袁校长走的时候千嘱咐万交代，让她照顾两个孩子，现在他俩却不搭理她，她又不能强迫他们，只好把他们交给宋亚楠。

　　自从袁枫、袁宇来了以后，宋亚楠忙坏了，她既要上课，又要操心两个孩子的事，两头跑，两头累。可她心里非常踏实，对两个孩子也是尽职尽责，呵护有加。她对自己的贪心有时候很鄙视，但是在爱情面前，很多人都愿意卑微，都愿意赴汤蹈火，何况在这穷苦的兴寨，在这枯燥的教育岗位上，她总要为自己的精神世界填充一点东西，哪怕这点东西是超越世俗眼

光的。

袁校长的拒绝让宋亚楠痛苦了好一阵子,她知道袁校长是为她好,但是如果拒绝一个人的爱恋,是为了这个人过得好,这种简单而粗暴的借口对被拒绝者是不公平的,因为她的爱同样也被拒绝了。宋亚楠想,结局有那么重要吗?如果所有爱的结局必须是在一起,那么她希望他和她不要沦入这种结局。

国庆节到了,宋亚楠准备回家,她让袁枫、袁宇跟着胡淑兰留在学校。可是袁宇听说宋阿姨要回县城,又哭又闹,非要跟着她不行。胡淑兰看两个孩子哭鼻子抹眼泪的,也不忍心,只好求助宋亚楠。见胡淑兰面有难色,两个孩子眼泪汪汪的,宋亚楠的心软了,她决定带姐弟俩去县城玩几天。

袁枫、袁宇听说要去县城,高兴地跳了起来,姐弟俩还是第一次进城。当天晚上,两个人一夜无眠,第二天天不亮,袁枫早早起床,收拾起自己的东西。

袁枫、袁宇是第一次出远门,坐在通往县城的大巴上,高兴得手舞足蹈,他们欢快的笑声溢满车厢,荡出窗外。

大巴在蜿蜒的山路上爬行,凉爽的秋风顺窗而入,乘客感到清新爽快。隔窗远眺,蔚蓝的天空好似雨水清洗过一样,毫无瑕疵。重叠的山峦仍是一派雄壮的气势,好像跟大巴较劲似的,大巴在向前疾驶,他们在向后狂奔。

宋亚楠此时的心情也随着窗外的景色好起来,恬静的她端坐在座位上,飘逸的长发被吹进来的微风微微撩起,像一个扇形衬托着她那青春俊俏的脸庞,神情严肃而不失青春光彩,端庄靓丽而不失女性神韵,她含情脉脉地向外望着,好似动人的少女画照,给人一种无限美好的遐想。

到了县城,这里的一切对袁枫、袁宇是那么的稀奇,两个人心中的高兴劲难以抑制,但是对于这个陌生的地方,他们又有一些畏惧。

回到家之后,宋亚楠先给两个孩子洗了澡,又给他们两个买了新衣服,把他们收拾得干干净净。

第二天,宋亚楠领着袁枫、袁宇到儿童公园玩了一天。这一天,是袁枫、袁宇最高兴的一天,跳蹦蹦床、划水船、套花环游戏,两个人高兴得不亦乐乎。

人与人之间的关系、人与人之间的相处是一种缘分,这种相处是必然中的偶然,也是偶然中的必然。"缘分"二字不能说是暗藏玄机,但谁也解释不清楚。

袁枫、袁宇与宋亚楠的相处就很难说清楚,能不能用缘分来概括,在宋亚楠没来上班之前,学校同样有分进来的女教师,但他们没有和袁枫、袁宇产生相互依赖、信任的感情,这些年轻的女教师在工作之余同样对袁校长的两个孩子给予了无私的关心和照顾。

而宋亚楠与袁枫、袁宇心灵之间的默契,有一种超越血脉的感觉,双方是心心相印,这种关系谁都说不清楚。

当宋亚楠看到袁枫、袁宇时,她的内心莫名地涌出一种欲望,保护、照顾、关爱、甚至想看他们成长的欲望。为什么会产生这种母性的冲动,连她自己也说不清楚。两个孩也一样,对她天然地有一种特殊的亲切感,毫无保留地想依靠她。这种超越血脉的相互认同,让宋亚楠心中隐隐作痛。

她站在那里一动也不动,眼前的过山车一晃而过,车上有一家三口紧紧地抱在一起幸福地尖叫着。这叫声同样吸引了袁枫,她默默地站在宋亚楠旁边,出神地看着一切,眼里涌出的羡慕让宋亚楠的心扯痛起来。

"宋阿姨,要是我爸在,那该多好啊!咱们也可以坐过山车了,你看那个小妹妹,坐在爸爸妈妈的中间,多高兴啊!"袁枫说。

听袁枫这么一说,宋亚楠鼻子一酸,低声说:"下次再进城,让你爸爸带着你们两个来坐过山车。"

"那您必须得来,咱们也和他们一样,我和弟弟坐在中间,你和我爸坐在两边,这样我和弟弟才不会害怕。"

"小精灵。"宋亚楠用手指朝袁枫的鼻子上捏了一下,然后三人笑了起来。

三人的笑声吸引了众多游人的目光，目光是对"母子"三人的羡慕，也是对母子三人欢乐笑声的向往。世上没有比这种笑声更动人的了。笑声是对人类生命的诠释，是人发自肺腑的幸福自然地流露，这三人不是母子关系，连一点血缘关系都没有，但他们的笑声是真诚的。

宋亚楠看到周围人称赞的目光，一开始她感到有点不自在，自己还是一位没有结婚的姑娘，怎么能被别人误认为是有了孩子的母亲。

后来她仔细一想，别人也不知道实际情况，他们有这种想法很正常。

下午六点多钟，公园里的热闹景象慢慢地消失了，在公园里玩耍的孩子陆续回家，袁枫、袁宇一直沉醉在欢乐之中，他们两个人有点依依不舍，但还是被宋亚楠劝了回去。

两个孩子在自己父母亲身边没有享受到的快乐，却在一个阿姨的关怀下享受到了。

随后，宋亚楠又领着袁枫、袁宇逛了一次新华书店，买了几本童话书。国庆长假结束，两个孩子高高兴兴地回到了学校。

回来以后，袁枫、袁宇与宋亚楠的感情更近了，他们两个已经离不开宋亚楠了。

四

一个月的培训结束了，袁校长回来了。

在回来的当天晚上，袁校长询问姐弟俩在家中的表现，姐弟俩都不约而同地不做声。

袁枫、袁宇都不说话，袁校长猜想，两个人肯定表现不好，自知理亏，不敢回答，他没有再问。

过了一会儿，袁枫忍不住地问："爸爸，你猜我们国庆节干什么了？"

袁校长一边拾掇东西，一边心不在焉地说："玩呗。"

"玩什么？"袁枫又问。

袁校长心想，在学校还不是老玩法，逛逛学校门前的所谓大街，和其他小朋友一块玩过家家，或者去玩那"害人"的游戏，打土仗、投纸飞机等。

"我说不上。"

"宋阿姨领我们进城了。"袁宇迫不及待地插嘴说。

袁校长听到此话，脸一怔，宋亚楠领孩子进城，他根本没有想到，他也不知道袁枫、袁宇，这一段时间由宋亚楠照顾。

"宋阿姨家可好了，宋奶奶还给我和弟弟买了新衣服。"袁枫说。

"宋阿姨还领我们到城里儿童公园游玩了一天，城里可好了，姐姐玩得不想回来了。"袁宇说。

两个孩子你一句我一句地说开了。

培训走的时候明明把袁枫、袁宇交给了胡淑兰，他们怎么会被宋亚楠领到城里去呢？他心里犯嘀咕。

把两个孩子领去城里游玩，按常理说也没有什么，可是宋亚楠对两个孩子的关心照顾，让袁校长很是为难。"伊鸿璞要是知道宋亚楠带着他的两个孩子去了城里的家，他是否有别的想法？"袁校长想。

袁校长也听其他老师说了，因为自己与两个孩子，伊鸿璞已经对宋亚楠产生了误解。而且他还知道，伊鸿璞和宋亚楠谈恋爱一年多了，关系一向很融洽。伊鸿璞还邀请宋亚楠去他家了，据说他的父母对宋亚楠也很满意。他们俩就差谈婚论嫁了，而他让两个年轻的心有了隔阂，这是多么糟糕的事情呀。袁校长越想越烦恼。

比袁校长烦恼的是伊鸿璞，因为宋亚楠对他的感情变了。之前，宋亚楠说袁校长有才华、有魄力、有担当，说袁枫、袁宇没有妈妈可怜，他没有在意，因为大家都这样认为。他觉得宋亚楠对袁校长的感情，只是一个下属对上司敬仰之情，对袁校长两个孩子只是同情，他还夸她善良、仁爱、贤惠。可是后来，宋亚楠每次说到袁校长时，脸上出现淡淡的羞涩，眼神中的痴迷，让他很不舒服，他偶尔提醒她，但她马上反驳。当一个姑娘为了维护某个男性当面驳斥一个人,这个姑娘一定对这位男性有了特殊的感情。伊鸿璞在多次被驳回后,像一个战败的士兵,伤痕累累地逃走了。为什么他的爱在中途被人劫持呢?伊鸿璞像一个迷信的人,想找出自己失去爱人的那个路口,然后在路口把她唤回来。

宋亚楠也意识到了伊鸿璞敏感的反应,不过她在自己的感情面前显然无法理智了,相反她觉得是伊鸿璞过于小心眼了。"一个如此有能力、有魅力的男性,不去学习和效仿,而是莫名地嫉妒他,那不叫小心眼,叫什么?"宋亚楠在内心首先祖护起了袁校长。每次看着伊鸿璞气呼呼离开的样子,她也不挽留他,随他去。

伊鸿璞虽然生气地走了,但他的内心却是无比的苍凉。他知道,由于课题研究工作,宋亚楠与袁校长频繁接触,这是工作所需,他没有意见;袁校长偶尔外出,宋亚楠照顾袁枫、袁宇,保幼护小这是女人的天性,他也没有大意见。可是课题研究结束之后,宋亚楠仍与袁校长频繁接触,他实在看不惯了。学校的女教师那么多,没有一个人单独去校长办公室,唯独宋亚楠,她来去自如。

宋亚楠与袁校长的频繁接触,也招来了同事们的非议。

对于教师们的议论,伊鸿璞坐不住了,他多次劝宋亚楠,让她克制一下自己的行为。不料,宋亚楠一听伊鸿璞话里带刺,她既失望又生气,失望的是伊鸿璞也像那些散播流言的人一样,不以光明的眼光看待她,认为她是轻薄的女性;生气的是伊鸿璞像劝诫一个失足女性一样劝她,那种语气和怀疑让她发疯,她甚至后悔和他有了短暂的交往。

误解、矛盾、隔阂,总会不理智地让人看不清彼此。

一天晚饭后,两个人又谈起此事,这次伊鸿璞再也忍无可忍了。

"你的做法已经让同事们议论纷纷。"伊鸿璞毫不留情地说。

"让他们议论去,他们是闲得无聊。"宋亚楠冷冷地说。

"你关心校长及两个孩子没有错,但你的行为已经超出了同事的范围。"

"我就是照顾他们，我看两个孩子可怜。"

"校长根本不领你的情。"

"领不领情是他的事。"

宋亚楠还是淡淡地说，她的镇定和冷静反而击败了怒火冲天的伊鸿璞。他明白了，宋亚楠的冷静正好说明了她对那份感情的坚定，她现在已以无惧一切的果决向他坦白了他还能说什么？

两个人因为言语不合不欢而散，伊鸿璞决定冷静一下两个人的感情，反思一下自己的行为与想法。自这之后，反而是他开始躲着宋亚楠了。

对于伊鸿璞的躲避，宋亚楠觉得很可笑，她没有主动再去解释。

宋亚楠就是这么一个人，迎风而上的时候，她从来都是一个人走。

袁校长也很无奈，对于这对闹别扭的情侣，他是心怀愧疚的，但是他不能做什么，安慰宋亚楠只能惹来更多的非议，劝说伊鸿璞只会越描越黑。与其这样，他静静地在一旁观看便是了。

五

因为袁校长及两个孩子伊老师与宋亚楠闹情绪，学校的老师都知道此事，可是大家都不好意思劝说。

偶然一次机会，隔壁的王艳萍老师与宋亚楠谈心。王老师看到宋亚楠一副忧心忡忡的样子，便开门见山地问她："你是不是喜欢上了校长。"

宋亚楠对王老师的问话没有感到吃惊，只是用眼睛看了王老师一眼，说："我也说不清楚。开始时，我只是觉得两个孩子可怜，可是后来不知咋的，对校长有了感情。"

"袁校长是位好人，你的心思大家明白，对孩子同情是女人的天性，这和婚姻完全是两码事，你要把这两件事情分清楚。"

"我怎么不清楚，我知道其中的利害关系，可是我对袁枫、袁宇的照顾，为什么得不到校长的认可？我因为他，与伊鸿璞已经吵了很多次。"宋亚楠懊丧地说。

"袁校长的做法是对的,具体的原因以后你会清楚,他对伊老师也深感愧疚。"

王老师的解释让宋亚楠感到有点困惑,所有人都说为了以后,那么以后是什么?设想中袁校长不就是她的以后吗?她不顾闲言碎语照顾两个孩子,她熬夜写课题报告,她所做的一切也是为了以后啊,为什么大家不能接受她的以后和袁校长的以后有交集呢? 尤其袁校长,他和所有人一样,把她的以后和他的以后划分得一清二楚。每次,当她下定决心和袁校长只以同事关系相处时,袁枫、袁宇的到来,又将她心中那份柔软抽剥出来。

"我的思绪很乱,有时理不出头绪。"

"你必须理出个头绪,这是你的终身大事。"王老师提醒她说。

自从王老师提醒之后,宋亚楠反复思虑好久,她将自己的感情隐藏了起来。

宋亚楠的沉默,让伊鸿璞绝望了,他决定调离这里。

想当初,为了缓解他与宋亚楠的紧张关系,国庆节伊鸿璞主动邀请宋亚楠去省城游玩几天,可是宋亚楠拒绝了。当时,他以为宋亚楠有事情不便外出,只好放弃了旅游计划。谁知,宋亚楠竟将袁校长的两个孩子带回自己家玩了几天,他很生气,觉得自己在宋亚楠心中还不如两个孩子。

一种被欺骗的感觉涌上伊鸿璞的心头,他开始怀疑宋亚楠的初衷了。

当初宋亚楠拒绝伊老师到省城去旅游,也不全是因为袁枫、袁宇要去县城游玩,而是前一段时间两个人之间闹得不愉快,她有点赌气的心理,谁知被误解得越深了。

最让伊鸿璞伤心的是,有一次他亲耳听到袁宇想让宋亚楠当妈妈,这虽然是出于孩子之口的话,但当时宋亚楠没有拒绝也没有接受,她的这种做法简直和默认没有区别,让伊鸿璞非常伤心。任何一个男子不会大方到和别的男人分享他的爱情,伊鸿璞也一样,他是常人,渴望爱人对他的爱是完整的,是独一无二的,是不能分享的。他甚至嫉妒那个有权有能力的袁校长,是他将自己的爱人置于抉择的悬崖边不能回头。

两个人冷战了几个星期后，宋亚楠知道若再继续下去，只会两败俱伤，她主动向伊鸿璞提出了分手。

虽然对宋亚楠有所怨恨，但伊鸿璞还是想从感情的泥淖中把她拉出来。谁知她是这么果决的一个人，短短的时间内，伊鸿璞来不及缓一口气，就被她当头一棒，提出分手。

分手，分手，是每一个恋爱的人最惧怕的词语，可是分手的洪水一旦来袭，有几个人能在风浪中坚持下来。

伊鸿璞是个聪明的人，他不能在洪水中溺死，所以他调离工作岗位，去县委宣传部工作了。

走之前，他向宋亚楠最后一次表白：只要她愿意珍惜留恋这段感情，他会为她永远敞开爱情之门。

六

伊鸿璞调走之后，宋亚楠极为震动，想过一千种和他分手的结果，唯独这一种是她始料未及的。感情的折磨让她夜不能寐，长期的失眠让她失去了往日的风采，苍白的脸更加憔悴。

强忍几周后，宋亚楠实在支撑不住了，她请了一周假，回城里去了。

宋亚楠回到家里，母亲看着女儿消瘦了很多，一脸憔悴，心疼起女儿来，赶紧炖鸡汤给女儿补身体。

作为母亲唯一的女儿，宋亚楠自小是母亲的心肝宝贝。都说母亲惯儿子，其实宋老太太最心疼的还是女儿。自从女儿去乡下教书，做母亲的很不放心，担心女儿人生地不熟受委屈，有好几次想去看她，可是由于路途远，自己年龄大了，又晕车，都没有去成。现在看看女儿一副病恹恹的样子，她很后悔。

晚饭，母亲做的饭菜都是宋亚楠最爱吃的，要是在平时，她会一边吃饭，一边叽叽喳喳说个不停，今天却安安静静地吃着，出奇的乖巧。做娘的哪有不知道女儿的心思。

晚上，母亲和宋亚楠住在一个房间，在母亲的软磨硬缠下，宋亚楠吐露了真情。当宋老太太听了之后，经历过风浪的她一下子惊呆了，她不相信自己的女儿喜欢上了一个有俩孩子的男人。

"你看上他，是因为他是校长？"母亲生气地问。

"校长算什么！"宋亚楠也生气了。

听到女儿的辩解，宋老太太更担心了，如果因为职位，她觉得还可以挽回女儿的心，可偏偏是……

"那你为什么喜欢上了他？"

"因为可怜那两个孩子，他们没有妈妈太孤独了。"

"这不是你考虑的问题，"母亲说，"天下孤独的孩子多的是，你能照顾得了吗？"

"你……"宋亚楠责备地说，"你也是做妈妈的，心肠怎这么硬？"

"还用你来教训我！"母亲怒吼道。

此时，宋亚楠惊呆了，她没有想到母亲会如此生气。这次回来，原本想把心里话跟妈妈说一下，排遣一下心中的苦闷。可她没有想到，得到的不是安慰和宽心，而是母亲的责备。她越想越伤心，居然爬在床上放声大哭。

看着女儿伤心的样子，母亲对自己的埋怨有点后悔。但是对女儿的选择，她还是不能谅解，做母亲的怎么不顾女儿的一生幸福呢？

"楠楠，你选择错了，这是婚姻大事，不是可怜不可怜的问题，婚姻关键要看两个人能不能合得来，你可怜孩子，孩子以后长大了，不需要可怜了，你怎么办？不是妈妈不同意，主要是你的感情动机欠考虑，婚姻不是玩过家家，说不玩就不玩了，这个问题你必须慎重考虑才行……"

"妈妈，我的选择怎么错了？难道就因为人家结过婚，我就不能喜欢，就不能……"宋亚楠哭着说不下去了。

母亲含泪看着泪流满面的女儿，气得一句话也说不出来。女儿成人了，有自己的自主恋爱权，可是和一个已婚的、带着俩孩子的男人结婚，她无法把这自主的权利给女儿啊。都说女大不中留，女儿已经坠入情网不能自拔,谁能把她拉一把呢?宋老太太越想越害怕。

"刚开始分配的时候,我说让你找人,把楠楠留在城里,你不管不问,你看现在……哎!"宋老太太只好怪怨老伴。

"这事怎能怪我,当时县上有规定,大中专毕业生必须去基层锻炼,况且,楠楠当时也不想在城里上班。"宋亚楠的父亲解释说。

"这些我不管,事在人为,哪有像你这样死板的人,明年你必须把楠楠给我调上来。"老伴怒气冲冲地说。

"这事还要和楠楠商量商量,得征得她的同意。"

"征得她的同意?"老伴的口气一横,"不与她商量,啥事都由着她的性子,那还了得!要是她在学校给我做出什么见不得人的事情来,我把她赶出家门。"

宋老太太越说越生气。

"要不,先托个熟人给她介绍个对象。"

"先把工作调上来再说。"宋老太太吼道。

像这样的争吵不止一次了,说的都是同一个话题,吵的都是同一件事情。

父母的心在儿女身上啊!

"调工作得等到明年秋季开学再说,学年中途教育局是不做人事变动的,中途人事变动会影响学校正常的教学工作。"老父亲解释。

宋老太太听了老伴的话,心中感到有点无奈,她后悔当初没有劝说女儿不要去那偏远的地方,现在只能一味地自责了。

做母亲的最了解自己的女儿,宋亚楠从小性格倔犟,她认为对的事情谁也拦不住,现在她自己选择对象,听不进父母的话,她若真的想成,做父母的能有什么办法呢?

七

本想在家里疗一下情伤,理一下纷乱的思绪,可现在却被母亲的埋怨和唠叨搅得更加心烦意乱,精神恍惚,宋亚楠在家中只待了两天,随后带着无限的愁绪提前回到了学校。

坐在回校的大巴上宋亚楠思绪万千,对感情充满了无限的惆怅。关于自己的想法,她只想给母亲透个气,征求一下母亲的意见,没想到让母亲大动肝火。再说了她对袁校长的感情只是一厢情愿,根本不是母亲想象的那样。被其他人误解,她已经麻木了,但是被母亲当成有不轨行为的人,做女儿的怎么也接受不了。

这次回家,宋亚楠虽然和父母吵闹得不愉快,但她也不抱怨父母,特别是母亲,她理解母亲,天下哪一个母亲不想让自己的女儿嫁给一个条件好的人呢?可是自己又错在哪里呢?她的选择只是迎合了自己感情的认知心态,而没有顾及到社会观念的偏见而已。

越是这样想,宋亚楠越感到难过,越难过她就越想打破这种传统观念。

学校的一切如故,教师们忙着教学,学生们忙着学习,唯有宋亚楠心中盛满了苦楚和无奈。她到校后并没有急于报到,而是在宿舍里休息了几天,她要等到休假结束后再上班。

感情让宋亚楠心力交瘁,心中的苦恼让她日夜难安,以前总感觉爱情是美好的,男女两性相悦就能撞出彼此相爱的火花,便能迅速地激情燃烧,甚至愈烧愈烈,让憧憬爱情的双方享受爱情带来的甜蜜和幸福。

但是,宋亚楠爱得苦涩,爱得艰难。以前,她从来没有真正追求过任何人,没有体味过恋人之间的苦思、苦等,没有体味过追求的艰难,现在她体味到了。以前看言情小说,对于单相思带来的痛苦、烦恼甚至是痛不欲生的描写,她认为是作者为刺激读者的阅读欲望所做的一种艺术处理,现在她身陷其境,受到单相思的折磨,才明白这炼狱般的感受。

病假结束,袁校长见到宋业楠,他用关心的口吻问:"宋老师,病好些了吗?"

听到袁校长不紧不慢的口气,宋亚楠心中有一团怒火快要喷涌而出。为了他,她和伊鸿璞撕破脸分了手,和家人吵翻了脸,现在他却一副事不关己的样子。

"好些了。"宋亚楠恨恨地说。

"如果病没有好利索,先不要上课了,等病痊愈了再上课。"

"不了,我能上课。"

袁校长咋能不知道呢,宋亚楠帮助孩子和自己,尤其最近一段时间,她总找借口来他的办公室,他还能感觉不到吗?她毕竟还是一个涉世未深的姑娘,不知道婚姻是需要责任的。他自己年龄虽然不大,但毕竟在婚姻家庭道路上走了一遭,接受姑娘怜悯施舍的感情,等于伤害了姑娘一颗纯洁的心。

年轻人谈对象,大多数人都幻想在高雅的爱情殿堂里徜徉、漫步,殊不知在家庭围墙内,每个人都不是雄鹰,想展翅高飞就能飞的,想缔造爱情神话就能缔造的。

爱情像李白,婚姻像杜甫。

宋亚楠、袁校长都是常人,他们不能摧毁传统观念铸造的厚墙。

八

宋亚楠从家里回来之后,情绪状态还不如以前,王艳萍老师为了让她从痛苦中解脱出来,邀请宋亚楠去逛庙会散散心,释放一下心中郁闷的情绪。刚开始时,宋亚楠不想去,然而盛情难却,她只好去了。

这座寺庙离学校有七八里路,建在一个较大的山沟里,始建于清朝康熙年间,已有三百多年的历史,现在已成为当地有名的旅游景点。

从山门进去,有一条宽敞的马路延伸进山沟,在马路两边的平缓处,时有岔道台阶通向两边的山腰,在半山腰,多建有亭台楼阁,各抱地势,布局错落有致,座座寺庙雕梁画栋,镌刻秀美,流光溢彩。

沿着马路向前走,左拐,有一块不大的平地,上建有两座古塔,特别引人注目,两塔一样高低,并排而依,两塔的顶部,各有一个气派的塔帽,塔帽建造得新颖别致,非常独特。

两塔在阳光的照耀下,熠熠生辉,这两座古塔是兴寨人民的骄傲,前几年,村中集资对两塔进行了修葺,所需费用是村中考出的大学生们集资捐献的。

说起这两座古塔,还有一段传奇的故事。

据说在康熙年间,这里有一户人家,家里有兄弟二人,由于父母过世较早,家中很贫穷,他们从小就寄居在姐姐家。姐夫是私塾老师,受姐夫的熏陶,兄弟二人自幼熟读"四书五经",到了十一二岁时,能诵读文章百篇。

兄弟二人的聪明好学,让姐姐、姐夫很高兴,他们便送两个人去参加科举考试。

兄弟二人顺利通过乡试、会试,最后参加了由皇帝主持的殿试。

殿试揭榜,兄弟二人榜上有名,弟弟考了第一名,哥哥考了第二名,弟弟成了状元,哥哥成了榜眼。

一天,皇帝下诏,诏见殿试前三名,在进殿朝见皇帝的时候,弟弟要哥哥走在前面,自己走在后面,哥哥不敢走,怕皇帝责备他不知礼节,犯下欺君之罪。

此时弟弟并没有害怕,他安慰哥哥说:"你尽管走在前面,到时候我自会向皇上解释。"

在金銮殿上,皇上根据服饰的判断,一眼看出前面两人走的顺序不对,心中很不高兴,责问二人为何不守礼节。

弟弟见状忙躬身上前解释:"按照大清律例,本应该我走在前面,但是按照家规,应该哥哥走在前面,近期皇上您又下诏谕民,营造尊孝之道,所以我为了弘扬皇上尊孝之道,让我的哥哥走在我的前面,请皇上开恩。"

康熙听了之后,心中的怒气消去了,原来殿试的第一名、第二名是兄弟俩人,觉得这位弟弟是一位知书达理、尊孝礼教之人,以后肯定能为国尽忠,像这样既有才识,又懂孝礼的人不多了。

康熙皇帝一高兴,当即恩准兄弟二人都是状元,这一年,科举考试在同一个地方出现了两名状元。

兄弟二人同时考上状元,这件事传到村里,全村人非常高兴,他们的姐姐、姐夫在村中举行了隆重的庆祝活动,全村老小沉浸在欢乐之中。

之后,村中有一位老者建议,为教育后人发奋读书,要修两座古塔以作纪念。

这个提议得到了全村人的支持,大家慷慨解囊,积极募捐,请风水先生勘探、选址,最后定址在风水宝地盘龙山。

塔建成以后,双塔成了激励后人勤奋读书的见证,以后谁家的孩子考上了大学、功名成就,都要举行庆祝活动。

再后来,本地有钱的富有之人,在两塔的附近建起了许多寺庙,与两塔相互辉映,大家经常在寺庙举行祭祀活动,这里也成了本地比较热闹的地方。

寺庙中供奉着各路神仙,以保地方平安,经常有一些善男信女前来拜佛求事。

宋亚楠来这里不是求佛的,有一件事情让她记忆犹新。当时,她刚来这里上班,恰逢村子里一名学生考入了北京大学,庆祝活动举行得相当隆重,不亚于当地人家的娶媳妇、嫁姑娘。

最让她印象深刻的是,庆祝的那天来了很多人,其中有一位老太太右手拎着一小包鸡蛋,左手拉着三四岁的孙子,颠着小碎步,颤颤巍巍地也来庆祝了。

看到这一幕,老师们都感慨万千,其中一位老师还配了一首诗:

……

老太太拉着孙子的手

边走边喊边开口

了不得了了不得了

狗蛋考上北大了狗蛋考上北大了

……

质朴无华的诗句,深深地震撼着宋亚楠的心。从某方面也说明了这里的人对教育的重视。欢送学生,既教育了自己的子女,又拉近了亲情,一家子的事情就是全村人的事情,一家子的欢乐就是全村人的欢乐。在这里所谓的邻里和睦,也就是一个村的和睦,这里的和谐,有着原生态的自然和谐,要比创造的和谐更有意义、更有价值,这才是最美好的生活境界。

参观完庙会之后,宋亚楠的心情略有好转,她被这里朴实的民风感染着,世事万物的发展有着自己的规律,现实生活中难免有磕磕碰碰。但是,不管结果如何,都要用一颗平常的心去看待,不能让失落的情绪困扰着自己,折磨着自己。

经过一段时间的反思,宋亚楠的情绪状态好了很多,母亲的话时时萦绕在她的耳边,同情不等于感情,婚姻是一种现实,不是一种幻想,感情用事不会有幸福的生活,只能造成生活中的痛苦。

九

年末岁尾,县教育局召开教育工作座谈会,邀请县上有知名度的老教师参加,为全县教育事业的发展把脉诊断、出谋划策。宋亚楠的父亲宋承斌老师也在其中。

兴寨中学因教育教学成绩突出,代表农村学校作交流发言。

兴寨中学作为一所农村中学,最近几年取得了辉煌的成绩,多次受到上级主管部门的表彰奖励,校长袁恒发言作经验交流。他在经验交流中,没有直接介绍学校取得的骄人业绩,而是从办学理念中阐述教育发展的现实意义,就学生素养与教育教学之间的关系作了汇报。

袁校长说,学生的素养是后天教育的,它的获得不是天生的,具有可教可学性,具有发展连续性,错过了就很难弥补,所以教育应抓住机会,积极主动地培养学生的"核心素养"。

人文素养是学生核心素养的重要内容，兴寨中学的办学理念是加强学生素质教育，培养学生的人文素养，强化学生的才智训练，历练学生的坚强意志，提高学生的生存能力，重建学生的智慧人生。

对人文素养的理解，袁校长分为三个层面。

基础层，人性方面。严守生命论理，增强生命本位，关爱珍惜生命，追求人生幸福。

发展层，理性方面。思维清晰，理性思考，注重人文情怀，尊重人的价值，重视以德修身，懂得宽容大度。

升华层，灵性方面。拥有丰富的心智生活，关注人的心灵渴望，积极乐观有信仰，崇尚自由有追求。

袁校长解释说，教育由"素质"到"素养"再到"核心素养"，应是教育理论的细化，"核心素养"提出把培养标准具体化，以落实教育的根基，以滋润教育的枝叶，美好的人性净化污浊的环境，美好的环境孕育着美好的人性，回归美好的人性，相信现代的中学生一定会更加阳光、更有担当、更加有素养地迎接明天的曙光。

袁校长工作经验交流的内容观点，让同行们耳目一新，县上教育专家对这位年轻校长很佩服，他的教育理念得到了大家的一致认同。

中午会餐时，袁校长与宋承斌老师坐在了一起，两个人在交谈中，袁校长才知道这位教育前辈竟然是宋亚楠的父亲，有其父必有其女，宋亚楠之所以如此要强能干，肯定是受父亲的影响。

会议结束后，袁校长对宋承斌老师说，宋亚楠在兴寨中学工作各方面表现都很好，但受学校条件的限制，发挥不出她的教学才能，让老人家想办法把女儿调回城里来工作。

宋承斌老师回到家中，把兴寨中学校长袁恒的情况向老伴作了介绍，宋老太太听着老伴对袁校长的评价不错，并且袁校长主动要求他把女儿调到城里来工作，这表明袁校长对女儿没有爱意，宋老太太听了之后，心中踏实了很多。

一学期过去了，放寒假了，宋亚楠回到家中，昔日活泼开朗的她不见了，母亲对女儿的变化感到痛心。

回家以后，宋亚楠每天帮助母亲做点家务活，没有家务活她就蹲在自己的房间看书、睡觉。此时她没有过多地考虑什么，只是静静地守在房子里，什么也不想，什么也不说。

以前每逢过年，宋家充满了欢乐，宋亚楠的两个哥哥在外地工作，多时候过年回不来。今年过年，失去了宋亚楠的笑声和吵闹声，家里一下子冷清了许多，母亲为了打破家中沉闷的氛围，几次想与女儿坐下来交谈，都被女儿回绝了。关于上次争吵，宋亚楠的母亲有点后悔，责怪自己没有问清事情的来龙去脉，就妄下结论，冤枉了女儿。不过，她心里也有一丝安慰，由于她的干涉，女儿才有所收敛，对于事情的发展有了理性的思考。

大年三十晚上，按照习俗吃年夜饭，宋亚楠为了不让父母过于伤心，还是同他们一起看春节晚会，和他们谈两个哥哥的事儿，气氛比较融洽，但大家都不愿提她的事情，唯恐过年的气氛再度冷淡。

年夜饭很丰富，但是宋亚楠没有食欲，感情、工作、家人都让她心烦意乱。唯有关起门来，一个人静静地写一点日记，她的心才能释然。

在我们的生命中，越美丽的东西越不可碰，有些事只适合去收藏，不能说，也不能想，却又不能忘，与其等别人来爱你，不如自己学着努力多爱自己一些。

不是泪水就能挽回失去，不是所有人都值得你付出，不是伤心就一定要哭泣，不是善良就可以受到庇佑，不是所有表情都要写在脸上，不是任何人都能理解你。所以，面对生活中偶尔的不如意，我们要学会坚强的微笑，失落的时候，笑对自己说，没事的，一切总会过去的。

第九章　课堂竞技　驰骋教泽铸辉煌

人生,总会有不期而遇的温暖和生生不息的希望,不管前方的路有多么崎岖,只要走的方向正确,都比站在原地更接近成功。

把懒惰放一边,把丧气的话收一收,把积极性提一提,把矫情的心放一放,所有想要的,都得靠自己的努力才能得到。

一

寒假结束,宋亚楠收拾了简单的行礼去学校上班。

新春伊始,春寒料峭,矗立的山峦仍是满山的泛黄,但这种泛黄不像初冬那样的凄凉,黄中正孕育着丝丝绿意,正孕育着一种新的希望。

节气的变化很分明,打春之后,气温开始回升,万物产生了灵气,干枯的衰草萌发点点绿意,隐约的绿色在人的视野中产生一种幻觉,似绿非绿的,这种绿意开始敲开人们的心田。

大自然的馈赠是那样的真挚,沉寂了一冬的万物焕发生机,望着即将生机盎然的山坡,宋亚楠的心境发生着变化,心灵的释放又给她带来了青春的神韵。眼前的一切都会随着时间的推移而变化,四季的轮回都是如此,自己何必要难为自己呢?

宋亚楠在为自己的过去做着心态上的调整,让一切顺其自然吧,心中有的终归有,心中没的莫强求。

新学期的第三周,全县一年一次的优质课比赛开始了,目的是探讨教学理论,践行教学实践,提高教师专业技能,促进课堂教学改革。根据县教育局的安排,全县共分七个赛区,每个赛区文、理科获得第一名的教师到县上参加比赛,为四月份的市优质课比赛选拔参赛教师。

为组织好本次优质课比赛,学校召开行政会议,讨论参赛教师人选,权衡各科教师,学校领导一致认为,文科组最具实力的是宋亚楠老师,她虽然教学时间短,经验不足,但她的文化知识扎实雄厚,又是正规师范科班毕业。学校行政会议研究决定,文科由宋亚楠老师参加本赛区的初选,理科由刘洪敬老师参加本赛区的初选。

宋亚楠得到教导处的通知后, 心中有点紧张, 她没有参加过教学比赛,没有比赛经验,要是比赛成绩不好,岂不给学校丢了面子。当她把想法给领导汇报时,袁校长给她做了思想工作,让她打消顾虑,轻松比赛。

宋亚楠的担心是必要的,因为她代表的是一个学校教师的教学水平,而不是自己的个人行为, 并且一同参加比赛的还有其他学校的富有教学经验的老教师。

宋亚楠推辞不掉,她只好参加优质课比赛。随后,她全身心地投入到教学比赛的准备工作之中,研究优秀观摩课教案;走进课堂,学习老教师的教学经验; 请老教师走进自己的课堂进行现场指导等。经过观摩和学习,她的教学水平、教学艺术、驾驭课堂的能力有了明显的提高。

在优质课初选中,宋亚楠一举夺魁,以本赛区的第一名的身份参加县上的优质课比赛。

为了让宋亚楠在全县优质课比赛中取得好名次, 学校专门派语文组组长王艳萍老师陪同指导,王老师是一位教学经验丰富的教师,她曾经参加过市、县组织的"教学标兵"比赛,并取得优异的成绩。她先对宋亚楠进行思想指导,以消除她参加比赛的顾虑。她说,优质课既是对教师教育教学能力的考察,又是对教师心理素质的考验,比赛要调整好心态,把比赛课当作一节平常课对待,不要急于求成,只要把课稳妥地上好就行了。

宋亚楠把王老师的指导深深领悟,并不断调整自己的心理状态。在县上优质课比赛抽签时, 她抽了第四名, 出场的顺序正好在参赛教师的中间,这对她上课的情绪起了很好的调节作用。

由于准备充分,宋亚楠的优质课讲得非常成功,取得了全县文科第一名的好成绩,拿到了通往市优质课比赛的通行证。

宋亚楠带着荣誉满载而归,学校举行了隆重的欢迎仪式,给了她很大的鼓舞和信心,她想,只要肯下功夫,没有干不成的事情。

二

经过几天的休整,学校专门成立了备课小组,由王艳萍老师任组长,发挥集体的智慧,专门指导宋亚楠备课、上课,迎接四月中旬全市优质课比赛的到来。

提起王艳萍老师,宋亚楠对她十分敬佩,王老师是教学能手,她理论丰富,业务精良,在课堂教学中,还有自己的教学理念——"要做好教师,不做教书匠"。王老师认为好老师与教书匠的区别在于:好教师的课堂教学活动,是在明确的教学理论指导下进行的,而教书匠则没有明确的教学理念,照本宣科,做教材的奴隶。最好的教书匠只能起到搬运工的作用,即把课本内容搬到学生的头脑中去,而大部分教书匠有时连这一点作用也起不到。

关于语文课的教学,王老师指导说,语文课堂教学的首要任务是调动学生在课堂上的积极性,发挥学生的主动性。语文教师的职责是激发学生的学习兴趣,指导学生的学习方法,解决学生课堂学习中的疑难。语文课堂教学中能不能激起学生学习的兴趣,这是语文教学成败的关键,也是衡量一个语文教师水平的标准。

王老师认为,激发学生的学习兴趣,教师要起表率作用,语文教师在上课时,对于名篇内容,最好是诵读讲解,教师如能在课堂上对一篇文章顺畅诵读的话,"桃李不言,下自成蹊",不用过多要求学生,学生也会自动去背诵,去熟读。王老师本人在数十年的教学中,对于课本上古代、现代的优秀范文,都能坚持不翻课本,凭借记忆诵读去讲解。通过自己的示范,带动学生背诵课文,学生的语文水平有了很大的提高。宋亚楠对王老师的这一做法非常钦佩。

王老师指导宋亚楠说,语文教学的一条重要原则,就是教师不宜多讲,多讲是语文教学最大的忌讳,只有经验不足或初出道者,才会滔滔不绝地讲个不休,以多讲来掩饰自己的不足和缺陷。

但这并不是说语文课堂教学绝对不讲,必要的讲还是必须有的,如何讲,王老师认为有两点:一是引导性地讲,就是用精练、生动的语言,介绍文章的相关知识和简要内容,激发学生学习的兴趣,在这方面教师要有说书的本领,善于设置悬念,激发兴趣,通过这种讲,让学生产生一种学习的欲望;二是深层分析式地讲,这样讲如果得法,既可以激发学生学习语文的兴趣,又可以解决阅读中出现的疑难问题。中国有句俗语叫"文似看山喜不平",听课也一样,学生不喜欢那种轻重不分、详略失当、平铺直叙、平平淡淡的讲授。教师上课需要激情,因为激情可以调动学生的热情,激活课堂,提高教学和学习的效率,让学生对所学内容产生浓厚的兴趣。以教师投入课堂教学的激情,感召学生学习的渴求之心,以教师用心对教育事业的追求,焕发学生课堂学习的热情,因为教育是心心相印的社会活动,以心激心,以情感情,以行带行。

王老师的语文课之所以受学生喜欢,就是因为她能把握住文章的重点,准确找到讲授的切入点,培养学生的学习兴趣,让学生能通过仔细阅读、深入思考、各抒己见、讨论辨析,清晰地掌握文章的内容和特点,达到由学会到会学的升华。

聆听王老师的教学指导,宋亚楠不停地点头,她很同意王老师的教学观点,她要把王老师指导的上课理论方法应用到课堂教学中,提高课堂教学效率,完善课堂教学艺术,争取在市优质课比赛中获得好成绩。

三

在王老师的精心指导下,宋亚楠认真准备着市优质课的比赛内容,从心态上而言,经过县教育局优质课比赛的比拼,她没有以前那样紧张了。通过参加县优质课比赛,她还明白了一点:要想把课上好,必须精心地扎实地准备,必须有过硬的业务能力和深厚的文化底蕴。

经过二十余天的精心准备,宋亚楠又带着全县教育战线同行的重托,踏上去市上的列车,参加全市优质课比赛。

在全市优质课比赛中,经过一周的比拼,宋亚楠获得全市优质课比赛一等奖,为全县教师争了光、添了彩,这也是兴寨中学有史以来在教育教学比赛中取得的最高荣誉。

宋亚楠载誉而归,经学校研究决定,对宋亚楠进行表彰奖励,同时也鼓舞了全校教师爱岗敬业的信念。

这次宋亚楠到市上参加优质课比赛,让她见识了很多,在教育这片沃土上,原来有如此多的教师在辛勤耕耘、默默奉献。

在为期一周的比赛中,宋亚楠除了上好优质课外,还聆听了十余位教师的比赛课,以及五位教育专家的点评和指导,她真正认识到教育教学的内涵博大精深,教师职业的神圣伟大,教师上课艺术的精湛奥妙。

通过参加市优质课比赛,宋亚楠深深地体会到,教师不是一件简单哄学生的职业,它深藏着诸多的艺术与奥妙;教学并不是课本内容外显的教育形式,而是对教学内容背后的教育规律的深层次探究,是对学生生存能力、创新能力的培养。课堂教学是教育教学规律的一种形式,对于课堂教学效果的评价是多样的,一种是直观效果,就是学生课堂上的学习表现,对于书本上的知识接受和理解程度;另一种是隐形效果,也就是学生在课堂之外内在素质的提高,解决现实问题的能力和应付问题的能力,只有两者双收,才是一堂成功的课堂教学。

对于课堂教学,专家们指出,课堂教学是完成教学目标的一种必不可缺少的教育形式,正确处理课堂教学中出现的问题,是彰显教学效果的首要条件。在课堂教学中,教师既要解放思想、大胆改革,又要坚持科学,实事求是;课堂教学既要抓知识、能力学习,又要抓情感、态度、价值观的培养……

宋亚楠听着这些高妙的教育理论,如醍醐灌顶,这一切激发了她教学工作的热情,还对她的教育教学观念进行了一次洗礼。

在以前的教学中,宋亚楠认为只要把课本上的知识让学生学懂就可以了,其实这种想法是对教育内涵的理解不够的表现,是一种短视行为,不能高瞻远瞩地去对课堂教学进行科学的定位。

课堂教学目标,是课堂教学的关键,宋亚楠之前没有明确其作用,总认为真正实现课堂教学目标比较困难。课堂教学目标是促进学生智能发展,提高学生综合素养。目标的实现是要有很多的条件作保证,教师素质高标化,教学方法科学化,教学手段现代化,学生智商正常化,学习方法有效化,学习态度端正化,这些都是完成教学目标的主导因素,也是取得良好教学效果的主要条件。

现在的农村教学,教师才迈出了原始的一步,这是宋亚楠的最大感受。教育工作是神圣的,又是平凡的,但要把平凡的事做好不是一件容易的事情,需要教师长期学习、探讨和研究,需要教师辛勤地付出。

四

根据近几年的教学经验,宋亚楠认为要想做一名优秀教师,很不容易。在市优质课比赛中,聆听教育专家所讲的优秀教师应该具备的综合素养,宋亚楠印象深刻。

优秀教师要有无尽的责任和无限的爱心。教育是一项伟大的事业,无尽的责任感是由深深植根于内心的爱决定的。教育家叶圣陶曾经这样形容教师:"捧着一颗心来,不带半根草去"。教师无尽的责任表现在不断学习上,一个知识面狭窄的教师,很难真正在学生面前彰显自己的人格魅力,博学多识是一个教师可持续发展的基础。学海无涯,教无止境,每一位教师要善于学习,勤于学习,开阔视野,提升理念,借他山之石以攻玉,取人之长,补己之短。

优秀教师要有恰当的教学方法和灵动的生活智慧。在课堂上,教师的预设会恰当激发学生求知的欲望,及时抓住学生思维的火花,可以适时将课堂教学推向高潮,恰当的方法是教师智慧的体现,是教师高雅品位的根源。在生活中,清晰地把握学生的心理,准确发现并解决学生的问题是教师工作的核心。

优秀教师要有恬静的心灵和淡泊的情怀。拥有恬静的心灵会让教师清新自然,拥有淡泊的情怀会让教师自信谦和。用恬静的心灵去灌溉,用淡泊的情怀去明志,不羡慕红花的光彩夺目,也不妒忌绿叶的欣欣向荣,要知道,没有春天的默默奉献,怎会有秋天的累累硕果?

优秀教师要有源自浓郁的书香和艺术的美韵。在教学工作中,优秀教师体现在博览群书后的旁征博引,体现在幽默诙谐中的承上启下,体现在信手拈来的精彩讲解,这些都是来自浓郁的书香。那充满浓郁书香气息的语言,轻松地把学生带入知识的海洋,教师交谈的艺术让学生感觉到其既是良师,又是益友;既有长辈的威严,又有同龄人的默契。教师那清晰的思维和诙谐的谈吐,毫无疑问折射出了教学艺术的美韵。

优秀教师要有勇于创新、敢于标新立异的思想。教师的教育对象是活生生的人,每一个人都有自己的个性特点。教师做好教书育人工作,必须要有一种科学的探索、创新的精神。正如陶行知先生所说:“敢探未发明的新理,是创新精神;敢入未开化的边疆,是开辟精神。”一个没有创新思想的教师,必然会浇灭学生新思维的火花,折断学生想象的翅膀,只有不断进取创新的教师,才能在促进学生发展的同时,提升自己的修养,丰盈自己的心灵,焕发自身的生命活力。

优秀教师要有善于反思、勤于思考的精神。反思是教师对自己的教学行为乃至教育细节的一种追问、审视、批判,反思是一个人不断进步的动力源泉,只有反思,才能找准前进的方向。教师的成长过程就是一个不断学习、不断提升、不断完善自我的过程。读书滋养“底气”,思考带来“灵气”,写作造就“名气”。作为教师,走好这个自我完善的历程,靠的就是学习和思考。

爱因斯坦曾经说过,不管时代的潮流和社会的风尚怎样,人总可以凭着自己的理想追求,超脱时代和社会,走自己正确的道路。作为一名教师,作为学生人生之路的引导者,要有创新的理念,进取的精神,灵动的智慧,担当的责任,拥有恬静的心态、淡泊的情怀、高尚的人格、良好的修养,这正是对教师"优秀"的全面解读。

五

优秀教师的综合素养中提到教师教学反思的问题,也是宋亚楠经常思考的问题。她认为,作为一名教师,经常反思在教学中出现的问题,是教师总结教学经验,提高教学技能,完善教学艺术的有效方法。

教学反思是教师从事教学和研究时的基本方法,反思能力是一种理性智慧,教师的专业成长离不开教学反思,教师在教学实践中掌握这种方法,无疑是自己发挥专业成长的重要工具。人们常说,人生经历是一笔重要财富,这句话只说对了一半,只有那些对自己的经历进行反思的人,人生的经历才能称得上是一笔巨大的精神财富。

有一位名师说过,认真写三年教案的人,不一定是优秀教师,但认真写三年教学反思的人,必定是有思想的教师,有时还能成一名专家。

写教学反思,对一位教师成长来说至关重要,那么教师在日常教学中怎样写教学反思呢,宋亚楠总结出以下几点:

一、总结精彩,写成功之处。教师在自己的教学实践中会有一些成功之举,如教学达到预先设计的教学目的,课堂教学临时应变措施得当,一些教育教学得到成功的渗透与应用,教学方法上的改革与创新等,这些课堂教学中的闪光点,应该被教师详细地记录下来,供以后教学时参考,并在此基础上不断改进、完善、推陈出新。

二、反思败笔,写不足之处。智者千虑,必有一失,教师在教学实践中也会有疏漏失误之处,把它记录下来,对它们进行系统地回顾、梳理,并对其作出深刻的剖析,吸取教训,让以后的教学更上一层楼。

三、捕捉灵感,写机智之处。在课堂教学中,师生的思维发展及情感交流的融洽,往往会因为一些偶发事件而产生瞬间灵感,这"智慧的火花"常常突然而至,若不及时捕捉,便会因时过境迁而烟消云散,令人遗憾不已。

四、采撷火花,写学生创新之处。在课堂学习中,学生是学习的主体,学生总会闪烁"创新的火花",教师应当充分肯定学生在课堂上提出的一些独特见解,这样不仅使学生的好方法、好思路得以推广,而且对学生也是一种赞赏和激励。同时,这些难能可贵的见解也是对课堂教学的补充与完善,可以拓宽教师的教学思路,提高教学水平,教师将其记录下来,可以成为今后教学的丰富材料。

五、深入剖析,写改进之处。经验是教师成长的宝贵财富,教师教学经验的积累为以后的教学奠定良好的基础。教师通过对教学成败的分析,及时调整教学方法、教学策略,使自己的教学更有针对性、实效性。

宋亚楠认为,一名成功的教师应该把反思贯穿于课堂教学的全过程,贯穿于自己的教学生涯中,才能促进自己的健康成长。

首先,反思在课前,让反思成为一种自觉的行动。课前反思,是结合教材特点和学生实际,决定自己如何教,教什么,学生如何学,学什么,学到什么程度,教学前的反思集中在教学定位、设计理念和方法上。作为教师,要根据教材内容和学生特点备课,对教材进行认真分析、取舍,在此过程中,对教材进行深度挖掘和深度加工,要充分了解学生,发挥主体优势,实现因材施教。

其次,反思在课中,让教学过程高效有序。课中反思,是要把课堂教学的着力点放在学生的发展上,在课堂动态生成的条件上,确保教学活动的正常开展。坚持"以活动促进学生发展"的教学理念,使活动适合于学生,让活动真正为学生的发展服务,活动内容贴切,活动适合学生的兴趣需要,真正反映生活经验和学科特点。教师是学生课堂活动的组织者和引导者,多为学生提供必要的信息和帮助,启发思路,引导学生进行质疑、探究、创新,把案例学习反思、困惑问题反思与教学反思有机结合起来。

再次,反思在课后,让教学经验理论化、系统化。教学后反思,是指总结教学目标的合理性,反思整个过程的教与学;教学后的反思应注重思考在教学效果,是否完成了教学目标上。

把教学反思贯穿于每一位教师的课堂教学之中,让思考成为每一位教师的职业习惯,在反思中进步成长,在成长中成为教学名师,成为教育专家。

一个勤于动笔的人,必定是一个勤于思考的人,一个勤于思考的人,必定会做出不凡的业绩。宋亚楠对课堂教学的常规反思,作为自己教学工作中的必修课,体现了现代教育者的创新精神。

六

宋亚楠在翻阅近几天的《铜城日报》时,在第四版文艺副刊看到了伊鸿璞写的文章《怀念乡村任教的日子》。

由于宋亚楠与伊鸿璞的感情纠结,当时她不想浏览这篇文章,但她出于对文章的好奇,还是不由自主地看了起来。

怀念乡村任教的日子

刚毕业上班的时候,是在一所偏远的山区中学,在那所中学工作的时间虽然不长,只有六七年的光景,但我对那所学校有着特殊的感情,想起那段在乡村中学任教的日子,心中充满了快乐。

这所中学坐落在大山脚下,校园面积不大,但校园内十分整齐清洁。校园绿化得很好,花园内种着牡丹、月季、栀子花等,每到夏天,鲜花怒放,争奇斗艳,缕缕清风吹来,绿树与鲜花相互扶携摇曳,如诗似画;特别是在风雨过后的清晨,天空碧蓝澄澈,洁净的空气犹如甘霖润泽万物,焕发出勃勃生机。

在乡村中学,不光是学校环境清新自然,主要是那里的教师兢兢业业的工作精神，友善好客的处世态度，让人怀念。想当初，学生从家中拿来的一点蔫蔫的青菜，几个青涩的苹果，一小捆生火的柴草，都让我感动。家访时所谓的"盛情款待"，让我领略了农家人的真诚朴实，和农民打交道，就像唱原生态的民俗歌曲，粗犷豪放，畅快淋漓。

在冬天，夜幕降临以后，钻进温暖的宿舍，心中有种家的感觉。炉膛里的火光四射，茶壶里的开水咝咝地冒着热气，那一刻坐在办公桌前，看书、备课或者批改作业，都让人感到舒心。畅想过去，憧憬未来，想思考的问题都在这温馨的夜晚寻到满意的答案，该消除的烦恼都让它在这清静的夜晚烟消云散，生活在这样宽松舒适的环境中，怎能不让人流恋呢？

在乡村中学教书，让我最难忘的是与一位女同事相处的日子，我们俩都教同一个年级，她不但人长得漂亮，而且事业心很强，极其敬业得很好，听说她最近在全市优质课比赛中代表学校获得大奖，我为她感到骄傲。

在这位同事的激励和影响下，我在教学工作中不敢有一丝马虎。在她的关心帮助下，我的教学业务水平有了很大的提高，人生路上，有这样一位同事，足矣。

后来我调到了县城工作，工作条件好了，环境变了，但我没有想象的那样快乐。照理说，我现在的工作单位要比乡村中学条件好多了，但是人们之间的情感淡了，心远了，话越来越少了，我像一片被推上浪尖的树叶，随波追流，停不下来。

现代的城市文明是水泥与钢筋构筑的文明，人与人之间的关系也像那钢筋水泥一样，冰冷，僵硬，没有温度。

就拿街道两边的绿树来说吧，同样是槐树，乡村与城市有着明显的差别。乡村的槐树长得郁郁葱葱，树叶苍翠欲滴，一派生机勃勃的景象，城市中的槐树却无精打采，叶子稀疏地随风摇动，脏兮兮的枝丫失去了生命的活力，像一个失魂落魄的流浪人，无奈地应付着城里的一切。

其实，街道两旁的绿树何尝不想茁壮成长，只是环境的改变给它们的生长带来了不必要的东西。人和树一样，生活在城市里缺少了一种质朴豁达的本性之美,或多或少都沾染些世俗的性情,心境也随着灯红酒绿的生活变得浮躁。这不是说现代城市生活文明不好,而是说生活在现代城市中,应该有一种积极健康的心态,生活才有意义。

怀念乡村任教的日子,那些日子,被水洗过一样干净、澄澈。

宋亚楠读完这篇散文,心中难以平静,文中有几句是写给她的,让她想起与伊鸿璞相处的那段时光。然而,一切都随风而去。

七

宋亚楠在市优质课教学比赛中取得了好成绩, 同时她也意识到了自身的缺陷和不足,教学理论的不扎实,专业知识的不精通,文化知识的匮乏,都让她有了上学深造的冲动。

六月份的成人高考报名工作开始, 宋亚楠报了名, 她要参加成人高考,进修本科,提高一下自己的专业素养和业务能力。

成人高考报名之后,宋亚楠显得更忙了,每天除了备课、上课、批改作业,还要进行成人考试的复习,繁忙的工作已让她无暇顾及感情的纠葛。

八月,成人高考成绩揭晓,她以优异的成绩考入了省师范大学,她必须脱产进修两年。

宋亚楠考上师范大学脱产进修一事,袁校长知道后很高兴,一来他终于从宋亚楠的感情羁绊中可以解脱出来了, 二来兴寨中学的老师这样积极上进,为学校开创了好的教风。

宋亚楠抓住这次难得的进修机会,给自己确定了明确的目标,一定要把专业知识和文化素养再提高一个层次。

她在师大进修上学的时候,比以前更忙了,都说成人进修功课轻松,但对于她来说,一点也不轻松,因为她有自己的目标和理想:毕业以后要真正成为一名专业知识雄厚、业务素质精良的优秀教师。

大学里,对于成年人的进修学习,学校管理得不太严格,因为这些学生已经步入社会,走上工作岗位,有的已经结婚成家,社会关系复杂,个人的事情较多,精力比较分散,虽说是来进修深造的,其实大多数人都是取文凭来的。学校对这个特殊的学生群体管理比较宽松。

宋亚楠不像一般的进修生,她一直对自己要求严格,普通本科生所能做到的,她必须做到,并且还要做得更好。她是从教学一线来进修的教师,深知作为一名教师,素质和能力对于教育教学工作的重要意义。

宋亚楠既改变了全日制大学生的那种单纯应付考试的学习方式,又戒掉了成年人进修是为取文凭的浮躁心态,她的学习是理论与实践的结合,是能力和素养的双重学习。

大学生对学习的看法分为三种情况:第一种情况,大学生把学习当作一种负担,认为大学学习的内容枯燥乏味,所学知识没有多大的实用性,不愿去学;第二种情况,大学生把学习当作一种任务,就像人每天吃饭一样,这一部分学生虽然不逃课,但对学习没有兴趣;第三种情况,大学生把学习当作一种享受和快乐,遨游在知识的海洋里,既学到了知识,又充实了自己,提高了理论素养,增长了社会能力。

宋亚楠把自己定位在第三情况。

宋亚楠在师大进修期间,一直和袁校长保持着联系,袁校长鼓励她要抓住机会,学到真才实学,为以后的工作岗位打好牢固的基础。

宋亚楠在放假期间,经常回学校看望袁枫、袁宇,给他们买些童话故事书和玩具。袁校长知道,宋亚楠还没有全部放下心中的感情。

八

一次,袁校长去省城办事,顺便到师大看望宋亚楠,两个人的见面,未免激起双方感情的波澜,这次两个人推心置腹地谈起了感情问题。

这天,俩人一起吃饭,面对面而坐,此时的宋亚楠虽然有点拘谨,但她已经沉稳了许多,在暗恋的路上她已经吃尽了苦头,伊鸿璞的误解、家人的埋怨、同事的议论、朋友的指责、袁校长的躲避,她都一一见识过了,还有什么比这更刺激她的?

　　两个人在交谈中,宋亚楠抬头看了一眼袁校长,生活的磨炼让他面容憔悴,身体单薄的他,眉宇间有了一道道深深的皱纹。

　　袁校长看着对面的宋亚楠,心中也是万般的疼痛,多么善良、美丽的姑娘啊! 感情上的事情,已经让她受到很大的创伤,而他却是整个事件的作俑者。每次想到宋亚楠对两个孩子的照顾和对自己的关心,而自己又给这位姑娘带来巨大的感情折磨,他的心像刀割一样的疼痛。

　　面对眼前这位端庄秀丽的姑娘,袁校长对她有了一种血肉联系的亲情,如果这位姑娘是自己的亲妹妹,此时他会不顾一切地抱住她,用自己所谓男人宽阔的胸怀去包容妹妹、呵护妹妹。

　　可是眼前的这位姑娘,不是自己的妹妹,而是暗恋自己的一位同事,一位善良和真诚的姑娘,虽然她比自己的亲妹妹为自己付出的还多,但他不能给她足够的呵护。如果他轻易接受她的感情,不顾一切地回应她的付出,只能毁了她美好的前程和幸福。所以,他躲避她,躲避自己心中不肯承认的感情,对他来说,这是需要勇气的。

　　其实, 他也是一个世俗观念的受害者, 而且还是一个很懦弱的受害者。如果他不是一校之长,如果他不是两个孩子的爸爸,他肯定让这段感情开花结果。

　　"宋老师,我特别感谢你对我家人的照顾,但你对我的感情,我是不能接受的……"袁校长终于说出了这句话。

　　虽然一切有准备,甚至一直为自己披甲戴盔,但是听到袁校长说出了这句话,宋亚楠还是十分伤心,心中的最后堤防被人击垮了,泪水在她的眼眶里就要喷出来了,但是好强的她还是忍住了。

　　"你心中有顾虑,没胆量接受我的感情,是你太懦弱。"宋亚楠含着眼泪说道。

　　"是的,我承认我很懦弱,但是我真的不能接受你,一是我条件不行,二是我不想让你在我们那穷山沟里待一辈子,婚姻不能感情用事……"

不等袁校长说完，宋亚楠直接说："我没有感情用事，我是真心的，在那里我体会到生活的快乐、人生的充实，感到真情的存在。"

"你若到条件好的地方，这些东西你都能得到，关键是看你的心境了，以后你会理解我的。人不能生活在理想中，虽然没有理想的生活是暗淡的，但是生活在现实中，才是一个人的正确选择。"袁校长诚恳地说。

"你不接受，我也没有办法，但是，对于你的做法我不能理解……"宋亚楠有点哽咽，说不下去了。

袁校长见宋亚楠眼泪喷涌而出，知道这位善良的姑娘最后的心理防线被他攻破了，他有点后悔自己的残忍了，但是，他没有再说一句话，话已经说到这里了，还有什么不明了的。

宋亚楠是个好强的人，她不想强迫袁校长，更不想强迫自己。

九

两年很快过去了，宋亚楠从师大毕业。九月份开学，当她准备到兴寨中学报到时，一张调函送到了她的手中，她被调到了县重点高中工作。

这件事，让她感到很意外，当她问起父母时，父母说不知道，不是他们托人办的，这件事让宋亚楠感到有点蹊跷。

猛然间宋亚楠想起了他，她的眼泪夺眶而出。

第二天，她坐上了去兴寨中学的大巴。

到了学校，当宋亚楠问起自己的工作调动之事时，袁校长很客气地回答："在这里，你发挥不出你的教学水平，实现不了你的人生梦想。"

宋亚楠明白他说的话只不过是借口而已，但这也是他能做的最后一件不伤害她的事了。

下午，宋亚楠和袁枫、袁宇开开心心地玩了很长时间，当她告诉袁枫、袁宇要回城里上班时，让她意想不到是，两个孩子竟然特别高兴，只是袁宇噘着嘴说："宋阿姨，你以后要常来看我们。"

宋亚楠心中涌动出一种感动的酸楚，她用力地点头。

第二天，宋亚楠收拾好学校的铺盖，坐大巴回到了县城，到县重点高中报到上班，开始了她人生的又一步……

后来电话联系，袁校长因工作需要，调回了老家所在的乡当了学区校长。还有一件可喜的事情，就是他和大灶的胡淑兰大姐已经结婚了。

厨师胡大姐，也是一位苦命的女人。前几年，县上教育两基打标，对学校的基础设施进行投资改造建设，胡大姐的男人给学校砌围墙时，不幸发生意外去世了，乡政府为了照顾她，把她安排在学校大灶上，给住校教师做饭。

学校住校教师不多，做饭是个比较轻松的工作，胡大姐看到袁校长比较忙，又整天被两个孩子拖累，便主动帮助袁校长照顾两个孩子，袁校长对她很感激。后来，当胡淑兰看到宋亚楠与袁枫、袁宇来往密切时，她的心中很不是滋味，有一种说不出的失意，她曾一度想辞职不干，都被袁校长挽留了下来。

宋亚楠走后，胡淑兰继续帮袁校长照顾两个孩子，两个人日久生情，便结合在一起，过起了幸福的日子。

宋亚楠知道袁校长的情况后，虽然无穷的失意袭上她的心头，但她如释重负，袁校长有一个安稳幸福的家庭，她终于可以放下一切了。

半年后的一天中午，宋亚楠上完课回到办公室，却看到伊鸿璞正坐在她的办公桌前。

"最近好吗？"

听到他那熟悉的声音，宋亚楠不知如何回答。

"中午，我想请你吃顿便饭……"

宋亚楠微微颔首，伊鸿璞的脸上露出久违的笑容……

做一名有素养的教师

张志昌

前几天,李志老师拿来近作《无悔的选择——一位乡村女教师的职业梦想》,让我阅读报导,我对这部长篇纪实小说很感兴趣,书中所写内容是关于农村学校教师工作生活的方方面面,我非常熟悉,读了也有同感,教育是关系到千家万户的事情,关系到国家的和谐稳定和社会的长足发展。教师是学校教育的组织者,承担着教育工作的重托,教师素养的高低,影响着学校的教学质量和学生的学习效率,在教育工作中起着举足轻重的作用。

教师职业是神圣而伟大的职业,教师塑造着学生的心灵,指引着学生的前程,决定着学生的命运,培育着国家的栋梁。教师不仅具有上好课的专业素质,而且要有育好人的综合素养。教师综合素质的提高,受诸多因素的影响,老师应该是一个学习型的职业,但是教师要静下心来工作学习也不是一件容易的事情,从事任何一种职业,随着时间的推移,都会有一种职业倦怠,这是符合人们的心理认同,但是如何能很快地从职业倦怠中解脱出来,这是至关重要。现在教师,教学任何繁重,教学工作复杂,不再是以前单纯的传道授业解惑,还有很多的教学业务去完成,工作压力导致教师没有过多的时间去学习理论提高素养,这是制约教师素养提高的瓶颈。

提高教师的综合素养,调动教师学习工作的积极性,这是一个值得探讨的问题,首先是学校要为教师的专业发展提供平台,提高教师职业的成就感，让教师体会到学习成长的幸福。其次是教师要挖掘自身的潜力，提高学习的兴趣。李志老师在书中所写，教师成长的过程就是一个不断学习，不断提升，不断完善自己的过程，教师要走好永无止境的成长历程，靠的就是对人生的学习思考，对工作的认真追求。

干好一件事情，需要信心和勇气，但也需要和平宁静的心态，平和宁静的心态是一个人成就事业的重要因素，教师工作也是如此。与李志老师交谈，言语之中透露出他那平和宁静的心态，在他从教二十余年的教学生涯中，不管遇到怎样的困难状况，他既不自卑也不自负，既不萎缩也不狂躁，既不犹豫也不莽撞，注重调整好自己的心态，按照自己的追求积极地去工作，去学习，充实而自信地朝着既定目标前进。

李志老师喜欢阅读写作，在创作方面取得了一定的成就。谈起阅读写作，他认为这是提高教师综合素养的有效途径。教书体现才气，读书滋养底气，思考带来灵气，写作造就名气，教师在做好教书育人本职工作的同时，应该在阅读写作中下些功夫，生活化写作应该成为教师的一种习惯。写作是深度反思，能变成文字的思考是最清晰、最系统、最有价值的。生活化写作的团队力量正是教师素养的集中体现，它能提高学校的办学品位，提高学校的办学知名度。

仔细口味《无悔的选择》，一位有素养的教师，应该拥有宁静的心态，淡泊的情怀，良好的修养，高尚的人格，要有创新的精神，坚强的意志，进取的行动，担当的责任。只有具备了这些综合素养，才能完成教育本职工作，希望我们广大教师树立责任意识，恪守职业道德，做一名让家长称道、学校放心、让社会满意的人民教师。

张志昌，靖远县人民政府党组成员、教育局原局长

信念与追求

薛国治

信念,是一个人对工作生活追求的目标,是一个人精神追求的动力源泉,也是一个人世界观的体现和反映。在社会经济快速发展、信息技术日益发达的今天,信念对一个人价值观的影响越来越大。

信念不是一种学问,而是一种行动,践行信念才有价值。在现实社会生活中,没有信念的人缺乏一种进取的动力,缺少一种追求的快乐。一个人的信念越坚定、越高尚、越持久,越能产生巨大的精神力量。有了信念,就有了追求的目标,李志老师创作的长篇纪实小说《无悔的选择》,就是他信念追求的最好体现。

该书是李志的第三部长篇小说,作为一名教师,在做好本职工作的同时,把学习、创作作为提升自己的方式,并朝着自己的理想信念不辞劳苦,奋力前行。李志先后在各种刊物上发表教育教学论文、散文、诗歌等五十余篇首,他把教育工作当作事业去追求,在教育教学一线努力拼搏,他用实际行动书写着伟大的教育事业。

教育关系到国家的兴衰,关系到千家万户的希望,关系到学生的前途命运,教师兢兢业业教书育人显得尤为重要。李志老师恪尽职守,树立终身学习的理念,永不放弃的敬业精神,不断学习专业技能,提升职业涵养,提高理论素养,完善业务能力。他说只有这样,站在讲台上才有底气,课堂教学才能显示才气,才能有"胸藏万汇凭吞吐、笔有千钧任翕张"的自信,才能成为一名高素养、懂教育、懂学生的优秀教师。

　　书中所写的优秀教师的综合素质问题，也是我作为教育管理工作者常思考的问题，高素质的优秀教师，对于教育教学质量的提高至关重要。优秀教师要有淡泊的情怀和执着的追求，要有灵动的智慧和无限的爱心，要有无尽的职责和反思的精神，要有创新的胆略和立异的思想。我们大部分教师的课堂教学无可挑剔，但需要一种反思写作的习惯。教而不思则浅，思而不写则虚，不善于写作，不利于教学经验的总结应用和课堂教学效率的提高。有位教育专家说得好，写三年教案的教师，可能是一位好教师，但写三年教学反思的教师，一定是一位教育专家。可见，教育反思对教师的重要性。

　　谈到李志的创作成果，可能有些教师会问，他没有代课吗？他哪有那么多的时间去写作？李志老师工作在教学一线，并且还是班主任，正如他所说，时间是挤出来的。在工作之余，其他教师在享受网络信息带来的时尚娱乐时，他却把这些时间利用到写作上。他在当班主任期间，我与学校领导巡查晚自习时，总能发现他坐在教室里，与学生一块上晚自习读书、学习，当班主任十余年如一日，这样既维护了班级的晚自习秩序，又实现了他的创作梦想，可以说他是一位"教室里坐出来的作家"。坚守信念、执着追求，成就了他的写作爱好，受现代社会大环境的影响，人们的心态日趋浮躁，能静下心来创作，是一件很不容易的事情。

　　"取乎其上，得乎其中；取乎其中，得乎其下；取乎其下，则无所得矣。"希望我们的教师在工作生活中，高标准要求自己，树立远大职业理想，坚守高尚职业信念，勤于学习教育理论，培养过硬业务素质，为教育的发展、社会的进步作出自己应有的贡献。同时也希望李志老师在教育教学工作中更进一步，一如既往地追求写作理想，在干好本职工作的同时，创作出更多、更优秀的文学作品。

　　薛国治，靖远县第一中学校长、党总支书记，中学高级教师，特级教师，省级学科带头人，白银市第七届人大代表，市"园丁奖"获得者。

后 记

当我即将完成《无悔的选择——一位乡村女教师的职业梦想》写作时,心中有一种轻松的感觉,积郁在心中多年的想法快要实现了,当教师二十余年,一直想写些有关教师方面题材的文章,但苦于写作能力的有限,迟迟没能如愿。二十余年的教学生涯,曾经有过喜悦,也有过辛酸,但是回想起来走过的教师之路,还是让人感到很幸福、很满足。

可能有人会说,当教师有什么好的,工作辛苦,责任重大,要求太高,待遇偏低,但是,如果换个角度去思考,教师还是有很多值得满足的地方。人们常说,人生有三乐,第一乐是父母俱在,兄弟无故;第二乐是仰无愧于天,俯无怍于人;第三乐是得天下英才而育之。尤其是第三乐,那是不当教师的人体会不到的。育人是一个充满快乐的工作,教师在教学中饱含真情,学生在学习中尽情绽放,师生之间的相得益彰,彰显的是人性之美。

然而,随着社会环境的变化,教师的责任也越来越大,教学工作不再是单纯的"传道、授业、解惑",而是承担着教育以外的很多责任。有人提出,当教师难啊,教学严格的教师让年幼不懂事的学生恨之入骨,教学宽松的教师又会让长大成人的学生计较一生。教育问题的出现,有时让教师很纠结。对于教师来说,教书育人是职责,不管工作中遇到什么问题,他们都会尽心尽力去解决。德高为师、身正是范,教师们在朝着这一方向努力发展。

这本书所写的兴寨中学的教师,就是典型的代表,工作生活条件虽然艰苦,但教师对教学工作没有丝毫的懈怠,他们投身教育事业,以十足的信心、百倍的勇气和精湛的技能去完成自己的本职工作。部分教师课下虽然有点抱怨,但当他们走向讲台时,面对几十双对知识渴望的眼神,他们会竭尽全力地讲授着知识，尽心尽力地呵护着学生。因此，对教师多一点理解与宽容，就是对教育工作的肯定与支持。

这本书获得中共白银市委宣传部重点文艺创作项目的资助。在本书出版编辑过程中，承蒙白银市教育局党组书记、局长余进祥同志作序，中共靖远县委常委、白银刘川工业集中区党工委书记王建全同志，白银市委组织部部务委员赵玉华同志为本书的修改提出了很多宝贵意见。靖远县教育局党工委书记、局长韩亮同志挥笔赐教。靖远县人民政府党组成员、教育局原局长张志昌同志，靖远县第一中学校长、党总支书记薛国治同志撰写评论、悉心指导、鼓励创作并给予大力支持。在此，笔者不胜感激，一并致谢！

另外，还要对关心支持本书出版发行的各位领导、同仁、朋友以及家人表示谢意！

本书在创作过程中，参阅和引用了同行们的一些教育理论及报刊资料，在此表示感谢！

由于本人写作水平有限，书中存在不少纰漏和不足之处，敬请各位领导、同仁、读者批评指正。

李 志

2017 年 9 月